街拍9點09分

馬克・H・帕森斯
Mark H. Parsons
著

林零
譯

THE 9:09 PROJECT

獻給媽媽

第一章

只拍那些顯而易見的美景，是遠遠不夠的。

——桃樂絲．蘭格（Dorothea Lange）

「愚蠢會讓你頭痛嗎？」賽斯問我。

「只會讓別人頭痛。」我說，「從來都痛不到蠢蛋。」

他看向我們桌子另一邊。「那我總算找到答案了。」

我們正在咖啡廳，一邊吃午餐一邊努力無視比爾．威爾森和他兄弟以及他們的分級遊戲。這些天才在一開學就搞了個滿分十分的制度，天曉得為什麼……也許他們是從電影學來的，但完全搞錯了重點？然後一週後他們拍板決定，根據他們的判斷，只要是五分以下的女生就遠遠不及格，甚至不值得注意或討論。（由此可見，他們會根據這個規則搭訕任何五分或以上的女生。所以嚴格來看，這只是一個非黑即白的衝／不衝制度，根本不是什麼十分制。但要是想跟他們講清楚這一點根本是白費工夫。相信我——他們只是性別歧視的混帳，決不是孟塔納高中腦子最精明的人。）

在我尋找機會練習街頭攝影技巧時，他們一直在搞那些正或不正的蠢事。要是能選，我寧可用Nikon，可是我實在不可能把那臺重得要命的東西裝在背包到處走，所以我還是選擇手機。

我剛拍了一個拿著托盤走向出口的人。我以前沒看過她，可是她走路的姿態讓我有點在意；她一副正經八百的模樣……好吧，也許是因為別的原因。在點按拍下前，我換了個構圖，讓她看起來像離開畫面，而不是進入畫面，並且採用搖攝方式，讓人看起來清晰、背景模糊，有種她速度快到讓人抓不住的感覺。拍完後我快速瞄了一下。很好，效果不錯。整個過程中我依然聽見比爾在那邊喋喋不休……

「……所以我說那是七點五分，好吧，至少拿七分是沒問題的。」

「沒問題的。」他的好兄弟崔斯坦嗤了一聲，彷彿那四個字莫名搞笑。

我抬起頭。他們在講我剛剛拍的女生。我從不加入他們的分級遊戲，可是我無法認同她只是「不錯的普妹」——不管他們所謂的七分到底是什麼意思。

「你最好別讓她聽到，」萊利說，「他們可不是隨便叫她AK－47的。」萊利說，他是比爾另一個跟班。

「所以呢？」比爾說，「那又沒有錯，我只是說她很不賴而已。假如她不要那麼嚇人，等級搞不好還更高咧。」他看向我們這一桌。「賽斯你說對吧？」

「老兄，專家不是你嗎？」賽斯說。

比爾點點頭，看來沒聽出其中的反諷。「傑？你覺得呢？」

「嗯哼，我覺得……」我停頓一下，回想著我對那女孩的印象，這時我奇怪的大腦浮出一個卡通畫面：一位導遊正帶著人通過危險區域。「我覺得，如果我此時此刻必須在阿根廷某座祕密叢林求生存，而且只能從這個餐廳選一個學生一起，那我會選她。」他們盯著我，「感覺她身體裡有個小切．格瓦拉。」我補充說明。

比爾搖頭。「老天，你真是有夠怪。」

距離鈴響還有幾分鐘，萊利突然活了起來、莫名亢奮。「老兄，你看那裡！她是新來的嗎？我的天，我整個戀愛了，她八分，至少八分——或八點五分。」

「八點五分？」賽斯回答，眼睛完全沒從手機離開。「所以說她雖沒那麼正，但還是比有點正更正？超級正的一半？」挖苦完後，他又停了一會兒才終於抬頭看。他不是會做出無禮評論的人，但我看得出她吸引了他的注意。

比爾加入討論。「絕對有八點五。」他戲劇化地一個停頓。「跟她睡，我可以。」

「……這傢伙就算在自己蛋蛋上塗花生醬都沒辦法叫拉不拉多舔他老二咧。」賽斯對我咕噥。

我轉頭去看——我想也是——那是奧莉。而且她還朝著我們的方向走來。上週她以走在前衛又時尚的復仇者架勢開始她的高中生活，而且顯然有意繼續維持這副模樣。今天她卻突然走亂糟糟金髮／大眼眼妝／學院風，活像前晚在外面玩到太晚的泰勒絲她妹。

「她是新生。」我說。

「不就是輕而易舉的小石頭，不算什麼阻礙。」比爾一個漂亮回馬槍。

「哇靠——這是你剛想出來的？」賽斯問。

她靠近我們桌子朝我走來時，他們突然變得靜悄悄。「所以，」她輕聲地說，「下課後你應該可以載我一程吧？」你必須和她很熟，才能看出她眼角微乎其微的皺紋代表那張小狗狗臉底下的表情其實在笑。她很清楚自己在幹麼，而我也知道，而且她知道我知道。

我彷彿得思考一下，所以沒馬上回答。「沒問題，」最後我說，「我會在停車場等妳。」

她點點頭。「謝了。」然後轉身走開，完全沒和其他人有任何眼神接觸。

她一離開，所有人都露出現在到底是怎樣的眼神看著我。走浮誇路線的比爾馬上開口：「傑，你現在是怎樣？一副孤僻阿宅的模樣，背地裡卻偷藏了個妹子？」

但我只是搖搖頭，一副你們這些愚蠢混蛋的表情，拿了背包站起身。「我剛說了，她是新生。」然後轉頭去上我的第五節課。

我沒有要誤導他們，只是沒心情應付那群想叫我搭訕我妹的飢渴魯蛇罷了。

這節是歷史課。關於歷史課是有一些訣竅的，至少在孟塔納高中是如此：

1. 熟知重大事件裡的重要名字和日期。（小暗示：就是他們教的那些。）
2. 如果你真想拿A+，那就稍微記一下那些人事物最關鍵的基本事實。
3. 讓老師知道你知道，不要躲在教室後面，也不要坐在海景第一排——除非你是個沒藥救的馬屁精。坐第二排或第三，也許和正中央隔一個座位，那樣就很恰恰好。多參與討論，不然還有什麼意義？

4. 但是不要惹老師不爽，（好吧，這我表現得很差。）或者大概有點優秀就好。是說，拉魯先生天生沒有幽默感，難道是我的錯嗎？

就這樣，沒什麼困難，就是填鴨。

例如今天，我正望著窗外遠方某幾座小丘，想起餐廳那些白痴，拉魯便說：「誰可以講出一個在內戰後政治聲望飆升的軍事領袖？」然後看著他的座位表（這根本就是一大侮辱）說：「傑米森．迪佛？」

我馬上把頭轉回來。「啊？」

「內戰、軍事領袖、聲望飆升。」他還真的彈響了手指，好像我是什麼訓練有素的海豹。「你沒在聽嗎？」

他一說出內戰這兩個字，我眼前立馬跳出一條時間軸——十九世紀後半。時間軸延伸進入到內戰年代，一八六〇早期。這條線是藍色的——非常不合理，畢竟戰爭裡的鮮血和暴力，應該紅色才對，但那其實主要是因為和字母C*是淺藍色的關係。時間軸走到戰爭結束，一個著名的人物依然鮮明地停留在我腦海中。尤利西斯．格蘭特（Ulysses S. Grant）。

我的眼前浮現一組數字「8＋8」。淺灰色的，當然，就是8這個數字的顏色。我知道內戰始於一八六一年（如前所述，請看訣竅第一條），而這組數字給了我提示，格蘭特在八年後變成了總統，並且當了八年。「格蘭特。他在一八六九年當上美國總統，並且連了兩任，直到一八七七。」

拉魯打量了我一會兒。「正確無誤。但我建議你，從現在起把注意力放回課堂上。」他轉過頭。「好了，誰能告訴我戰後重建工作還有……」

嗯哼，也許還有另一個訣竅。

5. 擁有被稱為聯覺（synesthesia）的神經感知方式。

聯覺不會傳染，也不致命，甚至人畜無害。事實上，如果有解藥，我可能也不會服用——我的生活會變得枯燥，我的成績也很可能一落千丈。

從我有記憶以來，一些特定事物——例如字母、數字、一週裡的日子、一年中的月份——都有確切顏色，而那些顏色從未改變。例如，A有一點粉橘，就像橘子雪酪混香草冰淇

＊內戰的原文為Civil war。

淋，向來如此。7總是隱約帶著一抹紫，而星期三顯然就是無聊的淺棕／褐色，一如星期三給人的感覺。只要有人說出「星期三」，我就會立刻見到它被放在一個小盒裡，星期一和星期二則在它們自己的盒中，位於星期三的左邊（而且分別是灰色和黃色），星期四和星期五則在右邊（藍色和棕色……呿）。雖然聽起來有點蠢，可是我沒辦法控制。

此外還有其他表現形式。例如，只要有人講話（尤其無聊地絮絮叨叨，像是某位我認識的美國歷史老師），我會看見字彙纏繞，以黑粗體字母拼出來，有如動態消息底下的圖說。有時我會看到我的各種念頭變成詭異小卡通，彷彿我的腦子是什麼嗑了藥的動畫工作室。

我媽說這基本上和她差不多。我記得還小的時候，我和她一起坐在廚房桌前交換想法。諸如「你的星期二是什麼顏色？」她會說綠色，我會說「怎麼可能！根本是黃色啊。那十一月呢……？」

我從未多想——我以為全世界都是這樣。當我發現並不是——說真的——我其實有一點震驚。那時我正在車庫幫爸的忙，他在聽公共廣播電臺的一個科學節目，裡面在講有些人會把顏色跟字母或數字連起來，有時候甚至會跟聲音，或其他感官交互感覺的現象。我還記得自己心想：這很稀奇嗎？可是接著他們卻說，那是一種叫做聯覺的神經感知方式，而且顯然這樣的人比例不多。我承認我瞬間有些擔心，因為那聽起來像是什麼疾病一樣——大概介於失憶和腹瀉之間。可是他們接著就說，目前沒有證據顯示它會帶來不良作用巴拉巴拉巴拉……而且可能和創造力或記憶有關……

但是我滿腦子只有：所以你是說大家都做不到嗎？講真話，我覺得自己彷彿看見報紙頭條：科學家表示有些人竟能用鼻子呼吸！

「我本來以為大多人都是那樣看事情的，」我對媽說，「可是我猜大概不是，顯然這非常少見。」

她看著我，和今天的奧莉一樣眼旁出現小皺紋，點了點頭。「我知道。我從來不想高調，因為我不希望你覺得自己『不一樣』。可是我不得不說，這其實滿酷的，你不覺得嗎？」

我確實覺得挺酷的。可是現在那種感覺消失了——和我媽一起消失了。而且這世上似乎沒有任何人能夠像她，那樣理解我，幫助我，讓我在宇宙中不那麼孤單。

至於我妹，現在當然是在停車場靠著媽那輛老速霸陸 Outback 等著我。沒錯，開那輛車還是讓我覺得有點詭異，可是總比走路好吧我想。

我解車鎖時，有個高年級生開著一輛嶄新大黃蜂經過。爸都叫那是假黃蜂，炫目黃。我們兩人直盯著看，估量著這個色澤是否完美。

「如何？」奧莉問。

我搖搖頭。「稍微深了幾階。」
奧莉瞪我一眼。「你就非得挑毛病是不是？」

第二章

在窮盡所有拍攝可能之前，攝影師往往太快罷手。

——桃樂絲·蘭格

我一開出停車場，奧莉就一頭埋進手機。我本來以為她和往常一樣在傳簡訊，可是當我們停下等紅綠燈時，她舉起手機給我看一張模特兒的照片。拉丁裔女孩，專業等級的正，狂野深色髮，眼睛周圍化了某種煙燻妝，有點像浣熊，不過是魅力四射的浣熊。

「請給分。」她說，很可能正是因為我這週至少跟她說了三次不要老給人打分數。「你比較喜歡哪個？是這一個，還是——」她往下滑到另一張照片——「還是這一個？」如果第一個是很「撩人」，第二個就完全落在光譜另一邊，大概是更「青春朝氣」或之類的風格。那是一個白人女生——沙金髮色、藍眼睛、大燦笑。同樣專業等級的正。

「我要評的是專業妝髮、攝影棚打光、對著臉吹的風扇還是修圖技巧？」

她移開手機、擺了個臉色。「你就不能正經一回嗎？」

「我很正經啊。現實生活裡沒人長這樣。」

「廢話。但如果她們就是這樣，哪個看起來更好？」

我正要闡述我個人喜好，旋即打住。我真得要讓自己和比爾同個嘴臉嗎？「兩個都很棒。」反正不管怎樣，她們都不是我高攀得起的。

「傑！」

「好啦，大概是第一個？她眼神有一點什麼……感覺很聰明。」

她在座位上往後靠，交叉雙臂、別開眼神。「問你根本沒用。」

我朝她瞥了一眼。「是在幫妳挑，對不對？」她仍望著前方，但是微乎其微地擺了擺頭。「嘿，妳是我妹，所以對我來說妳甚至不真的算是女生。」她張開嘴巴，似乎打算說點什麼，但我繼續講，「可是呢，學校裡有些傢伙似乎覺得妳這樣很好看——天知道是為什麼——所以妳或許可以考慮維持現在這樣……不知道叫什麼的路線。如果這對妳來說很重要的話。」

我以為她會像平常那樣頂嘴，說什麼時尚是一種藝術形式還有這和正不正沒關係的話，可是她卻說，「他們真的這樣覺得？」

好，我完全抓住她的注意力了。所以我告訴她他們那個爛到爆炸的分級制度。

「那我幾分？」她問。

「妳認真嗎？妳在乎比爾．威爾森——那個全方位刻薄蠢蛋——在那張粗暴的正度等級表給妳打幾分？」

「沒有，我只是好奇。但如果你不想——」

「八分。」

她瞇起眼。「只有八分？我才八〇％？大概是B級之類的？」此話竟出自一個在意自己分數的程度和時尚差不多的女生。雖不中亦不遠矣。

我聳聳肩，「像我說的，我打從基因層面就辨識無能。除此之外，我覺得很可能是八點五，所以——」

我一說出口馬上意識到自己鑄下大錯。對那些其實不差只是稍嫌普通的事物我們往往會有個說法，就像一部不錯的電影，中間可能有點拖戲而且結局煽情，我們會給個B+以上的評價，大概卡在還可以和還不差之間。

「所以他們的意思是……」她慢慢用鼻子吸氣吐氣，安靜了好一段時間。「我是他媽的B+囉……？」啊哈，奧莉正式被惹毛——她從來不說媽系髒話的。

我聳聳肩。「對他們來說大多數女生甚至七分不到。」

這顯然毫無助益。「他們以為自己——」她在座位上轉過身、面對我，語氣十分鎮定，「你可以告訴你那些朋友，根據十分制度，他們很可能只有三分。要是老娘心情好，他們也乖乖洗澡，大概可以有四。但是比爾只有兩分，因為一個徹頭徹尾的混帳是一點吸引力也沒有的。」

「告訴他們這些我再樂意不過，但那些人不是我朋友。」

「和他們混在一起的人是你不是我。」

「我沒有和他們**混在一起**，」我聳聳肩，「我總得找地方吃飯，而他們的桌尾通常都會有空位——他們甚至不知道妳是我妹。這算什麼朋友？」是說，這樣一想還真是個好問題。

「誰管你。反正你去跟他們講。」

我朝她瞟了一眼。「所以，妳發火是因為那些羞辱人的陌生人對女生品頭論足……還是因為妳拿到的分數？」

她嗤了一聲。「你覺得呢？」

「我覺得妳沒有正面回答。」

我們就快接近快樂傑克的漢堡店，我切到右線、慢慢減速，往得來速開去。「別逼我買漢堡給妳喔，因為我真的會這麼做。」

在孟塔納高中有個鐵則：無論何時，如果有人請你吃快樂傑克的得來速，從點餐、食物入手到車子開走，這段時間你得當場接受真心話大冒險。而快樂傑克絕大部分員工都吸毒——因為在很久以前，傑克本人就是個超級大毒蟲——服務自然不像一般的麥當勞或塔可鐘那麼快。在學校，他們把這叫做真心話得來速——很白痴，我知道，但如果是在星期五晚上——有女生——又有酒精——就莫名有趣。或至少我是這樣聽說的。

她看了看我，又看了看快樂傑克，再看向我。「好，如果你真的想知道，」最後她說，「大部分是因為這個行為很混帳，」她停頓，「但或許有一點是因為B+。」

我沒想到她會這麼誠實。我偶爾會覺得自己和奧莉很親，例如在媽剛過世不久時。最近比較沒那種感覺了——我不確定到底因為我還是她。可是現在，聽到她承認這件事，我又有同樣的感覺。同時也有點悲傷。「我知道妳為什麼會覺得不爽，畢竟那些王八蛋就這麼把女生簡化成一堆數字、挑剔她們的瑕疵……」

「——好像他們自己多完美似的。」她插嘴。

「沒有錯。就是因為這樣，我才有點討厭妳竟然在意他們的看法。」

她安靜了一會兒。「因為我是真的在意……所以我也討厭這樣的自己。」

我換了個話題。「是說學校來了個新的女生——」

「新的女生有上百個好嗎，」她打斷，「也包括我。這叫做新鮮人。」

「閉嘴啦，妳知道我什麼意思。她大概和我同年，我以前沒見過她。」

「好吧，那還真是縮小範圍了呢。」

我忽視她的嘲諷。「她有個很怪的綽號，好像是AK－47。」

她點點頭。「我聽到一些女生在討論她，她好像滿安靜的。」她露出個微妙的表情。

「怎樣？」

我聳聳肩。「不曉得，只是好奇。」

「嗯哼……」

到家時，我丟下背包，咚一聲倒在床上望著天花板。關於這所謂的「朋友」問題，奧莉確實有點道理。她沒有確切這樣說，但卻在我腦中揮之不去，和電梯裡的屁味一樣——如果不是朋友，我幹麼繼續跟那些傢伙攪和？

誠實地說，答案其實很簡單。

因為我**沒有**任何真正的朋友。

因為，也許是我與人過於疏離，疏離到連試都不試。

也因為我覺得自己融不進任何一張桌子。

以前已經夠糟了，但是最近……老天，我就連低能魯蛇桌都融不進去了。這下該怎麼辦呢？倒不是說我以前就像普通人一樣正常，可是當那種事發生在你身上，你還能恢復正常嗎……或是，不知怎麼你就永遠改變了？

套句我爸的話，所謂的魯蛇桌是一種唾手可得的東西——好吧，賽斯不算，他有自己的問題。但他也可以超級搞笑——摻雜著些許憤世疾俗。而且他是電腦高手，實際上他真的很不錯。去年數學課他和我同班，我們透過圓周率和無理數之類的老掉牙笑話搭上線，打從那時就三不五時一起吃飯。所以他很可能是我這一段時間來唯一算得上朋友的人。就是打從……

我突然想到，也許就和我替奧莉難過一樣，奧莉也同樣替我難過。

說時遲那時快，我的思路被從天而降的小妮子殿下打斷。「欸傑——我需要一張新自拍。」

「所以？妳自己不是有手機。」

「不是『那種』自拍。是有質感的自拍。」

「我們不是才拍過嗎？上週剛開學的時候？」

「我需要一個新形象。」
「是因為妳的舊形象分數只有——」
「不准說。」
「——B+？」我笑開來。
「閉嘴，才不是因為這樣。」
「妳才閉嘴。」
「到底拍不拍啦？」她問。
「什麼時候？」
「半小時後？」
「妳就沒別的事可做了嗎？」
「當然有，但你沒有。」後面還接了一聲竊笑，讓人更加不爽。
我躺下閉眼。「隨便。」
「謝啦！」
她離開後，我繼續瞪著天花板。可悲的是，她說的沒錯——我的人生已經退化到這麼美好的百無聊賴的境界。除非你把語言先修課的作業也當成一件「事」，但我可不這麼認為。

奧莉第一次要我幫她拍照可能是在六個月前。她最後決定在過程中指點我每一步要怎麼做。因為媽低喃著說對你妹妹好一點的沙啞聲音在我腦中已經至少播放了一年，於是我忍了下來，然而最後我還是直接把相機放上三腳架，把遙控器遞給她讓她自己弄。能全權作主她何樂不為，啪啪啪拍了十五分鐘才告訴我她拍完了。

我拿起相機檢視照片：看起來就是一堆B+自拍，只不過解析度好一點。你知道的：相機靠太近、鼻子／嘴脣／下巴過大、直視相機噘起嘴、背景亂七八糟、打光單調無趣，諸如此類。

「酷喔，」我說，「介意我拍一些嗎？」

「拍。」

於是我改長焦鏡頭，把三腳架往後挪個幾呎，讓她坐在不同的椅子上，轉個角度利用窗戶透光進來增加景深。我把相機設成手動，光圈開到最大，然後焦點放在她的眼睛，這麼一來臉部就能更加清晰，背景則模糊一片。她還在看著房間另一邊，我搶在她發現前快速拍了幾張。

「我還沒準備好！」

「我知道，重點就在這裡。好了，妳可以看這邊了。」她看過來，馬上擺出她的唐老鴨嘟嘴標準表情。「好，微笑，越燦爛越好。」她像個傻子擠眉弄眼。「不要笑了，直視鏡頭。」她收起那個咧嘴的蠢樣，看過來時微微歪頭。我按下快門，接著又多拍了十幾張，但很確定我已經拍到我要的了。

「讓我看！」

我把相機舉高讓她碰不到，簡直像在和㹴犬玩你爭我搶。「照片好了我會給妳，我只要花妳一半的梳妝準備時間，好嗎？」

她哼了一聲然後一溜煙兒跑走，而我開始工作。把檔案載入電腦之後，我第一件事就是快速瀏覽我拍的每張照片。我的第一張試拍還不賴，後來拍的也有一、兩張不錯。但是她真正注視鏡頭的第一張裡有些挺酷的元素，於是我便挑了這張開始工作。

我忘了這是奧莉，用街拍的方式處理。我決定採取全單色，但調成暖色調，就像老派黑白時尚照。接著我提高對比，但是確保肌膚色調保持平滑。我稍微剪裁一下，讓頭部占據大部分畫面。然後強化邊緣的暗部，於是臉龐從沒有對焦、一片模糊的深暗背景中隱隱浮現了出來。看起來沒那麼好萊塢，但是以自然的方式呈現其中的戲劇性。我將椅子往後一推，看著螢幕上的畫面。不賴。

我把她的自拍和我處理過的那張一起放進資料夾，然後叫她過來。

她拉了張椅子過來我旁邊，我照順序一一點開，她一面品頭論足。「好……下一張……不錯……等等，稍微往後……我們看下一張……」

然後我打開我處理過的那張。

她只「嗯哼」了一聲，看了那張一會兒，然後伸手過來往後滑，瞄一下她最後拍的三、四張，然後回到剛剛那張。她仔細看了好幾秒，然後點了點螢幕。

「寄這張給我。」

「不客氣。」我對著她走出房門的背影說。

她不理我，之後她再也沒有過度干涉我的攝影工作了。

她走進廚房，我正好在架器材。「我準備好了。」

「好，速戰速決。」我說，一副我還有什麼事要忙一樣。哈，最好是啦。

我停止擺弄相機，抬起頭來：她就像是長了浣熊眼的沙灘美女，或是有沙灘美女髮型的浣熊。她想把自己變成她雜誌裡那些模特兒。「你不覺得這種搶匪眼罩式的眼妝有點誇張嗎？」我覺得自己說的話有點白痴，可是……好吧，媽交代過我要照顧她的。是說所謂的「照顧」到底是什麼鬼意思？

「閉嘴快拍。*」我猜奧莉自己也不知道。

我聳聳肩。「最後的名言啊。」

從上次拍攝經驗，我們已經磨合出一套合作模式。我相機的螢幕太小，隔了幾英尺距離就看不見，所以我便將化妝鏡放在相機旁一根腳架上，讓她可以就定位、確認外貌，然後再把目光移回鏡頭。這對大多人來說可能行不通，但是奧莉對於自己想要的東西十分明確——而且說真話，她直覺向來很強——所以我接受了。

我們這樣拍了好幾回（每當她覺得需要新頭像——每個月大概兩三次），所以現在進行得都很迅速。我們快拍完時，她說，「你可以讓我眼睛大一點嗎？像是修圖之類的？」

我腦中閃過上百種回覆，但只是搖搖頭。「沒辦法——我不做那種事。」

「為什麼？」

「因為那可能會讓妳的眼睛看起來更小？」她又露出剛剛那個嗯哼瞇眼。「因為當其他人親眼見到妳的時候，妳看起來可能——會和照片完全不一樣？」

「百分之九十看到照片的人永遠不會在現實生活中看到我。」

「如果是這樣，不然我們想辦法找個和妳長很像的女生……只是更漂亮一點。然後放她的照片，說那是妳——結束。」

她死死地瞪著我。

我思考了一下。「好吧……妳等等。」

過了一會兒，我拿了條手巾和裝滿整瓶的噴霧罐外加梳子回來。

「你在幹麼？」她問。

我把毛巾丟給她。「突然冒出個點子。把臉蓋住，然後把頭髮打溼往後梳。」

她給我一個彷彿我剛建議她把頭埋進一桶冷雞湯裡的表情。「你知不知道我花了多久才弄好這個造型？」她邊說邊開始用手指轉繞頭髮。

「是是是，而我們剛剛幫這個造型拍了一大堆照片。現在該來做點新嘗試了。」

她終於乖乖聽話，弄溼頭髮，然後往後梳。我移到相機後方。「好，頭維持那個角度，現在看鏡頭；不要嘟嘴、不要微笑。」

我不用多費唇舌。啪擦。

＊ *Shut up and shoot!*。二〇〇六年一部喜劇電影，導演為西爾維奧·波利奧（Silvio Pollio）。

一會兒我們重新檢視處理過的新照片，她看著溼髮那張，「**哇賽**，傑——這也太讚了吧，你怎麼知道可以這樣？」

我聳聳肩。「運氣好吧……我想如果頭髮的部分少一些，大概就等於眼睛大一點。」

她又回去細看那張，「嗯哼……如果你可以修一下這個圖……」

「算了吧，」我一邊收拾東西一邊說，「幫妳拍照我沒問題，把妳變成另一個人，我就有問題了。」

第三章

挑個主題、拍到氣力放盡……主題若非你真心所愛，就是真心所恨。

——桃樂絲・蘭格

「欽傑米森，今天學校怎麼樣？」

說話的當下，爸和我人在車庫裡。我剛剛聽到他回家的聲音時正在收裝備，所以我走出去看看。沒錯，他在角落的鑽床上弄一些東西。

「還可以。」我說，實際上我心情有點糟，所以才會走來車庫。

他揚起一邊眉毛。「那跟我說說你今天都做了什麼。」

我聳聳肩。「也沒什麼：歷史小考拿第一，大多時間都和朋友混在一起。」

我特別最後這樣說，是因為我知道他想聽。好吧，實際上，我以前是不用說謊的。因為以前我確實有些朋友。但是在媽生病的那段期間——之後更是，他們基本上就不再和我一起玩了。感覺就像忘了怎麼跟我說話，又或者是我沒辦法和他們閒扯淡。
他掀起鑽床的蓋子，「很好，有朋友可能比歷史考試更重要。」
如果是這樣，那我真的是徹底搞砸。
因為，我爸很可能是我現在最好的朋友，因為畢竟媽已經不在，雖然他不知道這件事。此外，真正怪的地方在於（暫且不管最明顯的事實），我們不會坐下來針對生命意義進行自我剖析的深度對話，同時喝著啤酒——或哈著草——或踏上史詩公路之旅，或一起做任何好朋友會做的事。
實際上，我們多半只會一起待在車庫聊電影、攝影、音樂或——就我爸而言——聊古董英國摩托車。實際上，由於英國早在五十多年前就幾乎不再製造摩托車，所以當然幾乎全都是古董（是在說什麼廢話！？）
然而對他而言並非如此。他全心投入那些五〇、六〇年代他稱之為戰後經典的摩托車。雖說他一輛也沒有，只有書、雜誌、影片及海報——很多很多海報，車庫裡到處都是。他每年會去一次聖荷西，參加那裡盛大舉辦的復古英國摩托車展，花上六小時的來回旅程。雖然我對古董摩托車無感，但我還是會陪他一起去。因為這就是朋友。請不要以為這會是一趟討論生命意義或什麼深刻東西的史詩公路旅行。不是，我們什麼也沒討論。

我爸鬆開鑽床的皮帶，換上其他尺寸的滑輪，因此改變鑽床轉速。蓋子裡面有一大張圖表，顯示哪條皮帶配哪個滑輪等於哪種速度，可是他從來不看。他只是單純把皮帶從一個滑輪換到另一個，觀察一會兒，拉緊之後再蓋上蓋子。他喜歡用這種方式與機器溝通；他們說著同一種語言。

他一邊在抹布上擦手，一邊抬頭對著牆上一張新海報點了點頭。「看到那個了嗎？」是一張女生騎在摩托車上的照片，摩托車顏色鮮黃。

那是另一個我們還會談的東西——黃色。

你知道的，像是有些老奶奶對紫色情有獨鍾，我爸則是迷戀黃色，而且顯然打小就這樣了。不知道為什麼……也許他曾經有輛心愛的黃色玩具卡車，所以他像鴨寶寶那樣產生了銘印？總之我只知道他熱愛黃色，而且必須是純粹的原色。絕對純粹、沒有摻水——他會這麼說。要找到這種黃並非易事，所以我們從小就會玩一個遊戲。如果奧莉和我看到一輛黃車經過，就會大喊大叫著說「欸爸——快看！」然後他會說「很酷，可是有一點太淺了。」不開玩笑，如果你靠近一點看，就會發現真的是有一點點奶白，稀釋掉了完美黃的魔力。奧莉和我如今變得擅長辨識眼前的黃是不是真正的「黃」，以及偏哪個色調。（彷彿這是什麼好用的技能似的。）

「真是太美了，你不覺得嗎？」他問。

我檢視海報。摩托車上的模特兒穿著棕色及膝靴，搭配顏色相襯的迷你裙，外加一條超寬腰帶和某種詭異的花卉圖案背心，此外還有高聳的蓬鬆金髮，有如從搖擺六〇年代的誇張電影走出來一樣，喔耶寶貝。看得出來身材很正，可是她身上那些老掉牙的玩意兒完全毀了該有的魅力——再加上，我想到她現在應該至少七十歲了吧。

「她看起來是不錯，爸，但不是我的菜——對我來說有點太王牌大賤諜了你瞭嗎？」

他覺得很搞笑。「我是說摩托車！」我當然曉得。我爸完全不像比爾那群人，他不會談論女人，至少不會用你看那馬子多正的方式。我以前從沒認真想過這件事，可是我猜這應該是出於對媽媽的尊重。

我們還有一些事**不常**聊，那就是媽。她就像是完美的黃，一個瑕疵品確實可以有成千上萬個地方能挑毛病，可是對於完美，恐怕就沒什麼話好說。

確實如此。

靠近費格街與嘉德納街交會的轉角時我確認了一下手機上的時間——九點過幾分——然

後把手機收回口袋，從背包裡拿出 Nikon 相機。

芬奇咖啡店裡人潮洶湧，個個都在猛灌拿鐵，大啖城裡最棒的帕尼尼。我不想擋在他們的大窗戶前面被當作怪人，所以我挪到轉角，靠著一間晚上打烊的服飾店外磚牆。

這個轉角成了我夜間攝影計畫的最佳拍攝點。九點〇九分時，我口袋裡的手機開始準時震動，有對大學年紀的情侶過街朝我走來。

他們走過來時我迅速拍了幾張。當他們靠近，我說，「嗨，不知道你們介不介意讓我快拍張照片？」他們看了我一眼，一副你是誰？為什麼想拍我們的表情。於是我趕緊補充，「是學校作業。」他們互相看了看，聳了個肩，彷彿在說也行……有何不可呢？

「讚，謝了！」我往後退到人行道邊緣，舉起相機，同時腦中浮現兩隻小小的數字怪獸。它們都是數字1，雖然沒有穿上面印有數字的T恤，可是我就是知道。此外它們也都是白的，而不是綠色或紫色。總之，它們即使合為一體，仍是白色，不是黃色——因為2是黃的。你可以想像一道等式：1＋1＝1——只不過是有生命的版本？這有點難解釋，但總之我覺得這對情侶超級酷。

「想怎麼站都可以，」我說，「想看哪裡也都行，做你自己就好。」然而，當有個陌生人站在八英尺遠的地方拿臺相機對著你，這就變得非常困難。可是我的預感沒錯，他們比大多人都要厲害。男生往後靠著牆壁，抬頭看著對街建築的頂部，女孩則面向他，完全背對相機，並用雙臂將他摟住，頭靠在他的胸膛。

我啪擦啪擦拍了好幾張，然後稍微左移，又多拍幾張。最後一張時，男生直接看向相機，不算完全微笑，但顯得心滿意足。

我放下相機。「謝謝，真的太棒了。」

女孩點點頭。「不客氣。」他們手牽著手離開。

媽過世快兩年了，大家總是對我說我會放下，但我甚至不知道那是什麼意思，或者我究竟想不想放下。是說，你可以想像自己快要死去，全世界你最愛的人都圍繞在你身邊，每個人都很悲傷，此時突然有個人說，「不要擔心——過個幾年我們就會放下。」

你無法想像一個從沒聽過的詞帶來如此大的改變，但如果說我這輩子都不會再聽到「轉移侵襲性乳葉癌」（metastatic invasive lobular carcinoma）一詞，這又他媽的太快了。

大概是從我高一那年剛開學沒多久，陸續知道了這件事。起先他們告訴我和奧莉，媽可能會生病一陣子，可是很快就瞞不住。我們偷聽到他們在講什麼第四期、安寧、緩和療護的東西。外加如果你不是殭屍，就絕對會注意到他們在你旁邊用殭屍的方式走路。不過幾週，紙就包不住火了——媽要死了，而且所有人都束手無策。

最後的部分是最難受的。你總是看過那些節目，那些人得的病比乳癌還罕見，聰明的科學家／醫生們會絞盡腦汁想出一些方法進行治療。又或者，你也會在網路上讀到那些驚人的突破性醫學進展。但換到媽身上，上述一切好像都不管用，簡直好像連試都懶得試。噢，他們給了她一些選擇，大概就兩個。

醫生可以盡力讓她舒服一些，然後她會在幾個月內死去；又或者，醫生可以提供讓她過得比狗還慘的治療，然後她還是可能會在幾個月內死去。

媽是我認識最聰明的人類；她挑了選項A。

另一方面，我則堅持要求選項C：以上皆非。我要一個——只要不是包含「她很快就會死」這個預後的選項。我記得自己堅持對爸說，他們一定還有能做的事，而他盡可能溫和地告訴我，癌細胞已經擴散到全身，真的沒有什麼能做的了。

「我……反正我拒絕接受！」我淚流滿臉。

他走過來，給了我一個緊緊的熊抱，嚇了我一跳。然後他退後一步，仍用雙手握著我的肩膀。「這是我這麼愛你的原因之一，傑。」

她成功撐過四個月，在寒假結束後過世。她最後一週住在醫院，爸基本上也住在那兒。最後一天我也在，而我刻意不去回想那日（更不要說去談一談）。可是在她死後，我記得一件事：醫生看著一個時鐘對護士說，「死亡時間晚上九點〇九分。」

那時我想，這件事很重要嗎？我們都知道她就要死了——又不是說這是一起謀殺懸疑小說之類的。可是最後證明那很重要，至少對我而言。因為最難過的部分——先不去想她永遠離開我們這個不真實的事實——在於宇宙其他部分仍繼續運轉。醫生說完那句話後，我看向窗外（我們位在四樓），看見遠處的人就像什麼事也沒發生一樣走過費格街與嘉德納街交會的轉角。我怎麼也放不下世界沒在九點〇九分停止轉動的事實。

這個念頭侵蝕著我一整年，隨著時間流逝，失去媽媽的感覺變得更深刻——完全沒有好轉。因為她確實是我媽，我很愛她，就和奧莉和爸一樣。可是她同時也是我的翻譯、我的導遊……我認識唯一懂我的人，唯一能替我解釋這世界、並幫助我理解的人。

開學時我覺得糟糕透頂又孤單得要命——於是決定進行一個攝影計畫。比起其他原因，其實更多是出於絕望。我知道自己想在街頭做點什麼，像桃樂絲・蘭格那樣捕捉平凡人的形象，但除此之外我沒有其他點子。接著我就想到，媽是最支持我攝影的人——三、四年前買給我 Nikon 相機的人是她，買攝影書給我的還是她，而一直告訴我我有天賦、鼓勵我「用這個天賦來做點什麼」的人，也是她。

所以我就挑了從她病房視線所及的一個小角落，在晚上九點〇九分去到那裡，拍攝正好出現在那裡的人。而這件事竟然出乎意料地有趣。如果你刻意挑選拍攝對象，其實有點像在篩選，例如你想找的是饒富趣味的蒼老枯槁臉龐還是可愛女孩，或只是和你很像的人。我的心理學老師稱之為選擇性偏差。但是隨機，反而讓我拍到了一些非常酷而且多樣的群體。

第一次我帶了三腳架，可是這似乎會讓人太容易意識到相機的存在，簡直是致命傷。所以我改用手持設備，調高快門，神速快拍來增加效率。當然，畫面中可能會有些躁點，但我採取的是黑白攝影——比起「毫無瑕疵的棚拍」，我更想追求「戲劇化的真實」。所以這並無所謂。此外，我真的很喜歡手握相機帶來的自由。

也許我會少了點解析度，卻能獲得更多和拍攝對象之間的連結。對此我非常OK，因為這件事——亦即某種程度的連結——就是我想追求的。

有用嗎？說實話，我也不知道，因為目前為止真正觀賞照片的人只有我一個。

上週我決定採用「學校作業」的說法。當時我正嘗試對一個人解釋我在幹麼，結果一敗塗地——我才剛剛開始講媽媽的事，突然之間就發現自己說不了話，眼淚倏地湧上。我告訴你，吹來的風都沒有那傢伙溜得快。

幸運的是，下一個是比較有耐心的女人。我再試一次，可是不到十秒就知道大概會落得同樣下場。因為太過挫折，我脫口而出說這其實是學校作業，於是她點點頭說，「喔好。」然後就這樣了。

所以沒錯，我就是在做這件事，但是我絕口不提。我甚至不曉得這計畫到底算什麼，或什麼時候會做完。我只知道我生命中的每一天都會有晚上九點〇九分，此外我還知道……

我永遠也不想把媽放下。

第四章

相機是一種教導人們不用相機看事物的工具。

——桃樂絲・蘭格

轉頭，你這笨蛋！

是奧莉傳來的簡訊。我在餐廳半路停步，放下托盤，在最近的一張桌子坐下，沒有轉頭直接揮手。不到十五秒，她就在我旁邊噗咚一聲坐下。

「你明明值得更好的，」她看向另一端的比爾一幫人。她傳訊息給我時，我就是往那個方向走。

我看著她。「勿忘此刻。」並一臉嚴肅。如果我們希望對方將特定時刻牢記在心，就會說這句話，無論好或壞。

她也認真地點點頭。「沒問題。」然後再次恢復原來的活潑模樣。「你可以來和我們坐！」

「還是別了……」老是和那幫魯蛇一起吃飯，難道會比跟一群小鬼擠在一塊還糟？

她一定是讀出了我的表情。「噢拜託，那裡又不只有新鮮人。」她回頭看了一下她那桌。「真的。」然後故意拖長語調，哼歌似地說：「坎妮迪・布魯克斯也在喔。」

坎妮迪・布魯克斯——和我一樣的高年級生——也是孟塔納高中唯一得到認證的九分以上（至少根據比爾和他那些好兄弟所言）。而且她也絕非笨蛋。我們小時候一起上學，每次在班上做團體作業，我都希望她在我這組，因為她總能想出好點子，而且超級努力。

好吧，也許我在小學最後一、兩年對她超級暈船……好吧也許不只是暈船。但是她一升八年級就變得超受歡迎，開始和不同群的人來往，之後就沒和我說什麼話。雖然我們從來不算超級好友，可是現在她一副完全不認識我的模樣。

我聳聳肩。「那又如何？」

「我不會拜託你，」她站起來，「只是覺得你可以做些改變。」

我也站了起來。「這個嘛，確實可以。」

她露出她標準眼角微皺、要笑不笑的表情。「酷。」說實話，還蠻開心她邀請我的。

我們在時尚達人桌的末端找了個位置坐下。她說得沒錯——至少有一半女生和我同年。

我竟然在高中剛開學不到一週就和人氣女孩們同桌，一切都靠奧莉和她超群的社交技巧，雖然餐桌話題總是有個套路，穿搭、化妝、髮型還有戀情八卦，巧妙輪替。

被萊利稱為ＡＫ－47的女孩坐在最遠的那端——好吧，其實是再往旁一張的桌子，而且和周遭正在聊八卦的女生相比，她好像對手上在讀的書更感興趣。我沒有死盯著她，至少不超過兩、三次。

聊到某個段落，奧莉突然拿出手機秀出她最新的頭像照，大家開始傳來傳去。傳到坎妮迪手上時，她看看奧莉，再看回手機。「哇靠，這真的是妳嗎？」

奧莉瞇了一下眼——微乎其微，但我認得出那是瞇眼微笑的完全相反。她點點頭。「對，我哥傑米森是攝影師——這他拍的。」

其中一個女孩問，「他可以幫我們拍嗎？」

奧莉用拇指往我的方向一戳。「他就在那兒——妳怎麼不直接問他？」

然後她們異口同聲問了。

老實說這有點搞笑。誰能想到，幫那些認為你能把她們變得更好看的女孩拍免費照片，會讓你變成人氣王？午餐時間一結束，我已經談妥了三個女孩的預約——包括坎妮迪・布魯克斯——在明天下午三點、第六節課結束後進行拍攝。

外加遭到ＡＫ女孩三振出局。

我甚至不確定自己幹麼要問。也許我可能對於她顯得有些孤立而有點難過……我完全能感同身受。不管怎樣，相信我，我通常是不會去找不認識的女生講話的。

總之，在所有人離開後，她仍坐在那裡看書。不知為何，我經過她身旁時停下了腳步，她從書中抬起頭。

「我明天下課後會幫一些女生拍頭像照，」我說，我指了指剛剛那些女生坐的地方，「然後……嗯，妳會想要加入嗎？」話一出口，我馬上意識到這聽起來多奇怪。我感到臉一陣滾燙，恨不得立刻衝出去。

她完全沒想幫我找臺階下。她沒有稍微思考一下才拒絕，甚至沒有多問什麼，像是問我們為什麼要做這件事，或是要不要費用什麼的。她沒說好，甚至也不假裝說個「說不定可以」來化解尷尬。她只說，「不用了，謝謝。」然後頭也不回地看書，好像我根本不存在。

我在心中聳聳肩，繼續往前走，可是暗自覺得自己蠢到爆炸。我到底是在想什麼？

「答應我——不要黑白照，」奧莉說，「那是專屬於**我的**。」

「我要很遺憾地告訴你，那在攝影剛開始的前幾百年是**所有人的**。而對很多人來說，現在也是一樣。」我掉轉車頭，從學校停車場開進車流中。

奧莉不妥協。「但他們可沒來念孟塔納高中，在這個地方那就是我的。」

「妳有沒有想過那其實是**我的**呢？因為那是我的點子，而且——」

「是**我**把你帶到她們的桌子、是**我**秀出照片、是**我**告訴她們是你拍的……」她稍稍暫停，我看向她——真是大錯特錯。「傑……你就不能至少讓我擁有這個小小的特權嗎？」

我用力拍了一下方向盤。「**真不敢相信**妳剛才對我使出該死的可憐狗狗眼！那是妳六歲想要彩虹小馬腳踏車時我示範給**妳**的招數欸。」

她大笑。「而且超有用。」

我嘆氣。「好吧——那些頭像照不用黑白照。可是妳得妥協一下——我無法忍受超鮮豔的東西。我至少得幫她們用低飽和度拍。」

「那是什麼意思？」

「就是粉彩色調。妳知道的——柔和一點的顏色？怎麼說呢……就是有點像是喬伊斯・坦尼森*，但又不完全是。」

---

* Joyce Tenneson（1945-），美國女攝影師，擅長拍攝油畫式的古典唯美風格。

她在手機上找了一下。「噢，行，那可以。」

我瞥了一下。她找到了其中一張散發天使氛圍的坦尼森照片。「妳覺得可以我很高興，但我可不是在問妳允不允許。」

誰輸誰贏她一向心裡有數。「當然，酷，隨你開心……」

「妳不用笑，」我說，「除非妳是真的因為某件事開心。」她收起笑容，改成她的唐老鴨嘟嘴版本。這實在是……想不到比奧莉的版本還要糟糕。「那個，我又想了一下，其實妳笑起來滿好看的……」

我在第六節課結束後來到餐廳，拍攝前一天答應的頭像照，並且感到壓力山大。說實在的，這件事聽起來很棒：擔任超酷的時尚攝影師一個下午，幫一些正妹拍照。可是我沒讀到小字說明：那些女孩不會是專業模特兒，完全不曉得自己想要什麼。如果你無法施展魔法、讓她們看起來正得很專業，那她們就會到處宣揚你根本是個假貨。

我知道該怎麼拍照，可是談到和女生講話——更別說指導她們擺姿——我完全不擅長。我盡力專注在技術層面，試圖把整件事的尷尬降到最低。我把 Nikon 架在小小的桌上三腳架，讓她們坐在面北的大窗戶旁。拉開距離以便採用長鏡頭取景，她們的臉部剛好映襯在房間盡頭那片昏暗的空舞台前，然後光圈開大，讓她們身後背景一片朦朧。

雖然花了點時間，在我終於勸她們放棄「縮臉嘟嘴等親親」的表情後，我總算幫那兩個女生拍了幾張還不錯的照片。相較之下，幫坎妮迪拍攝完全輕而易舉——她知道自己要什麼，而且很能領略攝影指令。就像在幫奧莉拍照，只不過坎妮迪跟我同年，是正到翻天的女生，不是我妹。這也讓整件事情更加，呃……更加有意思了。

更有意思的是，我拍完後，她竟然過來坐在我旁邊，和我一起檢視相片；她真的就直接挨在我旁邊。我必須承認，我因此非常緊張，同時又非常興奮。我讓她看看我們拍了什麼，同時也打預防針說「用大一點的螢幕看會更好，尤其是給我機會稍微處理一下。」

她對我微笑。「不用擔心，我看過你幫奧莉維亞弄的了。真的超級驚人。」她拿起我的手機並輸入號碼。「弄完時跟我說——我真的很期待。」

「噢……謝謝。」我已經開始思考著該怎麼降低她頭像照的顏色飽和度——**除了**她動人的藍眼睛——然後才意識到她還在講話。

「……我是認真的，」她繼續說，「我覺得你真的很擅長這件事。你有考慮做專業攝影師嗎？」

我不知道該說什麼。「其實我從來沒想過這個。」

她站起來準備離開之前，手放在我肩膀說：「你應該認真考慮考慮。」

那天晚上，我到市中心時還在思考坎妮迪說的話。我有四十五分鐘要打發，所以去了芬奇咖啡買了杯印度香料奶茶，然後在窗戶長桌找了張高腳椅。店裡人潮洶湧（我猜身為大學城裡的獨立咖啡店，確實能吃到一點忠誠度的福利。挺過疫情封城之後他們就強勢回歸，一路維持至今。）我之所以不介意窗邊高腳椅，是因為我能在那裡看著人來人往，試著在腦中進行街頭攝影。

幾年前，媽給了我一本講一九三〇年代一位攝影師的書，那個攝影師認為攝影更多是在大腦中發生的，而不是在相機裡。那個攝影師正是桃樂絲．蘭格。每次我打開那本書，都會重新發現一些值得學習的事物。在街頭攝影廣為人知之前，蘭格就已經是個街頭攝影師，也是一名行動主義者。那張在美國歷史課本中都能看到的經典大蕭條照片〈移民母親〉（Migrant Mother）就是她拍的。有空真的可以看看——我是說**真的**用心去看。彷彿就像從我們生活周圍中拍出來的。她拍的不僅僅是一張臉孔——而是一整個年代。真的強到翻。

我坐在那裡，透過窗戶一面觀察人，一面練習不用相機拍照，試圖釐清我的計畫的真諦，然後就突然想到人們花那麼多時間在手機上，就是努力想讓自己生活中的一切看起來比原本美好。

我也想到桃樂絲．蘭格怎樣反其道而行——她嘗試展現的是事物的真實樣貌。

然後我便做出了決定——那就是我計畫的宗旨：展現人生的真正樣貌。不打磨也不修飾，也不美化——但也不醜化。只要誠實地呈現真實。不是表象的真實，而是更深層的……那種讓你覺得能真正理解他人、能感受他們情感的真實。

我默默覺得媽一定也會同意。

不，我覺得她早就同意了。

我內心一陣波動，渾身一顫，得眨好幾下眼睛才能再看清楚。

過了一會兒，我發現自己很想知道此時此刻坎妮迪在做什麼。然後我忽然想起我有她的號碼，我可以直接傳簡訊給她。

歷經一番痛苦折磨，拚命想在友善和專業之間找到平衡，不要表現得像個怪胎，最後終於決定這樣寫：**嘿，今天合作愉快，希望有拍到一些妳滿意的！**我送出去，然後坐著等回覆——無聲無息。我又等了幾分鐘，大概確認了手機五次。還是沒有。

喝完茶時，吧檯上方的時鐘顯示短針在九、長針在十二。該動身了。我走到街上，到轉角站好位置，拿著相機等待。

轉角本來沒人，但就在我的手機鬧鐘準時震動幾秒後，有人從前方小街走了出來，開始朝我靠近。對方穿得和我很像，只是帽兜拉了起來、蓋過了頭——我甚至看不出那是男是女。我舉起相機，在那人接近時拍了幾張照片。

那人靠得更近時，我發現帽兜底下的是女生——深色眼睛、深色頭髮，輪廓深邃。我舉起相機，「我在進行一個學校計畫——妳是否介意讓我拍——？」然後就認出了她。ＡＫ。

她轉頭看，正要回答時，我可以看出她也認出了我，大概只當我是昨天那個問可不可以幫她拍照的傢伙，畢竟那是我和她唯一有過的互動。至今就那麼一次。

「嘿，」我說，「我沒發現是妳。抱歉，我只是想……」

她一個勁兒地瞪著我，搖了一下頭，接著垂下眼神，好像嗤了一聲，像是在說最好我會信。她繼續走，雙手用力插進口袋，一個字也沒說。

何止是尷尬，我真想原地挖洞跳下去。

第五章

直接來自人們的話是最好的……只要你嘗試換掉一個用字，它就會在你眼前直接消失。

——桃樂絲．蘭格

第二天早上我早早起床檢查手機：什麼也沒有。算了……今天是星期六，坎妮迪很可能還在睡懶覺。

我打開電腦，發現自己檢視起了在學校拍的頭像照。

好吧，我其實是在看在學校幫坎妮迪拍的頭像照。

不管怎樣，有一張一直讓我倒回去檢視：我讓她側臉坐下，稍稍回過頭注視相機。她把毛衣往上拉到下巴，幾乎有種調情意味。給了我一點「無法移開眼神」的感覺，而我想將那種氛圍放大。我裁切、拉近，讓她填滿畫面，恍若被白色布料與一頭金髮框在裡頭。完美。

我降低飽和度，但仍留下一點顏色，才不至於侵犯奧莉的寶貝「領地」。我要顏色柔和、影像本身卻銳利，尤其是眼睛。接著我把虹膜調成實際顏色（好吧，也許多了一點點飽和度），確保它們絕對能抓住你的目光。

至少它們抓住了我的目光。

然後我把照片放得**超大**，修掉在她臉上找到的任何瑕疵——不是說她真有什麼瑕疵，而且拍照前她稍微補了點妝。但是當我完工，她的肌膚色調簡直完美無瑕，就像高級雜誌封面。如果這是街頭攝影，對我而言就是作弊。我知道自己在人像攝影上只是新手，但對於這種時尚類照片，你見到的每一張恐怕都修圖修到極致。所以我想，稍微處理一下應該是可以允許的吧。

完成時我往後一靠，欣賞著這張照片。

就是這樣。那個「無法移開眼神」的氛圍無庸置疑變得更強。我發現自己無法停止地盯著她螢幕上的臉，最後逼得自己不得不移開視線。

我的肚子開始咕嚕叫，我看了一下手機上的時間。我已經在這件事上花好幾小時了。我趕快存檔然後跑去廚房。等我帶著一疊格子鬆餅回來，奧莉正在我房間盯著我電腦上的影像。

「提醒我下次記得關門。」我說。

她從我盤子拿了片鬆餅，不理會我，指著螢幕。「這真是太棒了。」然後又靠近一些。

「哇靠，這真的是她嗎？」

「別這麼酸好嗎？」

「我沒有——好吧我是有一點，但她活該啊。可是不管怎樣，這照片很厲害。」

「而且不是黑白。」

「沒錯，確實不是。那其他人的呢？」

「呃？其他人？」

「你拍了三個女生不是嗎？克洛伊和蘇菲亞的呢？」

「對喔，我還沒開始弄她們的。」

她離開我房間時呵呵地笑。「**嗯哼**，等你弄完，我會很樂意看一下……」

我只花了大約二十分鐘就處理完另外兩人的照片，並對自己說這只是因為我在處理第一張時建立好該做的流程，雖然我沒在眼睛或皮膚色調上花那麼大心思，但我認為看起來還是很不錯。不過我還是打算先放個一小時左右再給奧莉看。

同時，我把頭像照寄給了坎妮迪。好啦，我其實花了半小時在琢磨附帶的訊息，**然後**才送出去……

親愛的坎妮迪……老天，不對！

嗨！坎妮迪……還是不對。

嘿，坎妮迪……好一點，但還是不行。她不可能不知道自己叫什麼名字。

嘿……沒錯，輕鬆自在，就像朋友一樣。

我花了兩小時處理妳的照片……絕對不行——你難道想故意裝可憐嗎？

我處理完妳的頭像照了。好一點……比較直接。如果她把我當成可以秒出神作的拍照天才，隨便她。

我很愛。不行！太軟太含糊。一點也不專業。

我真的覺得很不錯……很好，設下期待值。如果攝影師喜歡，就可以暗示這是張有品質的照片，對吧？

希望妳也喜歡。不行，太沒安全感。你應該會想展現一個專業的架勢……有自信一點。

我有信心妳也會這樣覺得。但是不要真的把信心這兩個字寫出來啊你這蠢蛋，聽起來和業務員沒兩樣。

我認為妳也會這樣覺得。好，在軟腳蝦和說教男之間找到平衡。

我覺得這表現出妳內在的……停，完全……不對！

這展現出一種面向……太做作了。

我覺得那好像展現出了一些獨特的……不太對。也許加入一點共同努力的感覺——也要歸功於她。

我們捕捉到了一些獨特氛圍。沒錯，加上我們二字，能讓兩人之間產生連結。就這樣寫。

敬上，不行！太老派。

祝好，呃，你突然變正式了是不是？輕鬆路線！然後快一點寫完吧你這蠢蛋。

所以訊息如以下：

嘿，我處理完妳的頭像照了，我真的覺得很不錯，我認為妳也會這樣覺得。我們捕捉到了一些獨特氛圍。

——傑

三十分鐘寫了四十幾個字。照這種速度，我恐怕要花一個星期才能把週一要交的小論文寫完。天吶，我真得仔細規劃一下行程才可以。

我寄出去，接著速速寄給另外兩人，附上照片來了希望妳們喜歡的訊息。午餐時間我就收到克洛伊和蘇菲亞的回應，兩人都十分滿意，傳給了我正面回覆，基本上可以說是讚不絕口，並感謝我的拍攝。超酷，感覺很不錯，但是坎妮迪那裡還是無聲無息。

我開始做些我平常作的事情來分心——像是上網亂逛消磨，就從我喜歡的一些攝影網站開始。那是一個叫SSA的論壇，是匿名街頭攝影師（Street Shooters Anonymous）的縮寫。只不過代表匿名的A其實並不盡然。上面也有一些相當知名的攝影師出沒，看到他們你來我往拋出各式各樣對工作流程的想法實在很酷。（我只潛水、不貼文——那些人對我而言等級太高了。）不知道為什麼，我就是讀不下去那些討論，只能關掉網頁，然後整個下午都在車庫和爸閒扯淡。然後奧莉不知從哪回來，我爸問，「要吃泰式、壽司還墨西哥菜？」

奧莉在我大喊「泰式」的同時喊出「墨西哥！」，我們兩人都轉向爸，他朝著我畫了個十字，打破這個僵局。

「抱歉了兒子，今天吃墨西哥菜吧。」

「那至少吃塔可屋吧……？」我試圖努力爭取安慰獎——**恩塞納達塔可屋**是個又小又不起眼的地方，卻有全良景市最棒的墨西哥菜。非常不簡單。（雖然還有另一家我們都很愛的餐廳——**泰國姊妹**。可那是媽以前最喜歡的地方，於是我們默默地就再也沒有去那裡用餐了。）

他點點頭，「好啊，有何不可？」

我們去了塔可屋，而我就坐在那兒盯著方圓百里最厲害的雞胸佐辣科羅拉多醬，而爸和奧莉說說笑笑，聊著學校和其他事，我腦中則淨是我擱在那兒、無能為力的愚蠢手機。

就和我一樣。

那天稍晚回到家，我終於收到坎妮迪的回覆。

謝啦！

「……所以根據你們的評論，你們大多人認為這篇文章讀起來很享受。」

「說享受就太誇張了。」我後面有個女孩這樣說，眾人放聲大笑，包括蒙蒂奈洛老師。我轉身去看是誰說出這句話，差點摔下椅子——正是上週五九點〇九分拒絕我的女生，忘記是叫AK－47還是AJ－74，或她任何自稱的名字。還有，她為什麼會突然出現在我已經上了兩週的大學語言先修課？

管他的。我趕緊轉頭回去，免得她發現我。老師還在講話。

「……讓我們來談一下這篇論文的標準結構。誰能講講修辭學三角*？」

我眼前立刻出現一個棕色三角形。棕色當然是因為修辭（Rhetoric）的R字。我的聯覺啟動，基本上算是逼我舉起了手。

「迪佛？」

我還沒有想到要如何回答，眼前先跑出一些小圖，好比漫畫分鏡。三角形的其中一角上有一個正在寫書的人，另一角則是書本身，第三角則是一個正在讀書的人。「古典修辭學中有三個元素，」有個穿著袍子、留著一把灰色鬍子的希臘老人出現。「最先提出的人是亞里斯多德，並用希臘文為之取名——但基本上這三元素就是：說話者或作者、文本本身，以及聽眾或讀者。」

「一點也沒錯，」蒙蒂奈洛老師說，「傳播者、訊息，以及受眾。不管哪種媒介都能拿來應用。」她抬起頭，然後對我身後某個顯然舉起了手的人點點頭。

「很好，但這所謂的傳播者是否也有責任認識他們的『受眾』到底是誰？」ＡＫ說，「又或者，他就這樣不斷拋出自己的想法，完全不理會有沒有人想聽？」

蒙蒂奈洛老師似乎被逗樂，但沒有明顯表現出來……更像是奧莉的笑紋，而非坎妮迪的微笑。「這個嘛，我想如果受眾有意願，訊息才會更有效傳遞出去。」

「一點也沒錯。」AK說，我不用轉頭也曉得她交叉起了雙臂，怒瞪著我。

走進餐廳時，我停下腳步，往時尚桌看過去。我刻意留意坎妮迪，也尋找奧莉和那個AK女生；她們都還沒到，我鬆了一口氣。於是我拿了些食物往平常坐的桌子走去。比爾、萊利和崔斯坦在一端吃飯，賽斯坐在另一端。

當我坐到賽斯旁邊，比爾瞄了我一眼。「噢——看看誰來了！我還以為你等級太高不想坐在我們旁邊了呢。」

「我是啊，所以我才在這邊。」我一屁股坐下。

顯然比爾翹了諷刺修辭用法那堂課。他冷笑說，「那你怎麼不過去那個七分以上正妹桌？那些正妹把你踢出來了嗎？」

我點點頭。「沒錯。」

＊ Rhetorical triangle。希臘哲學家亞里斯多德提出的三種説服人的修辭方式，包含道德層面、情感層面以及邏輯層面。

他一臉困惑。「呃……所以她們那個……真的把你踢出了她們那桌嗎？」

「這個嘛，其實是我自願回歸，」結果他還是一臉困惑。我嘆了口氣，一副在對小小孩解釋事情的口吻。「你知道的，會幫人打分數的不只你一個。她們認為必須有人過來這裡把桌子的平均分數至少拉回五分，所以我可是犧牲小我啊。」我指了指他的那一幫人。「因為你們的混帳行為似乎丟了不少分數呢。」

他只是瞪了我一會兒。「你真的超怪。」

我看向賽斯。「唉，有時候真的沒辦法繼續玩下去。」

他翻翻白眼。「你才知道。」

我從沒想過自己會這麼說，但是當我看見奧莉走進餐廳，我真是高興死了。即使我簡直要認不出她來。她這週的打扮顯然是走歐陸頹廢風：緊身黑色牛仔褲、小尖頭精靈鞋、無袖背心。白金色頭髮全部俐落往後梳起；暗黑系妝容，根本哥德風。

她看見了我，我微乎其微地偏了偏頭，示意她過來這裡。她走了過來，我說，「幫我證實一下，混帳行為可能會害你被扣好幾分，對吧？」

她點了點頭，繃著一張臉，幾乎不可見的細小笑紋。「肯定會被扣幾分，也許扣更多。」她目光快速掃一下那幫人，然後回頭看我。「如果你**真的**是個混帳，也許會掉到零分以下。」然後她顫抖一下，「而且鐵定孤老終身。」我點點頭，她轉過身，一個字也沒說，直接走開。

我繼續吃東西，裝作若無其事，心想著：耐心等待、馬上就來……三……二……

「所以她們可以決定誰是混帳，誰不是嗎？」分秒不差，比爾發話。

「對啊，」萊利幫腔，「誰給她們這種資格的？」

「對嘛，」賽斯說，「那真的是爛透了你說是不是？你看，憑她們也敢坐在那個正妹領域對我們指手畫腳？」他露出嫌惡的表情搖搖頭。我一邊看著他一邊一手在頭上猛揮，表示那已經超過他們智商程度了啦老兄。

他只是笑了笑。

突然之間，一雙手從我身後伸來遮住我的眼睛。手很軟。「猜猜我是誰？」是個女生的聲音。

周遭馬上陷入一片死寂，這本身就是某種提示。「幫個忙，」我說，「請問妳是來報恩、報仇，還是報其他東西的？」

「應該是第一個，最後那個等會兒再判斷。」

「啊哈！那麼我想應該是一位滿意的顧客。」所以要不是克洛伊，就是蘇菲亞，或……

她移開雙手，我抬起頭看。

……是坎妮迪。

「是一位**非常**滿意的顧客，」她咧嘴一笑，我忍不住也笑了回去——雖說我有一點困惑。「傑，你超棒的，我要再感謝你一次！」

「呃……不客氣。」

「你今天晚上有事嗎？」

當像她這種女生問你這種問題，答案只會有一個。此外我也從來就沒有事。「應該沒。」

「太好了，我想跟你談一些事。可以的話晚點打給你？」

我聳聳肩，試圖裝酷。「當然可以。」

她微微一笑。「謝了。」她走開，接著我就感覺到四根脖子同時轉過來看我。

好吧，是五根。

賽斯低聲湊過來說。「你知道吧，你這樣已經超風光了……再下去就不公平了。」

「我知道。」

「而我必須警告你，從現在起，無論你身在何處，我都會幫你扛書，希望大人可以分我一杯羹。」

「酷。畢竟英雄都需要幫手嘛。」

「所以你到底是做了什麼事情才讓她變成滿意的顧客？」

「是非常滿意。」我提醒他。

「是是是，隨便啦。所以是……？」

「我幫她拍了頭像照，」我指指那端七分以上正妹桌。「就在那邊，上週五下課後。然後稍微處理了一下才寄給她，結果蠻好的。然後，免費。」

他點點頭。「老兄，這招不賴，」他停頓一下，「所以……另外那個女生是誰？」

「克洛伊或蘇菲亞，不知道姓什麼。我也拍了她們兩個。」

「不是，我是說剛剛的那個，可愛小金髮妹……我記得你上週載她回家？」

我搖頭。「不容討論。」

「欸老兄，我沒有想要硬上弓，只是好奇她是誰——以前從沒見過她。」

「你要保證不撩她。」

他擺擺手說，「不用擔心。」

「我認真的。」

「好，」他舉起一手，一副正經發誓的模樣。「我保證。」

「她叫奧莉，奧莉維亞的小名。」

「奧莉……我喜歡。所以這位奧莉有姓氏嗎？」

「有啊，」停頓，「姓迪佛，」我看著他眉毛往上揚。「她是我妹。」

他瞪著我，然後慢慢搖頭。「老兄，我討厭你……」

第六章

身為一名攝影師，我們往往關注那些自己身處其中的事物。

——桃樂絲．蘭格

我看著摩托車海報上的女孩，不得不承認她真的很正。我試著把她想像成現在的女孩——而非五十年前——然後不曉得為什麼她老是變成坎妮迪．布魯克斯的模樣。

「爸？」

他正在工作檯上修東西，聞聲抬起頭。

「你和媽是怎麼認識的？」

他似乎被這個問題嚇了一跳，我自己也嚇一跳。「我們是因為工作認識的——在廠裡。」

我告訴過你啊。」

「那是認識的地方，我想知道的是你們**怎麼**認識的。」

「嗯哼，」他放下螺絲起子，轉凳子過來面對我。「你講的是其中技術性的層面還是社交的部分？」完全就是工程師說的話。

我聳聳肩。「我不知道，都說看看吧。」

他抬頭看了天花板一會兒後點點頭。「好吧，我那時還是菜鳥工程師，就是做一些菜鳥工程師做的事，例如送設計圖。我得拿圖去問營運部門的意見，他們就在旁邊大樓。你媽是負責協調工程的專員，所以圖完成時我會交給她，然後聊上幾句。一開始只是隨意聊聊，可是我發現自己開始期待去送圖，因為那樣我就有機會去看她。」他露出微笑。「沒多久我們就不只是隨意聊聊了。」

「所以是……？」

「看我們那時候關心什麼。書、音樂、電影。什麼都行。」

「就這樣？我是說，就只有聊天嗎？」

「不只，我們開始約吃午餐，接著開始出門約會……吃晚餐、看電影，去聽樂團表演。你知道的——一些約會會做的事。」

我並不知道——至少不是親身體驗——但總之我還是點了點頭。

「但重要的是聊天，」他說，「你媽很風趣、充滿創意，相處起來又很愉快，有時候還傻氣得非常可愛。她也是我這輩子認識最聰明的人之一。」他停頓一下，彷彿正在斟酌字句。「漂亮的人比比都是，」我一定是露出了困惑的表情，因為他說：「我的意思是，你媽媽當然漂亮，這無庸置疑。可是她除了這個之外，還有別的特質。就是因為那樣，我才想要更進一步了解她；就是因為那樣，聊天才會這麼重要。她成了我最好的朋友，大概就和我愛上她的時間差不多……」他停下來環顧車庫，好像突然想起自己身在何處。「這樣有回答到你的問題嗎？」

哇，他從來沒有講過這麼多有關媽媽的事。坦白說，反而有點尷尬。「啊，有。謝了。」

「不客氣，」他用微妙的眼神看了我一下。「怎麼突然問這個？」

「我不知道……只是好奇。」

「嘿，B+小姐！今天還好嗎？」

奧莉經過我房間時狠狠瞪了我一眼。「比你好，C-先生。」

「哈！我至少還有四點二分*……而且仍在持續增加。」好，這絕大多數是因為我已經高

* 美國高中先修課的分數等級為一到五分。

年級、上了更多先修課程的緣故，但還是……「不管怎樣，妳可是行情看漲呢。」我補充。
這句話吸引了她的注意——奧莉一個轉身進了房間。「你說什麼？」
「妳可能很快就能脫離B+了，」我嗤了一聲。「但是B+也沒有什麼不好的。」
「閉嘴，」可是她坐了下來，「你什麼意思？」
「總覺得告訴妳這件事都好像是在助紂為虐……」
「告訴我什麼？」
「今天我聽到有人說你是『可愛小金髮妹』。」
「誰？」
「很明顯是個眼睛不好的人。」她死瞪著我，等我說下去。「是賽斯，」我最後開口，而且看得出她其實不確定這人是誰。「他是高年級的，白人，深色頭髮，擅長酸人。沒有我這麼高，其實相當聰明——是個電腦宅——和比爾及其他爛咖完全不一樣。」
「噢噢，我知道他是誰。嗯哼……」我感覺她等著我再開一個玩笑，但我沒有。至少現在不想。
「就這樣。抱歉我沒辦法向妳稟報妳上升到稀有的九分……」這讓我想起我有一些事情想問，可是不能開門見山地問——我必須趁她毫無防備問出口才行。「所以克洛伊這個人怎麼樣？我和她不熟，但因為照片她傳了不少好話給我……」

「噢她很棒，」奧莉抬起頭，彷彿在努力回憶一些事情。「數學很好、想去ＵＣＬＡ念醫學院預科，好像滿酷的。」她只對我露出一點點笑紋。「怎樣？你喜歡她？」

「沒有，我根本不太認識她，只是問問。那蘇菲亞呢？」

「蘇菲亞是個搞笑咖！老是在開玩笑，但不會損人。我是真心喜歡她。」

「酷。那，呃……坎妮迪呢？」

「她怎樣？」

「她是怎樣的人？」

「被她煞到的人是你——應該是你跟我說吧？」

我用鼻子噴了口氣。「最好是啦，那是六年級的時候。」

她用鼻子噴回來，搞得我們活像兩隻小豬對決。「**還有**七年級、**和**八年級，**和**……」

我擺擺手。「無所謂啦，我們大概十二歲後就沒有真正講過話了，我只是想問她現在變怎樣而已。」

「我不知道。」她聳聳肩。「她超受歡迎，每個男生都覺得她正到不行。」

因為她是真的正到不行。「好吧，但是她人到底怎樣？」

她思考了一分鐘。「她就像一個真的很受歡迎的人，所有男生都覺得她超正，」她看著我，這次就一點笑紋也沒有了。「怎樣？你喜歡她？」

我搖搖頭。「沒，只是問問。」然後我說，「再一個。那個ＡＫ女生……我看過她在你們那桌。她好像有一點，呃……與眾不同。」

奧莉點點頭。「我也覺得。」

「什麼意思？」

「她就是……」她停頓一下。「非常的**我就是我**，不屬於任何派系。這也不見得是壞事。」然後她又問了那個必問問題。「怎樣？你喜歡她？」

我搖頭。「就算喜歡也沒用，因為我很確定她不喜歡我。」

「你怎麼知道？」

「該怎麼說呢……我這輩子就和她說過兩次話：第一次她無視我，第二次她給我一個去吃大便死一死的眼神——然後無視我。諸如此類的小細節。」

奧莉點點頭。「很有她的作風；她就是天涯一匹狼。」

「如果她是這種個性，那……」我停頓一下，因為有人傳訊息給我。很少人傳訊息給我——除了奧莉要搭我便車，或我爸偶爾傳來之外。我看著手機——是坎妮迪。**嘿傑，今天晚**

上有空見面嗎？

「我得走了，」我對奧莉說，「我們可以晚點再聊妳那位一匹狼朋友……」

我幾乎沒感覺奧莉早就閃了，因為我正在忙著傳簡訊。當然有。我想起我們之前拍頭像照時度過多麼愉快的時光。要帶我的相機嗎？☺

不用，聊天就好。在哪裡碰面？

好。芬奇咖啡？費格街，離妳很近

半小時？

我確認一下時間，八點十五。沒問題——到時見！

我還是帶上相機，因為我想說不定也可以進行九點〇九的拍攝，不過我把相機收在背包裡。我早了十分鐘抵達，在一張角落桌放好東西。我到了，我發出簡訊，正在點飲料，需要幫妳點什麼嗎？

脫脂無糖摩卡

ＯＫ！

我點好她的飲料——自己則點了杯印度奶茶——然後在桌前坐下，揣想她為什麼想約我，腦中飄過諸多情境……

1.她突然意識到自己沒我不行，恨不得想知道我是否也有同樣感受。（沒錯……最好是啦。）

或是……

2.她有一份明天就要交的論文，想叫我幫她寫。（這個比較可能，而且沒錯，我很可能真的會幫她。）

或是……

3.她需要借錢，覺得我可能是個傻蛋。（沒錯，我可能就是。）

或者……

有人咚一聲在桌子對面坐下，我抬起頭，正好望進一雙世上最動人的藍眼睛，我差點要把皮夾遞給她，說，來——想要什麼儘管拿。
她對我微笑。「謝謝你答應跟我見面。」
「不用客氣。」我隱隱覺得臉頰作痛。
「我在學校說的是認真的。你的作品超棒——我真的很喜歡那張頭像照。」
我點點頭，彷彿這是微不足道的小事。「太棒了，謝謝。」
「所以我就在想……」她低頭望著桌子，然後又轉回來與我四目相對。滋！「答應我你不會笑？」
「我答應妳。」
「好吧。我是在想，如果我可以試試看當模特兒，應該很有趣。」
「妳一定可以表現得很棒！」
她害羞地笑了。「你真的這樣想？」
「當然。」
她吐出一口大氣，好像已經憋了很久。「謝謝你！真的是很難判斷別人會不會嘲笑自己的想法。」她啜了一口摩卡。「我做了一些網路功課，每個人都說第一步就是製作一本模特兒作品集。」她皺了皺鼻子，好可愛。「我也不懂那是什麼。」

我從來沒製作過，但在攝影網站上看過很多。「就是把照片集合成一冊，裡面展示你的各種樣貌。例如有輕鬆隨意的、稍微打扮的、幾張頭像照。大概十幾張照片。」

「有人懂這些實在太好了，」她停頓一下，「那……你覺得你可以幫我做一本嗎？」

我甚至想都沒想就直接答應：「當然可以！」然後頓了頓。「呃，但我沒有工作室、沒有打光，什麼都沒有。所以我們恐怕得在別的地方進行……」

接著我們就開始討論要在哪裡拍攝。說到一半，我的鬧鐘在九點〇九分開始震動，我把它關了，繼續討論。我們不斷拋出各種想法，直到飲料見底——包括我又點給她的續杯——然後就到了該離開的時刻。

我們走時，坎妮迪在外頭抱了我一下，「很高興有你，傑。」

聽到這話，你該怎麼回應呢？「啊，我也是。」

她露出微笑。「謝謝，我們再聊。」然後她就離開了。

我轉過身走回家。我雖然就在費格街——距離嘉德納街不到五十英尺——卻完全沒打算走去轉角。

到家時，奧莉正在看她的手機，一如往常。

「嘿奧莉，想請妳幫個忙。」

她甚至沒有轉頭。「啥忙？」

「我想借幾本妳的雜誌。」

「嗯？」她臉還埋在手機裡。

「時尚雜誌。」

她轉過來。「為什麼？」

「我想找一點拍照靈感。因為我，呃……」因為什麼呢？因為全校最正的女生要我幫她做個東西，而我發現自己無力拒絕？不知怎麼，我覺得她恐怕不會理解。「因為我需要製作一本模特兒作品集，就這樣。」

這話吸引了她的注意。「誰的？」我什麼也沒說，而她瞇起眼睛，然後慢慢點頭。「全校最正女生的。也是——不然還會有誰？」

「嘿，少來喔。我也會幫妳拍的——要認真說，我早就幫妳拍了。我也會幫蘇菲亞和克洛伊拍，如果她們開口問。」

「如果她們開口問，」她搖搖頭，「重點就在這裡：她們沒問。至少不——」她頓一下，「所以她付你多少錢？」

我聳聳肩。「我們沒談錢。」

她冷笑一下。「就知道你們沒談。」

第七章

好照片並非目的，照片帶來的改變才是目的。

——桃樂絲・蘭格

第二天我沒和爸跟奧莉吃晚餐。應該說，我**刻意安排**讓自己沒時間，因為我需要一點時間獨處。不管怎樣，我一個人到了市中心，腦中盤旋著奧莉說的話。某種程度上她暗示坎妮迪在占我便宜。但確實是這樣嗎？因為她根本沒有用蠻力逼迫我……能夠幫她做作品集，我顯然再樂意不過——而且分毫不取——因為……因為什麼呢？

難道我是愛上了她之類的嗎？太蠢了，我甚至對她一無所知——我連她的中間名都不知道，還有她高中畢業後想做什麼，我就連她是狗派還貓派都不曉得。這麼多年來，她一個字都沒對我說，直到幾個禮拜以前。

但我確實是有一些感覺，而且不太好的感覺。好吧，有幾分鐘算是好的，但其餘的時候就只是……很受傷。

沒有錯，因為她，我很受傷。我討厭這樣，因為顯然她一點也不在乎。可惡，這根本就是八年級捲土重來……

我越想越糟糕。我不知道我是對她不爽還是對自己火大，或者是其他，絕對是糟透了。

我站在賽格與嘉德納轉角附近時，九點〇九分鬧鐘準時震動，分散了我的注意力。那是一個冷清的週間夜晚，還好有個人正從遠方走來。所以我靜靜等待。

他過街朝我而來時，我拍了一張，然後在他走得更近時放下相機。他大概是我爸的年紀，也許稍大。從外表看來，他可能人生有些滄桑。是個大塊頭，有點笨重，整個人不修邊幅。也許是建築工人吧。我不知道。

「嘿，不曉得你介不介意讓我拍張照？」我稍微晃了晃相機。「是學校計畫。」

他謹慎地打量我，不過最後舉起雙手，有點隨便啦的意味。「我無所謂。」

「謝謝。」我說，而他抱著胳膊一副想打架的神情。我舉起相機，拍了三幀，然後放下。我突然想起我為什麼要做這件事——我的意思是，做這件事真正的原因。不只是因為能讓我踏出家門，不只是想在這個散漫空虛的日子找點事做。

「我這麼做是為了紀念我媽媽。你媽媽還在嗎？」

他搖頭。「不在。幾年前死了，中風。」

「抱歉。我很想念我媽，我想你一定也是。」

他突然姿態有點放鬆了，眼睛睜得又大又圓。「確實。」他望著天空好一會兒。「每天都想。」然後我們互相點點頭之後，他便往前走了。

人行道上還有其他人，但是九點〇九分已過，所以我沒怎麼注意。此外，我還在想剛才那個思念媽媽的粗獷大漢。等我終於抬起頭，馬上感到懊惱——是ＡＫ——或隨便她叫什麼。我最不希望的就是讓她以為我又想拍她照片。所以我低頭注視相機，無視於她。

她逕直經過，背上有個背包，一個轉身進了芬奇咖啡。

唉，我真的很想喝杯印度奶茶的說。我打包東西、準備回家，然後半途停下。不管了——我和大家一樣都有資格去那裡。

十分鐘後，我坐在芬奇裡檢視著剛剛拍的東西。當我發現有人站在我的桌位旁便抬起了頭。是ＡＫ。

她沒有搬過來坐，我也絕對不會邀她。她對著我的 Nikon 點點頭。「你最好別問我。」

我關掉相機並放下。「我一點也不想，尤其是在昨天那堂課後。妳很顯然不是我『有意願』的受眾。」

她饒富興味地望著我。「你居然有聽懂呢。孺子可教也。」

我不理會。「如果妳這麼討厭那堂課，為什麼還要轉進來？」

她似乎很驚訝。「我不討厭那堂課。」

「我才不信。」我低聲咕噥。

「——而且我想成為作家。我一知道語言先修是文學先修的必修課，就立刻轉過來了。」

「好吧，我呢，想當攝影師，」我舉起相機，「拍照則是這領域的必修課。」

OK，這話可能說得有一點酸，我覺得她可能會轉身離開，但她只是點了點頭。「很合理。所以……」她朝外面街道偏了偏頭。「我在那裡看見你兩次，同一時間。你為什麼要在九點鐘到轉角去拍照？」

我思考是否要再酸一次，拿些謊話搪塞她；也一度考慮要不要把整件事告訴她，但覺得**絕對行不通**。我的腦海冒出了一個小小的卡通人物，手上拿著一大疊貼著故事標籤的紙張，然後一溜煙兒消失。但另一個傢伙取代了它的位置，只拿著一張紙，上面貼的是大綱的標籤。它留了下來。好吧……

「其實是九點〇九分，」我開口，她靜靜等著我說下去。「因為，呃……那對我來說是一個蠻重要的時間。」她繼續等著。「發生了一件很重要的事……」我突然有點說話困難。

「發生在你身上嗎？」

她終於說話。

「不是，」我停頓一下，「其實也算是——大概吧。但實際是發生在別人身上。」而她只是耐心地站在那裡。我似乎看見她微微點了個頭。

「所以，嗯……我想要拍……就是說呢我想要紀念……」老天，這根本一點用也沒有，我幾乎沒辦法把話說出口，最後只是坐在那兒對她眨眼睛。

「我想我懂了，」她平靜地說，「雖然我其實不懂，」她只是注視了我好長一段時間。有一瞬間，我認為她應該懂了。但是這樣想真的很蠢……她怎麼可能懂呢？「一個事物不需要擁有實體才能永恆。」最後她這樣說，點了個頭後走開了。

我回到家，決定進屋前先去看看爸。他一如往常在車庫工作檯上弄著不知道是什麼的一疊老舊金屬零件。不如往常的，是他的態度。

「嘿爸——今天怎麼樣啊？」

他抬起頭，好像根本沒聽清楚。「啊？」

不會吧？他剛剛是在哭嗎？不太確定，但我當然不會說出來。「只是來打個招呼。你在弄什麼？」

「分類一些零件。你先進去吧，我過一會兒就會進去了。」

「呃……好吧，等下見。」他甚至沒回我。

我進了裡面，看見奧莉坐在廚房滑手機。不知為何，流理臺上的花瓶裡插了花。

「爸怎麼了？他今晚特別安靜。還有這花是怎麼回事？」

她轉過來，顯然也在哭。「爸怎麼了？」她模仿我的語氣。「你覺得是怎麼了？今天是媽媽的冥誕！你這蠢蛋！不然我幹麼買花。你怎麼不把心思從坎妮迪的美臀，移開稍微關心一下你自己的家人？」她氣沖沖衝回房間，碰的一聲把門關上。

該死。我沒回房間，直接碰咚一聲在桌前坐下，頭埋進手中。我怎麼能忘記自己媽媽的冥誕？尤其她臨終時對我特別說了那句話？突然一陣恐慌湧上胸口，好像她正悄悄從我身邊消失不見……彷彿我就要忘了她，彷彿她從來不是我媽媽。

我腦中閃過許多念頭，諸如：我可以寫則貼文，表示她對我有多麼重要。但那很可能會在一天之內消失不見……太棒了。我需要能永遠留存的東西，也許並非直接和她有關，但總之要和她有所連結。這麼一來，每次我只要看著，就會想到她，這麼一來她就不會離我而去。或許可以用她的名字種一棵樹？老天，我不曉得自己到底想怎樣，只知道我需要將這些情緒放進某個東西裡，否則我真的會發瘋……

我想了想，終於起身回我房間，把今晚的照片都傳到電腦裡寫著**轉角照片**的資料夾，然後做了我開始街頭攝影以來從沒做過的事——我打開資料夾，花了半小時把所有內容快速瀏覽一遍。其實不全是爛照——好吧，有的是，很多勉強算是B+。可是有一些其實滿不錯的。

我往後靠，思考每天晚上九點〇九分前往街角時我到底想做什麼。我再次埋首在資料夾裡。最難的地方在於挑選。有些照片在技術表現上可以，構圖很好，或是整體和諧，或恰好的曝光。但是這些照片能帶來什麼影響嗎？對任何人有意義嗎？

我思考著我該怎麼做，決定從照片上能引起我的共鳴、和我有所連結的人物開始著手。而當我真正去看，就立刻意識到我其實沒有自己以為的那麼在乎技巧。

我看著建築工人的照片。畫面有點暗，有點粗糙，邊緣還有當時經過的車輛投射來的詭異光線。那些應該可以修掉或裁掉，可是真正重要的地方在於那給了我什麼感受。第一眼看見那個人，他似乎很憤怒，可是接著你就會產生一個感覺，他比較像是透過相機鏡頭在挑釁你——或挑釁整個世界。好像他真心想要證明自己無所畏懼。而這也許正暗示了他的恐懼。我似乎看見一個努力了一輩子的人，卻可能仍一無所有，除了他的尊嚴。

我喜歡那張照片的原因是它並非昭然若揭。它會吸引你，讓你想嘗試在百分之一秒中遍覽他所有的人生故事。那就是桃樂絲．蘭格在做的事……雖說我遠遠不及她的水準。但這讓我有了一個出發點，設立了一個標準。我開了一個子資料夾，命名為可留。只要看到能讓我和拍攝主角產生一點點連結的照片——**什麼**連結都行——就複製進那個子資料夾。

我得說，最後我刪了很多張。

我開始處理剩下的照片，最後全都採取黑白處理。我想讓畫面看起來更強烈。也許是因為這樣看起來更直接簡約，因此更能貼近真實？

等我處理完，留下大約三十張照片，時間來到凌晨三點。我關了電腦，一片黑暗中躺在床上，眼前仍不斷躍出幾張照片上的畫面……

建築物前面拍的那對情侶。她背對鏡頭，他則露出這輩子想擁有或所需要的一切就在眼前的模樣……

一個女人，抱著靠在她肩膀上睡著的嬰兒走回家。她非常快樂、非常祥和。她散發宛如聖人的氛圍……

一個圓臉女孩，長著雀斑、一頭鬈髮，還有最最動人的微笑。只要看著她，就會忍不住覺得她一定是個非常好的人——如果我們在現實中相識，我一定會很喜歡她……

一個帶著一條老狗的流浪漢。他不是聖人，也不是人生勝利組。若在現實中相遇，你可能也不會喜歡他。可是他和他的狗之間有著十分真實的羈絆。我慶幸他們能找到彼此。我拍完他們後，到芬奇買了咖啡和三明治給他，他立刻分了一半給狗。

穿黑帽T的女孩橫過嘉德納街朝我走來，不知怎麼一副殺氣騰騰卻又若有所思……

那些照片影響了我；它們讓我受到影響。我墜入夢鄉，彷彿終於找到了值得的事物……甚至可以說做出了值得的行為。我還不太確定那是什麼，又或者該怎麼處置，但這可能是長久以來第一次，我感覺自己擁有了一些什麼。

我真希望能讓媽媽看見……可是不知怎麼，感覺她也許早就知道了。

好幾小時後，我聽到鬧鐘響醒了過來，什麼也記不得，然後一瞬間記憶再次回歸，我突然湧上一股衝動，必須立刻打開電腦確認不可。要是我大半夜根本是在欺騙自己、那只是一堆垃圾該怎麼辦？打開資料夾時，我能感到自己心跳加速，接著吐出一口大氣。照片都很棒。

我帶著這分奇特的感受去了學校，彷彿身上懷有一個祕密，恍若第一次發現自己的媽媽是超級英雄，而你遺傳到了一點小小的超能力。今天我絕大部分時間都在思考應該怎麼處理那些照片。

好吧，語言先修課除外。當我沉浸於「到底要拍更多照片、還是先處理手上的就好」的思緒，蒙蒂奈洛老師正和一個學生進行辯論，然後她天外飛來一句，「迪佛先生，關於這點，你有什麼意見呢？」

我差點脫口而出啥？——或是什麼鬼？——甚至是老掉牙的不好意思您剛說什麼？所幸我的意識還有百分之一活在當下，在千鈞一髮之際救了我的小命。「這個議題很廣，確切來說是哪一部分呢？」

她交叉雙臂。「確切來說，我們是在討論在邏輯性修辭論文中使用被動語態。你怎麼認為？」

挑個立場、進行辯護。被動（Passive）……還是主動（Active）呢……我看見一隻睡著的卡通小動物橫倒桌面（和蘇斯博士*那些傻呼呼的角色長得很像），身旁擱了一本書，有一隻醒著的往前探身，一副饒有興致的模樣。睡著的傢伙是淺黃色，近乎透明——是因為字母P的關係。而清醒的那隻是奶橘色，像棒棒冰淇淋——這當然是因為字母A的關係。「我認為不要，主動更好。」

「就這樣？只用『更好』就講完了？即使是關於邏輯修辭？」

展現自信。「任何事情都一樣。如果你無法引起讀者的注意，那在一開始就會敗下陣了。他們很可能早就知道事實是什麼，最重要的是如何說服。不要害怕有立場，被動語態太模稜兩可了。什麼『錯誤被犯下』這種話，對吧？」我嗤了一聲，「聽起來超像政客，」我笑，「就我的意見啦。」

她回我一笑，所以我想應該算是安全上壘。「沒錯，可是你真正的感受是什麼？」有幾個人發出竊笑，「這麼一來，我們有至少兩個學生認為……**強烈**認為應該避免被動語態。」她望向我後面某人。

我快速偷看一眼；果然是她。

「還有沒有人對此有強烈意見？」

顯然沒有……

＊ Dr. Seuss（1904-1991）。美國知名童書作家、畫家。作品有《戴帽子的貓》（*The Cat in the Hat*）。

我一直思考著我告訴ＡＫ街頭攝影的事情時她說的話——一個事物不需要擁有實體才能永恆——至少到了第四節課結束時，我對照片的事漸漸隱約琢磨出了某種想法。也許是有點像匿名街頭攝影師論壇的東西？但又不完全是？我不曉得……

我前往餐廳拿點吃的，然後一如往常坐在魯蛇桌的另一端，比爾和萊利早就忙著在另一邊品頭論足、推來擠去。幾分鐘後，賽斯坐到我身旁。

我真的想做這件事嗎？

我看向他。「是說……你還對當幫手感興趣嗎？」不過我想這個問題早就有答案了。

「不穿斗篷，此外我也還沒決定穿不穿緊身衣。除此之外，也許可行。」

「沒什麼太刺激的啦。我還沒想好，但我覺得——我想弄個網站。」

「老兄，那在我的字典裡就等於刺激。」他停頓一下，「也不盡然，但是比起幫你扛著書到處跑好多了。你要網站幹麼？」

我聳聳肩。「放一些照片，可能加些文字配圖，也許有個留言的地方。可是必須能讓我用簡單的方式時常更新，也許一週一次。」

「應該沒問題。版面配置呢？——簡約風可以嗎？」

「當然。大概就乾淨俐落的風格。反正我也想讓人專心在照片上。」

「好，比起一堆華麗廢物，這樣也可以載得快一點。我們要在哪裡弄？」他打量四周，「應該不是在這裡吧？」

我搖搖頭。「我在想我家。今天下課後怎麼樣？」

「加入。」他回答得有點太快了。

「謝啦，」我嚴肅地看著他。「話說，是你自己答應說要幫我的喔。」

「知道啦，我也還是討厭你。但沒問題。」

第八章

若想拍出超凡出眾的照片，其中必須承載世界。

——桃樂絲・蘭格

賽斯信守承諾——我們在我房間動工，他全神貫注地幫我梳理一切。起先從我沒那麼喜歡的版型開始，然而這一切就像觀看奧莉將一堆毫無章法、雜七雜八的布料變成超酷穿搭。每次只要我一抱怨，他就會說聲「等我」然後改一下配色，或微調一下配置，整體立刻就更上一層樓。

爸下班回家探頭進我房間時，網站架構差不多都弄好了，「嘿傑，今天怎樣？」就算他還因昨日心情低落，現在也看不出任何破綻，我們也一如往常對此閉口不言。「還不錯，在弄個計畫。」

他的目光落到賽斯身上，他仍伏在我電腦前啪啪敲打鍵盤。「那很好啊。這位朋友是？」

賽斯轉過身對我爸點了個頭。「你好，我是賽斯。」他示意一下我的電腦，「傑想弄個色情網站。」他一本正經地解釋道，還真是好棒棒。

爸的眼睛眨也沒眨。「沒問題，只要你們能找到方法變現。大學可是很貴的。」

賽斯哈哈大笑，好像這真的很有趣似的。

「是學校計畫啦，」我火大地瞪著他們兩個。「而且我們也快做好了。」

爸沒理我，逕自對著賽斯說：「那你喜歡泰式、壽司還是墨西哥菜？」

「我們有事情要做。」我說。

「那也是要吃飯，而且你妹和我也餓了。」他看向賽斯。「如何？」

我用嘴形對他說泰式，他卻說：「墨西哥菜感覺不錯。」

爸對我咧嘴一笑。「不好意思啦兒子，三比一。」

可惡。

「所以你以後想做什麼？」我們在塔可屋埋頭大吃時，爸問賽斯。

有外人加入感覺反而更像家人聚餐。有別人在的感覺很不錯，即使那人不是媽。

賽斯表現優秀，沒像狗一樣對奧莉嗅來嗅去，但我從沒想過竟然會是相反。就連我都看得出奧莉稍微打扮了一下，即使塔可屋是那種老爸老媽會去的便宜餐館，你就算一身短褲T恤也沒差。而且每次只要他一說話，她就會全神貫注地聆聽——至少比聽我說話專心很多。例如賽斯回答我爸問他想做什麼時。

「詳細怎樣還不確定，但絕對和電腦有關。」

我爸點點頭。「你是說像寫程式或電腦工程嗎？」

我等著賽斯點頭同意。這鐵定能讓他在我爸心中得到高分，因為爸只要聽到工程二字就會嗨起來。可是他卻搖搖頭。「我想不會。程式是很棒，但我對其中的美學更感興趣。我想做和平面設計有關的工作。」

奧莉看著他，露出睿智的表情點點頭。「好的設計超級重要……」於是她便展開一場關於設計與其在現代社會之重要性的小短講，賽斯大多只是專心聽，三不五時點點頭。

在這期間，爸和我四目相對，眨了一下。這只是一個微乎其微的小動作，卻莫名其妙讓我完全不知所措。感覺就像他在說我很清楚現在是什麼狀況，奧莉這麼認真、這麼努力地展現自己的大人架勢，真是有點可愛你說是不是？是說我當然知道發生什麼狀況，可是我本來以為我父母這個年紀的人對此早就沒感覺，所以他這麼輕而易舉地承認自己注意到這一切

——而且也注意到我注意到了——實在是……我不曉得，雖然沒有不好，感覺卻很詭異。好像我突然之間升上大人等級之類的。

我不確定自己有沒有做好準備。

晚餐後，賽斯和我回到房間，繼續完成網站的基本版型。當我們的網頁配置大部分都已做完，第一批相簿的照片也上傳完畢，賽斯轉向我說：「你想上哪些標籤？」

「什麼意思？」

「先不管你要加什麼圖說——我猜大概會是攝影和街頭攝影之類的。你還想幫這個網站加什麼形容？像是假如有人搜尋圖說沒包含的詞句時。你知道的——為了SEO*？」他看到我的那啥？表情。「——就是這個網站除了是晚上隨手拍攝的照片選集之外到底是關於什麼。」

我只能聳聳肩，不確定該怎麼說。我從來沒告訴過任何人這計畫是關於什麼。

「好吧，先退一步，」他說，「你要幫網站取什麼名字？」

我其實也沒有想過這件事。我是說，我知道自己不想取什麼**轉角照片**或類似名稱，因為那樣就太無聊了。我覺得這個攝影計畫大概是和九點〇九分有關的東西，如果是這樣……

「九點〇九分街拍計畫怎麼樣？」

「九點〇九分街拍計畫，」他重複一次，然後又念一次。「我喜歡。但為什麼是九點〇九分？我是說，我知道你會在晚上去拍照，可是為什麼特別是這個時間？」

我正打算胡說八道搪塞他，說選這個時間只是因為念起來順口，就像我對其他人說那是學校計畫一樣——這比坦露實情容易多了。我才要開口說出那些臺詞敷衍他，卻突然想到：我曾經是有朋友的。在情況還算好的時候，至少我有幾個能稱為朋友的人。直到快兩年前那個痛苦的夜晚，晚上九點〇九分，當我將自己封閉起來之後。

他看著我，靜靜等待，然後我聽見自己說：「因為那是我媽過世的時間。」

「**什麼？**」

我說出來了——所有一切。關於我媽；關於以她的名義開始這個攝影計畫；關於我忘記她冥誕後心中的小小崩潰……關於我決定將計畫放上網站、作為對她的紀念。

＊ 搜尋引擎最佳化，Search engine optimization。

我說完後，他往後一坐，沉默好一陣子。「我完全不知道。」最後他說，然後往前傾身，「你為什麼要把這個祕密守得這麼緊啊？有時候得到一點同情也是很不錯的。」

我搖頭。「我不想要那樣。」

他聳聳肩。「好吧，也許說理解比較恰當。」他指著我的電腦，上頭還展示著相片集，「知道背後的原因之後，這就更……我不曉得，更有重量了吧。」

「我也不需要重量——光是這樣我就覺得夠沉重了。」我已經開始後悔告訴他了。「誠實跟你說，我之所以告訴你，只是因為你說要做標籤，必須知道這到底是關於什麼。不是為了同情，也不是為了讓任何人知道。瞭嗎？」

他做了一個嘴巴拉拉鍊的動作。「瞭。」然後一個轉身回到電腦，雙手放上鍵盤，頓了一下，然後逕自微點了個頭，開始在網站模板的欄位打進一連串詞彙，我越過他肩膀看了看。

失去。

哀慟。

失去所愛。

想念所愛。

獻給所愛。

哀慟所愛。

紀念所愛。

回憶所愛。

失去所愛的因應方式。

諸如此類……

「我不確定這會有什麼用。」我說。

「可能沒有——但誰知道呢？但這說不定能幫助有類似經歷的人找到你的網站，即使他們在找的其實不是街頭攝影。」

「我還是看不出來這能有什麼幫助。」

他用詭異的目光看我一眼。「你應該知道我來這裡的目的不只是想把你妹——」

「欸！你剛剛說『不只是』，」我打斷他，「那就表示——」

「什麼也不表示，」他揮手打發我，「傑，我告訴你，你是個好人，基本上腦子也算聰明，有時甚至很有趣。可是說到抓錯重點，你也算是天賦異秉。」

如果我是一隻狗，現在就要使出疑惑歪頭殺了。「我還真是有點抓不到重點。」

他嘆了口氣。「人人都一顆助人的心，例如我願意來這裡幫你。所以你有沒有想過，也許——只是也許——這個網站也可以幫助他人？」

我愣了好一會兒，陷入思緒，回想我在媽過世後多麼迷惘、多麼孤獨，於是最後我對他點點頭。「老兄，謝了，謝謝你幫我，然後……謝謝你幫我。」

可是這不代表我打算公開一切。好吧，我猜技術上我算是公開了，可是並不具名。我在賽斯離開後又回去工作，為網站主頁寫了一篇短短的概述。我不想要任何華而不實或長篇大論，可是賽斯的話也算有點道理。

我的創作主張

這個網站是我用來分享「九點〇九分街拍計畫」的地方。我媽媽在晚上九點〇九分過世，所以我在這個時間用攝影紀念她。我每天晚上回到同一個街角，盡我所能捕捉九點〇九分在那裡發生的一切。這或許聽起來微不足道，可是提醒了我兩件事……

世界依舊運轉，即使在我們逝去之後。

然而從某些層面來看，其實並非如此。

總而言之，這是我的作品，我盡可能如實呈現。

至於我是誰？我只是一個失去所愛的人，和你們許許多多的人一樣……

我上傳後，奧莉走進我房間，瞥了我的電腦一眼。「你們兩個剛剛在弄什麼？」

「我們在建網頁，是為了……學校計畫。」我現在還不想深談。

「你們兩個是一起做功課，還是怎樣？」

我搖搖頭。「計畫是我的，賽斯只是幫忙；因為他是電腦天才。」

她點點頭。「讚。」接著問，「他這個人怎麼樣？」

輪到我問她最愛的那個問題。想當然耳，帶著調侃的笑。「怎樣——妳喜歡他？」

我本來以為會立刻遭到否認，但令我非常驚訝的是，她聳聳肩，說不知道。我挨近觀察——有一丁點兒笑紋……的樣子。「所以，他這個人怎麼樣？」

「根據莎士比亞，如果我告訴妳他人還不錯，妳就會唱反調；但如果我說他是個魯蛇壞男生，妳就會像磁鐵一樣受到吸引。」

「莎士比亞滾一邊啦，如果你不想說就不要說。」她轉身要走。

我突然想起我承諾媽，要照顧奧莉，但又想到我在晚餐時升了一等的事。也許我該更認真思考該如何做。

「嘿。」

她轉過來。「怎？」

「我覺得他是個好人。」

「知道了。」

奧莉離開後，我內心一股想去費格與嘉德納那個轉角的衝動——**現在馬上**。大概是因為知道這些街頭照片屬於一個更有意義的計畫，感覺起來就更有意義，好像我突然有了某個目的。當我朝市中心走去，突然發現自己的感覺比不久前好多了——對於我自己、我的人生，還有一切。

當我的鬧鐘響起，一群小朋友正過街朝我走來。

他們一共五人，全是男生，約十三歲。「各位，介意讓我拍張照嗎？這是藝術計畫要用的。」（小鬼對於學校計畫可是不屑一顧的。）

「當然可以。」其中一人說。

「只要我們也能拿到照片，」另一個人補充，「我們是一個樂團。」

「沒問題，」我說，「你們要不要站到這邊？」

他們靠牆列隊，在安頓下來前稍稍爭執了一下站位——想要照片的那人顯然想站C位，但他們協調好後就直接肩併著肩、一臉嚴肅地望著相機。我想這大概是八年級男生版的唐老鴨臉吧。我快速拍了幾張，然後說：「不要擺姿勢，做你們自己就好。」

他們稍微換了一下位置，不過最後仍回到同樣的酷臉表情。我聳了聳肩，心想大概也只能到這樣了。所以我隨意調了一下曝光和光圈，嘗試至少拍到一張及格的照片。但接著我腦中自動冒出一個奇怪景象，有點像是分割畫面，兩邊皆有文字：一邊滿是以打字呈現的曝光公式，數學風格，藍色，而且十分精準；另一邊則是一堆手寫詩句，有點暖色系，粗糙而破碎。我突然想到——技巧再好也只為體現人性。若單憑技巧，徒有形式，毫無靈魂可言。

我停下手上動作，放下相機，直接對著最旁邊的安靜孩子說：「是說，這傢伙做過最白痴的事是什麼？」我指著中央的那個人問。

「噢老兄！有一次我們在泳池派對演出的時候，他以為自己可以站到泳池中間的浮臺上唱歌……」然後他們就完全忘記鏡頭，開始互相吐槽。沒多久，他們就像一群野猴子那樣放開大笑、又吼又叫、指來指去，而我啪啪狂拍，只有偶爾停下來問：「然後呢？」

幾分鐘後，他們鬧夠了，我也已經拍到二、三十幀照片。我要了聯絡方式，答應寄照片過去之後，他們也一邊互相笑鬧地離開。

我去芬奇時心情絕佳，所以砸大錢點了特大杯印度奶茶，找了個廂座坐下開始檢視照片。前面幾張在我意料之中——孩子們看起來和蹩腳的業餘樂團如出一轍，但後面的照片展現出截然不同的氣場……他們忘了用力耍酷、放掉裝跩裝帥，他們只是自己——十三歲，而且超有活力。你可以從他們臉上看到那些能量、幽默和興奮之情，也能看出他們真的是感情超好。其中有一張是最旁邊的孩子指著中間的那個說了些話，然後所有人都爆笑出聲，就連中間那位也是。

我又看了幾張，正想著這裡面絕對有些好東西，忽然感覺到有人站在我的廂座旁。我抬起頭，是她。

「你今天在語言課上又那樣了——被動語態的時候。」

我聳聳肩。「問題被提出，意見被表達。」

她聽到後竟然露出了微笑，看得我內心產生某種感覺。有點像爸在那次晚餐時的眨眼，但又不太一樣。

我舉起相機。「我在這裡做什麼妳我都曉得，」然後我示意她夾在手臂下的筆電。「但是妳呢？寫功課嗎？」

她搖搖頭，對我眨了眨眼。不知怎麼，我突然覺得她就和前晚的我一樣，正拚命想說明自己進行攝影計畫的原因。「不是，」最後她說，「我是想要……」她停頓一下。「我想我是要做和你一樣的事。」

聽到這種話你該怎麼回答？我聳聳肩。「噢……那麼，祝妳好運。」然後我脫口而出──「是說，如果能有機會看看妳在做什麼，會是我的榮幸，真的。」哇靠，這話到底是從哪兒冒出來的？

她只是靜靜地望著我，突然間，我聽見了廚房裡的碗盤鏗鏘聲……前門關上的碰碰聲……咖啡師呼喚某人點餐的喊叫聲……

「謝謝，」最後她說，一切又回到正常。有一會兒，她看起來好像想說點什麼，但是又轉過身，朝另一個空廂座走去。

我回頭看自己的相機，嘗試專注在照片上──但是有點失敗。

我到家時，車庫還亮著，所以我晃了過去。

「嘿爸？」他正在拆解那臺古董級發條留聲機，零件散得工作檯到處都是。他到底在那堆垃圾裡看到了什麼我看不到的？

他轉過來面對我。「兒子，怎麼啦？」

「我有個蠢問題：AK－47到底是什麼？我是說我知道那是什麼，但是……」

他似乎有點驚訝。「卡拉希尼科夫，七點六二乘以三十九毫米，」他一定看見了我的一臉困惑，「就是……來自俄羅斯的愛*，做得比任何槍枝更低廉又更耐用。」

「所以算很受歡迎之類的嗎？」

「歡迎？嗯……對世上大多人來說它當然是重武器的第一首選。」他突然露出擔憂眼神。「為什麼這麼問？」

我該怎麼回答呢？就是呢，我學校有一個女生，她有點像是天涯一匹狼……是說如今這麼一想她可能和你的獨子有點類似。而且因為某種原因，這就是她的綽號，而且她真的超級嚴肅又令人緊張並且很討厭我加上從來不笑——好吧，今晚除外——而且有時我發現自己會在課堂上贊同她的想法，卻往往把情況搞得更糟……？

我當然沒那樣說。「沒什麼大事情，只是學校某個人的綽號，而且……我不曉得，我只是好奇。」

然而他不打算結束這個話題。「沒有什麼我應該擔心的吧？你是覺得那男生可能有點暴力，還是——」

我笑出聲音揮手打發。「不是啦，不是那樣。」

總之呢其實是女生，不是男生，而且感覺她一點也不暴力。好吧，雖說有時我感覺她可能想跟我打上幾場……

但那些我也沒說，只是補上一句，「我保證，沒有什麼需要擔心的。」

＊編註：主角的爸爸在這裡引用了詹姆士・龐德系列電影《第七號情報員續集》的原文片名，*From Russia with Love*。

第九章

我相信，美麗大多數情況下是創作過程中附帶而來的。

——桃樂絲．蘭格

「酷，」我說，「這個風格應該拍夠了。要換件華麗一點的褲子之類的嗎？」

坎妮迪和我下課後在米遜公園碰面。那裡位於溪畔，有很多漂亮的風景可當背景，此外還有廁所能讓她當成更衣室，平日下午也沒那麼擁擠。

她換衣服時，我檢視了一下剛剛拍的照片。我們從運動風開始——基本上她就是穿著慢跑短褲、慢跑鞋及運動背心——我讓她採取站姿、做伸展動作、拿水瓶喝水，並利用網球拍擺姿勢。接著換休閒風，比她平常穿到學校的再稍加打扮——目前都很順利。下一套則是更正式一點的裝扮。

看見從廁所從容地走出來換裝好的坎妮迪，我忍不住說：「哇喔……」

她的妝髮與拍頭像照時類似，但多加了某個輕飄飄的東西，更像巨大披巾、而非洋裝。那件衣服有著原始叢林的色彩，大部分能直接看透。布後方一路垂到小腿，前面則較短，會在她走動時往後飄揚，直直往上露出一整條腿。她的鞋子類似透明涼鞋，只不過有四英寸高。

「妳看起來……」她看起來怎麼樣呢？「妳看起來很耀眼。」我終於說出了口。完全發自內心。

她害羞地對我笑了一下，轉過頭去。我們接著開工。

我嘗試了從奧莉的時尚雜誌和網路上學到的所有技巧。我拍攝她的全身照，正面、後面和左右，再以四分之三比例拍一次。接著隨意拍幾張頭像照。我讓她走一小段路，正對著我——就像走時尚秀的臺步——然後換從旁拍攝。接著換放鬆一點的姿勢，倚著欄杆，後面背景的草皮上還有鴨子。接著，我讓她拿著一只酒杯站在樹木之間、遠望，我則繞著她一圈進行拍攝。

單這一個風格我們就花了至少一小時，等到拍完，太陽已低垂天空，光線中散發著一種溫暖的魔力。

而且——撇開個人情感因素不談——她在這方面真的是非常厲害。確實，我也沒拍過成千上萬個模特兒，經驗僅限於奧莉、蘇菲亞、克洛伊，以及晚上去街頭攝影時拍的十幾個隨機路人。可是我看得出坎妮迪與眾不同。我可以對她說「要不要試試看從那棵樹朝我走過來？」而她不會突然變得不自然或死板，或露出超大假笑，而會像個巡視麾下軍隊的女王那樣大步走過草皮——昂著首、揮著臂——彷彿這裡就是她的領地。

我不知道她有沒有狂看一整天的模特兒實境秀，抑或是天生就是吃這行飯，她真的表現得超好。

我們收拾完後，我看向她。

「我認真跟你說，妳真的超厲害。」

她低下頭，但我看見她在笑。「謝了，我不……嗯……」她抬頭看我。「真的嗎？」

我點點頭。「無庸置疑。所以，呃……妳想什麼時候見面一起挑照片？就是看看哪些可以放進作品集？」

「我不是專家，你才是。不如由你幫我挑你覺得很棒可以放進作品集的？」她又對我露出那個害羞表情。「此外，我不喜歡看自己的照片。」

「我盡力而為。」

「你沒問題的，」她停頓一下，「那你覺得什麼時候可以弄好？」

我還沒想到那麼快就要搞定。我本來在想我們可以找個地方碰面——也許咖啡店、甚至去她家——看一下所有照片。然後她把檔案帶回家，縮小範圍。接著再見一次，最後決定一下。再來討論作品集的版面和排序。

「我……我不知道。」

她微笑。「下週呢？」

「呃……OK。」

她一手放在我手臂，注視著我。「那就太好了。」然後靠過來親了我一下——親在嘴上。「我真的超級期待。」

「我也是。」

你曾有編輯數百張照片、並嘗試挑出前十名的經驗嗎？其實很簡單，需要的只有……

1. 檢視所有照片，把明顯很爛的刪掉。
2. 剩下照片根據風格（日常、運動、正式）分類到不同資料夾。
3. 每個資料夾再進行一次**這個不要**、**直接刪掉**，減到剩一半。（說老實話，這非常難。我有點愛上了她的每一張照片。）

4. 根據姿勢的不同，分出子資料夾。
5. 決定每個風格的前三名姿勢。
6. 重看一遍，並找出上述每個姿勢最好的一張。（這個更難。我有挑到一張，單獨看很喜歡，可是不知為何和其他照片格格不入。所以我只能換。不過或許也可以改換入圍的別張，再看一遍整體感覺。）
7. 加入頭像照。我用了在學校拍的那張，還有她換正式打扮時拍到最好的一張。
8. 依序排好入圍照片。（根據專家：開頭和結尾要強烈。每張都精挑細選——如果未達水準就捨棄。）
9. 最後將作品集每一張照片(a)進行優化，同時(b)讓它們看起來彷彿沒處理過一樣，並且(c)讓全部照片調性一致，整合起來才會和諧。

全部做完時（每晚花幾個小時，一共四晚），我訂了三組八乘十的專業級印刷相片。一組用在作品集，一組是給坎妮迪的備份，一組用於我自己的履歷。接著我上網買了一些精美相冊，用來放印出來的照片，並加錢讓它快速到貨。等到全部完工、準備送出，我已經在這件事上花了超多時間。

並且花了超多錢，就這麼一下子。

如果我說錢不成問題，百分之百是在說謊。

當你面對轉移侵襲性乳葉癌這種術語，一開始只會當它是一個天翻地覆、會讓人喪命的問題，可是之後，你也得面對像是收入減少這樣的小問題。媽和爸認識時兩人都有工作，結婚有小孩後也沒有改變。所以，除了我們家的心臟被奪走、被狠狠踐踏爛成一團之外，癌症也連帶讓我們家的收入被砍掉一半。

就和媽媽的診斷結果出來後一樣，爸努力不讓我們知道情況有多糟糕。可是就和媽媽的病情嚴重程度根本掩蓋不了一樣，要隱藏爸更常加班的事實也同樣困難。還有我們也越來越少去高級餐廳吃飯，看電影也完全變成了回憶。

我記得自己總算在高一快結束時意識到這點，那已經是媽過世後的四還五個月。

「你認為我該去找工作嗎？」我問。

「這可能是個好主意。」他說。說老實話，我聽到時簡直要被嚇死。然後他補充一句，

「但只能在暑假。開學的時候你的工作就是念書。」

我最後在良景影城找到打工的機會。那是一間在好市多旁邊的大電影院，只有基本薪資，經理是個討厭青少年的超級王八蛋。但我上班時可以在美食街吃飯，而且能讓奧莉免費觀賞所有她想看的電影，所以整體來說還是滿酷的。我整個夏天都在那裡打工，去年夏天也是——而且希望明年夏天也一樣。不管我存到多少錢，都必須能讓我撐過整個學年，除非我能在寒假擠出一點時間工作。所以我學會了以明智的方式調節支出。說實話，其實沒有看起來那麼難，因為我真的沒什麼在花錢……例如和朋友出去玩或者約會之類的。

直到現在。

我在星期天早上把東西整理包好，打算第二天帶到學校拿給坎妮迪。可是在翻作品集時（我大概翻了一千次吧），我猜我可能確實有點興奮。

嘿，我傳簡訊，**妳會在家嗎？我想拿個東西過去**

十五分鐘後我收到回覆，**給我一小時**

我看看時間——十點十五，**酷，等會兒見**

我的第一個念頭是想把東西裝進盒子裡，例如那種你會用來放華麗襯衫的禮盒，也許甚至包裝一下，但馬上意識到這麼做很蠢——這又不是生日禮物。但為什麼不放盒子，絕大原因是因為我希望她當場打開來看——就在我面前。最後，我決定用我在衣櫃找到的漂亮袋子裝（這很可能是媽在洋裝店拿到的）。

我摸東摸西、直到該出門了，然後在最後一分鐘決定換件真正的襯衫，有釦子有領子，什麼都有，但倒是不至於像穿西裝打領帶之類的。我捲起袖子，沒把衣服塞進去。不知為何，我就覺得自己應該穿個比T恤好一點的衣服——不准鄙視我。

我到了她家並敲了門。沒回應，然後我按門鈴，聽見屋裡傳出某個類似教堂鐘聲的玩意兒正在演奏一首歌。

在歌演奏完以前門就打開了。是她爸。他看見我似乎不是很高興。

「嗨，坎妮迪在嗎？」

他的頭要點不點。「我看一下啊……」然後就關門離開，留我一個人站在門廊上。幾分鐘後，門再次打開，是坎妮迪。但是她看見我好像也沒比她爸開心多少。

「呃……嗨。」我說。

「嗨，」她一副燃燒殆盡的模樣，可能是宿醉？她也好像沒換衣服，帶著昨晚的妝直接上床睡覺。可是我跟你說，即使她一副邋邋遢遢、一頭亂髮的模樣依舊很美。

「我有東西要給妳，」我遞出袋子。「我弄了一整個禮拜，希望妳喜歡……」

她接下袋子。「謝謝。」但她甚至沒往袋裡看一眼。「嗯，我有……」她指了指屋子裡面。「我有些事要做。」

「噢……當然——我是說沒問題。我只是想說妳好像很期待作品集，而且……」但她只是站在那兒。「我也把檔案寄給妳了，這樣妳就可以用電子檔的方式遞交照片，然後……」我沒招了。「總之，給妳了。」

她微微點頭。「好，先掰。」

「掰掰。」我第二個掰才說出口，門就關了起來。

哇，真是讚到不行呢你說是不是？

「那麼，還有什麼事情能決定作品的影響力？」第二天早上，蒙蒂奈洛老師問道。「只是做到修辭三角就夠了嗎？還是說不只這樣？」

我已經發言了一、兩次，所以沒有舉手。此外我正在腦中重播昨天在坎妮迪家門廊發生的一切，才意識到我背後有人在講話。

「……反正那也不是一個真的三角。」我認出了聲音，是ＡＫ。「我認為是正方形，或至少是個四邊形。」

「請詳述。」蒙蒂奈洛老師說。

「一個作品不可能完全獨立於和其他事物，你得考慮作品創作的時間，例如我們讀的那些公民權利演講在一九六〇年代確實很破天荒，可是同樣的東西在一九三〇年代可能會害你被關起來，三百年前則會被綁上柱子燒死。可是在今日，大多人只會說一句好喔。」

蒙蒂奈洛老師慢慢點頭。「很有趣的觀點。」她環顧四周。「有沒有其他意見？」沒有任何人說話。這很可能是因為再幾分鐘就要吃午餐，大家都希望討論就此打住、蒙蒂奈洛老師能放我們一馬。接著她就直接看著我。「傑米森？」

為什麼是我？「這個……」啊……腦子快動啊……嘴巴快張開……我關掉腦中坎妮迪一頭亂髮的畫面。「很難說，」拖時間……搞個笑……「嚴格來說亞里斯多德也沒把規則貼在他推特上……」好幾個人聽了笑出來。挑個立場、進行辯護……「但我認為，廣義來說，歷史背景也該視為受眾的一部分，因為讀者也是那個時代的產物。」蒙蒂奈洛老師點點頭，正要說些什麼——很可能是下課——但不知為何，我的嘴巴仍不肯罷休。「但我得說，她的意見很不錯。」什麼？「兩千年前的脈絡變化速度慢很多，所以亞里斯多德可能沒有考慮到。」
「所以亞里斯多德因此漏了一個修辭學元素？」
我聳聳肩。「有這可能……不過四個中三，所以命中率還不差。」
蒙蒂奈洛老師露出微笑。「確實。」她抬頭看著全班。「午餐愉快。」
大家離開時，我發現ＡＫ在看我，我確定她鐵定在為某事不爽。可是我沒留下來釐清原因，而是雙手插進口袋大步走開。

「話說，你午餐時為什麼沒和我們一起坐？」奧莉問，「覺得自己等級比我們高嗎？」
下課後，我開車載她回家。「我看妳一定是比爾．威爾森失散已久的靈魂伴侶——他前幾天才問了我一樣的問題。」
她直接無視我，把腦袋埋進手機。事實上，我一直在等坎妮迪過來告訴我她有多喜歡作品集——她現在總該看過了吧？我去吃午餐時在走廊上看到她，非常確定她也看到了我——可是她卻一個勁兒裝忙，什麼也沒說。外加ＡＫ坐在那個正妹桌附近，我也不想處理她原因不明的暴躁，所以我坐在老地方吃飯。

最後，奧莉對僵局感到無聊了。「好吧，因為真的是可惜了，你的模特兒作品集大受歡迎。」

我轉過頭。「什麼？」

「坎妮迪帶在身上，午餐的時候拿給大家看。她一直炫耀自己想當模特兒，每次大家聽到都會翻白眼，可是那本作品集讓大家閉嘴了。」她從手機抬起頭。「傑，你超厲害，我是認真的，大家都超愛——他們覺得真的很專業。」

「好喔，那真是太棒了。」

「你是怎樣？」

「現在她們都會跑來找我了。妳知道那本我費了多少功夫嗎？」

她看了我好久，露出一個詭異的表情，我分不清她是悲傷、火大還是怎麼了。可是我沒見到任何笑紋。

「怎樣？」最後我問。

「她們不會找你的。」

「啊？」

「因為坎妮迪完全沒提到你。」

第十章

……我突然意識到自己應該做的是攝影，並且專注在人身上；只有人，各式各樣的人……無論有沒有支付我任何費用。

——桃樂絲・蘭格

有時，你必須專注在重要的事情上。例如我第二天早上第四堂課大半時間都在思考午餐時該坐在那裡。一方面，我確實期待有人注意並欣賞我在坎妮迪作品集上付出的努力，不過她沒提到那是我拍的，會不會是因為她想讓別人覺得那出自真正的專業人士，而不是學校裡的某個誰？如果是這樣，我想我應該可以理解——大概吧。

我盤算等等去老地方吃飯，避開任何肥皂劇。與此同時，我也聽見老師正在回覆某個正在念自己文章的人。說來有趣，即使我正處於感情困擾之中，腦子仍有部分能隱約察覺到某人語氣裡細微的異樣。尤其是說話的人試圖隱藏的時候。「就批判性寫作而言，這不會有點主觀嗎？卡努森小姐？」蒙蒂奈洛老師問。

卡努森（Knudsen）？卡努森是誰？

「我同意這很主觀，」ＡＫ說，「但我不同意這一定是不好的。」

嗯，果然是她。

「重點主要在於盡可能清楚表達想法。」蒙蒂奈洛老師說。

「我同意，除非我們討論的是一些類似幾何或化學的東西，只要是人寫出來的，就絕對會有主觀論點。這說不定甚至是很有幫助的。」

蒙蒂奈洛老師環顧四周。「這個理論十分有趣。所以，針對這一點，大家有沒有意見——？」她繃出一個笑容。「主觀的或其他的都可以——」

我腦中跳出數字3和4，一個偏藍，一個偏橘；就像第三和第四節；就像數學和藝術。

我後面有個人不假思索地直接念出課程大綱。「一篇有效的論文，應具有能完整支援論點的批判性解釋。」

我的聯覺有一個附帶效應，與解決問題有關。令人沮喪的部分就是雖然有時我能「看見」解答就擺在面前，但不是每一次我都能解釋出來……至少無法用任何正常語言來解釋。

就像此時此刻，我正在全神貫注思考數學與文學之間的主要差異，不知為何，我的大腦就是這樣理解這個討論的。我沒有像大多數的學生按照邏輯回想教科書上怎麼說——我的腦子拚了命想解決問題……像是透過跳舞小人之類的。

而且……現在畫面完全失控……

「然後呢……？」蒙蒂奈洛老師問。

簡直是一場數字和字母共舞的芭蕾表演。

「然後……然後我想就沒什麼主觀的空間了。」那個人說。

然後它們現在各自跳往舞臺的兩邊……

「還有別的想法嗎？」

此外，不管我怎麼努力讓小人跳出同樣舞步，但只有你任由它們自由發揮時，它們表現得最好……

「傑米森？」

啊？我沒舉手啊。「Au contraire（正好相反）。」我用法文說。

她交叉雙臂。「解釋一下，s'il vous plaît（勞煩）。」她也用法文回。

是要怎麼解釋？這個概念這麼浩瀚、這麼巨大……

突然之間，我看見一個深色眼睛、書卷氣質出眾的纖瘦女人，她手捻著香菸，注視相機。畫面自然是黑白的。沒錯，有何不可呢？「那我簡短引用一段瓊．蒂蒂安*的文章〈我為何寫作〉（*Why I Write*），」我說，「我、我、我（I, I, I.）。」

我看得出她懂我意思了，於是我直接丟麥謝幕。

知道我的難處了吧？

「那個絕對有八分。」萊利和崔斯點點頭，比爾朝我看來。「傑，你很快就得喪失你的男子漢證書了——是說你到底為什麼不來評個分啊？」

我不知道……也許是因為整件事該死的太過簡化，彷彿真以為可以用數字來代表一個人？又也許，是因為這麼做真的非常惡毒、非常愚蠢，好像你只要說句，「嘿寶貝，我覺得妳絕對有八分喔」，她就會莫名覺得這種話超有吸引力？或者——如果你認真思考一下——也許是因為七這個數字和八比起來其實更有意思？

但上述一切我都沒說，因為那只會自找麻煩。所以我改成說：「因為你這個計分制有個致命缺點——你用量性方法論來決定質性概念的價值。」然而我想一想，這說法應該也沒用。

他只是盯著我看，拉長了臉。「老兄，就連怪都不足以形容你。」

不知為何，我繼續說下去。「不對，怪的是你竟然認為這麼複雜的人類可以簡化濃縮成一個數字。真的超怪，如果你去追蹤那些被你打八分的人二十年，你很可能會發現有些人最後變成徹頭徹尾的魯蛇，有些人會發現癌症的解藥，或是……」

我之所以住口了，是因為我發現自己早就未贏先輸。我瞄向賽斯，他搖搖頭，一副*你還是放棄吧——他們永遠不會懂的*表情。

就在這個瞬間，坎妮迪走了進來，朝正妹桌走去。我們全都盯著看，我也不例外。我猜我的男子漢證書應該可以再保留一天。

比爾清清喉嚨。「是說……」他說，「我算是上過她一次。」

我受夠了。我轉身對著他說：「真的嗎？那告訴我她的刺青長什麼樣。」比爾顯然進退兩難，所以我編了個故事，幫了他一把。「我聽說是隻蝴蝶之類的，就在她那個完美的屁股

---

* Joan Didion（1934-2021）。美國小說家、散文作家。最知名的作品為《奇想之年》（*The Year of Magical Thinking*）。

上。」

「其實呢是隻蜻蜓。」他豎起拇指和一根指頭，拉開幾英吋的距離。「大概這麼大，綠色加紫色。」他指著自己左邊那瓣屁股。「就在這兒。」

「哇靠老兄，這真是太了不起了。」賽斯用想笑的神情看了我一眼，但我不理會，因為我的手機正在震動。是奧莉。**少蠢了——過來這裡**。

我四處張望找她。她就坐在距離坎妮迪不遠處。不知為何，坎妮迪就在桌子正中央。我突然意識到，坎妮迪和我真正獨處時都是因為工作——拍照，或討論她的作品集，諸如此類。我突然冒出一個讓自己倒抽一口氣的念頭——如果邀她單純一起出去玩應該很不錯吧？我不曉得……或許可以從喝咖啡之類的開始？

我知道這也許不太可能，邀她出去的念頭令我內臟打結。但是另一方面，其實她最近對我都很友善。或許我可以見機行事，看看結果會怎樣……？

我在心裡聳聳肩，站起來，走過去時拍了拍比爾的肩膀。「老兄，我認真講——我真心覺得你這人很神奇。」

我走到桌子一端，在奧莉旁邊一屁股坐下。這週的她有點文青風——溼髮浣熊消失，換成一只小巧的平頂豬肉派紳士帽戴在蓬亂的頭髮上，一件大尺碼西裝白襯衫（我發現那是我在電影院打工時穿的襯衫）外加領結和吊帶，闊腿褲，以及百分之九十九從慈善商店撈到的Chucks 舊帆布鞋。簡直可以算是文青加復古的奇異混搭，可是莫名很合。這下我認真相信也許挑衣服的藝術真的是某種天賦也說不定。

我開始吃飯，正要問奧莉她每天早上都是怎麼決定穿什麼時，卻突然停了下來。

我停止說話、停止咬嚼、停止呼吸。

因為，身邊正在進行的所有對話之中，我的腦子聽見了坎妮迪的說話聲，並且聚焦、放大，排除掉其他任何聲響。

「……所以說不要問我任何關於星期六晚上的問題。」她這麼說。

蘇菲亞（就坐在她旁邊）笑著表示，「大家好像都玩得很開心啊。」

我看不見她說話的表情，因為我埋頭死盯著食物，但是我能從她的聲音聽出她正在咧嘴燦笑。「我想應該是吧，至少就我記憶所及。不過老天啊——我第二天早上真的付出了慘痛的代價。」

蘇菲亞大笑。「我想也是！」

忽然從我腹部深處湧出一種徹底翻攪的詭異感覺。我其實沒有很想參與她那晚的（不知名）活動——尤其見識過到那天拿作品集給她時我親眼見過她的模樣——可是我又有一種超不舒服的錯失恐懼症＊。嫉妒就是這種感覺嗎？我不知道。我只知道此刻我彷彿吞下一整杯的屎味冰冷雞尾酒。

我深吸一口氣，逼自己專心注視披薩。即便只是想到食物就讓我忍不住要乾嘔。

午餐剩下時間我一直低頭盯著盤子，直到所有人都離開餐廳。我甚至認真考慮是不是一直坐到歷史課結束時，就聽到有人從我身後走來。

「為什麼你又在語言先修課支持我的意見？」

我不用轉身就知道是誰。「我沒有支持誰的意見，我只是有個毛病──我有什麼想法就直說。相信我，這和妳一點關係也沒有。」

沒有回應。等我終於抬起頭，她已經不見了。我無所謂

我去上歷史課──也去上了第六節的化學──完全進入自動導航狀態。等我回到家，就直接進到房間，仰天躺下檢視天花板。

過了一會兒，奧莉敲了我的門。不管她想要幹麼我都沒心情。「走開──今天家裡沒有人。」

她還是走進來，讀出手機上的東西。「三到四小時外拍，包含三套換裝。挑片、修片、影像處理。十張八乘十彩色輸出照，附加相冊。聽起來和你幫坎妮迪做的像不像？」

「沒錯，差不多。怎？」

她對著我舉起手機。「所以你『差不多』白白送出了快要一千塊的心血，送給了一個毫不感激的傢伙。」

我接過來拿近細看。那是一家本地攝影工作室的廣告，正在推銷**特價照片集方案**。「只要九九九。」我指著說，「有看到嗎？這個月特價。」

她一把奪回手機。「別該死的這樣作賤自己，傑。」她出去到一半又停下來，沒轉過頭直接補上一句，「你值得更好的。」

＊ FOMO（Fear Of Missing Out）。意為擔心自己在社交活動中被遺忘，成為邊緣人。

第十一章

事先知道自己要找什麼，表示你只是在拍你的先入為主，其中必定非常有限……而且多半虛假。

——桃樂絲・蘭格

我擔心爸。他完全沒有那些明顯的悲傷反應。像是常常聽到有人的妻子突然因癌症過世，因此一蹶不振，或是徹底失控、三不五時爆哭、酗酒過量，然後整天躺在家裡床上，最後崩潰。我和奧莉十分幸運——我爸完全不是那種人。除了媽媽冥誕時，他有些沮喪，上述狀況我爸都沒有，至少我們都沒看見。就是因為這樣我才有點擔心。他都如何紓解他的悲傷？他當然不會跟我們聊這個……

晚餐後做完作業，我去車庫看看。果然，他人在那裡，還在修理那個屬於史前時代的機器。那個由彈簧驅動的馬達，有如巨大的發條鐘結構，各個零件散在他的工作檯上。工作檯另一端則擺了一個木頭櫃，他同時處理上頭剝落的舊漆。看起來像建築工人的便當盒，配了一只圓圓的蓋子，頂部有個提手。如果這個建築工人是浩克，午餐盒大概會用實心橡木做。

我看著他坐在凳上，彎腰駝背伏在工作檯前，不禁搖了搖頭。他花了**很多時間**在那個沒用的東西上，要想讓它動起來恐怕還有漫漫長路。但這是為了什麼呢？這麼老舊的早期留聲機，就算真的能用，音質也絕對很糟。

然後我瞥向牆上的復古摩托車海報，不過這次我腦中想的是它背後的拍攝過程，以及為了讓摩托車和女孩顯得完美而費下的苦工。打光、背景幕、相機、底片和沖洗處理，還有攝影師投注在上頭的所有時間。

接著我便尋思：這其中哪一個環節有可能是免費的嗎？

他終於注意到我站在那裡，於是轉過了身。「嘿傑，怎麼啦？」

我聳聳肩。「沒什麼，我做完功課了……明天的化學考試也念完了，只是隨便晃晃。」

我對著他正在清理的金屬零件點點頭。「我不太懂為什麼你要做這些。」

「你的意思是？」

「我沒有冒犯的意思，但是……」我停頓一下，「但是這有什麼意義呢？我是說，你花了一大堆時間修好那個老東西，但最終出來的音質可能甚至沒有我手機和耳機的一半好。」

「沒關係，你說得對——就這點而言。」

「就目前這點而言？」

他抓住一根木頭把手的生鏽舊曲柄，一邊講話一邊慢慢轉動。「如果只在乎保真度，那你說的確實沒錯——聽手機就好。但是別忘記，曾經有這麼一天這種圓筒留聲機是那個時代能找到最棒的音樂播放器，而且它們都是由對自己手藝引以為傲的匠人手工製作，買家都是來自真正重視音樂的世家大族，因為這些東西並不便宜。在一九〇三年剛剛製造出來的時候價值三十元，差不多等於今天的一千塊。你覺得會有多少人願意付這麼多錢只是為了聽音樂？」

他如此認真全心投入這件事，我實在無法繼續挖苦，所以只是聳聳肩。

「我知道現在看起來只是一堆油膩的零件和破爛的舊木頭，」他說，「我不怪你覺得這東西沒用，因為你無法看見其中蘊含的潛力，」他頓一下，「我得說，有人在一世紀前掏心掏肺做了這個東西，如今它就要被丟進垃圾堆，再也沒有人會做這個東西了。但是，如果我能有那個機會，給予它新生命，讓它重回煥然一新的模樣，那我覺得我就該去做。」他望著那堆零件，「而且感覺也很棒，能讓一個東西重生……」

我瞬間領悟。關於媽媽的遭遇，他束手無策，可是眼前的東西卻是他真正能夠動手修好的……他真的能讓它再次完整。

「**還有！**」他突然一個興奮補充一句。「這不用電力。你就想：要是殭屍世界末日來臨，這東西該有多棒！」

懂我的無奈了吧？

我再次抬頭看海報。是說，如果你真想浪費時間修理老機器……

我指著海報。「你什麼時候真的會理智斷線去找一個來？」

他抬頭看。「她對我來說年紀太小了。」

我交叉雙臂、用力瞪他，彷彿我才是爸爸，他則是自以為是的臭小孩。

「曾經有段時間我確實很想，」最後他承認，「但你知道的，是在那之前……而且這也不是不用錢的。」

無數念頭竄過我腦中，但我就是說不出口，最後只能說，「如果你偶爾想找點樂子，我們都沒關係的。」

和爸講過話後，我覺得我可能需要獨處一會兒。基於**我**剛剛才勸**他**去找樂子，這實在是有點諷刺。

九點左右，我自動帶著相機來到費格與嘉德納轉角。我靜靜等待，我明白這計畫的重點之一就是不特意挑選，但你難免會希望拍攝時主角至少能有點個性，就像石板街*冰炫風上灑的配料。然而我漸漸意識到，大多時候你能拿到的只有香草口味。不過我已經開始學會順勢而為、盡力就好。

但是這回，我得到的**可不是**穿皮衣帶寵物恆河猴的修女，或又老又邋遢的老頭，穿著露小腿的短褲，活像是一週前才爬出勒戒中心的神經質蟹老闆。甚至連最普通的爸媽外加兩個小孩的行走動物園都沒有，而是更糟的。

糟到不行。

我望著街道，心中警鈴響了起來。我看見兩對和我年紀差不多的情侶，一邊朝我走來一邊高聲大笑。我雖然不太滿意，仍一如往常將相機準備就緒。當他們走得更近，我赫然發現那是坎妮迪·布魯克斯和孟塔納高中的另一個女孩，和兩個至少十九或二十歲的男生。

我就像肚子被挨了一拳。沒錯，我很清楚——按理說——我無庸置疑被當成朋友。我也

* rocky road。加入小顆棉花糖與堅果的巧克力冰淇淋。

很清楚——按理說——坎妮迪從沒明確表示過她沒有男友，而且她想和誰出去是她的自由。可是這事突然之間當著我的面，從設想層面直接化為現實，就像一根大錘直擊我心窩。我是說，他們就在我的眼前——你儂我儂，發出喝得爛醉的笑聲——而且你心裡也很清楚，不管他們去哪裡，最後一定發生什麼事。

我很想丟下相機逃跑，或至少彎身綁個鞋帶，綁到他們走過去。可是太遲了——他們就在這個位置，九點〇九分的轉角，完全意料之外。我非拍不可，或至少努力一下。

我準備開口詢問時，突然想起坎妮迪應該讀得懂空氣，然後放我一馬。畢竟她也不笨——她一定多少知道我對她有感覺，所以也許不會為難我，然後說我們也很想，傑，但是我們得趕去別的地方。然後我們就能晚點再碰面聊這件事。

哈，最好是啦。這大概要等到太陽打西邊出來那一天。

沒有，她看見了我，先是愣了一下，花了點時間認出我。「噢……嘿！你好啊……傑米森？」我對她解釋我在做什麼（就是『學校計畫』的版本）。然後她轉向其他人。「嘿，他是傑，在學校認識的朋友。他是個攝影師，在做一個學校計畫，所以想幫我們拍照。」只不過她有點口齒不清，說我是個蛇影斯。

其他人都沒問題。在他們喬站位時，我聽見坎妮迪對另一個女生說：「我跟妳說的人就是他，」雖然她盡可能壓低了音量，可是就和那些喝得爛醉的人說「悄悄話」一樣，根本超響亮又清晰。

我準備好相機時，另一個女孩瞥了我一眼；她的悄悄話也沒好到哪裡去。「他？嗯哼，確實有點可愛……」

坎妮迪轉向男生，把音量拔高到喝醉啦啦隊員的程度。「來吧！我們來拍！」最後他們全貼在一塊兒；女生在前、男生在後。我開始拍，他們笑個沒完，靠在彼此身上——多半是為了不摔倒——坎妮迪後面的男生伸過了手，一把抓住她的胸部，「爽啦！」他很顯然希望我拍下這張，所以我指了指相機，點點頭，像是在說我知道了，但沒有按下快門。

他放開手，我又拍了幾張，然後就說：「各位，謝了，我拍完了。」他們離開前，我靠近坎妮迪小聲說道，「嘿，我看到那個人摸了妳，妳沒事嗎？要我載妳回家嗎？」

她只是對我一笑。「你在開玩笑嗎？我好得不得了！」然後轉身加入她朋友。他們就這麼在人行道上一路踉蹌、哈哈大笑。我在那裡站了一會兒，慢慢收拾相機，也隨後離開。

但沒有踉蹌。

也沒有大笑。

我到家時把今晚拍的照片都匯入電腦，但實在提不起勁檢視一下——我已經夠難受了，沒必要去撕開瘡疤。加上，我也很清楚這些照片根本沒有值得放上網頁的。所以我轉而去逛平常瀏覽的網站，就從匿名街頭攝影師論壇開始。

目前熱門的討論似乎是：到底要不要事先預設最終成果是黑白照，並在這個前提下拍照——又或者等你拍完看過不同效果後再決定。我可能在那串討論虛擲了半個小時才退出，轉去我自己的網站看有沒有任何動靜。

網站建立後頭幾天，訪客只有我自己。我之所以會知道，是因為賽斯一教會我怎麼操作，我大概每天都會查看一次網站的流量——至少是在第一週。後來很多天是一個訪客都沒有。我對賽斯抱怨，說這個網站簡直像幢鬼屋，他提醒我這是為了我媽才做的。「如果你只在乎點擊率，」他說，「那應該像我原本提議的那樣，去架色情網站，不然你就認了吧小可愛。」還真是謝謝你的同情喔老兄。

今晚有一條新留言。有人寫下：**我喜歡你的風格，兼具即興創作與精心構思。這裡的東西真不錯，繼續加油！**這引起了我的注意，加上這則留言下方的署名：AndréSSA。這不就是匿名街頭攝影師論壇的版主嗎？哇賽。然而這分好心情持續大約六十秒就蒸發了。我關掉電腦，坐在黑暗之中。所以也許確實有個內行人——又或者其實沒有——喜歡我的照片。所以呢？這樣確實很棒，可是這也無法讓我媽起死回生，或讓我交到任何朋友，甚至在芬奇買到一杯咖啡。

或是讓一個顯然完全不在乎我死活的女生喜歡我。

最後，我還是做了反正我到頭來還是會做的事——檢視我剛拍的照片。沒錯，看到她和那個不再只是憑空猜測的男友在一起，又讓我的胃整個痛起來。更糟的是，打從一開始很明顯我就連參賽者也算不上。

是說，她大多時候根本想都沒想過我。她也不是討厭我，但恐怕有點情緒還比沒感覺好一點。我完全不在她的雷達上，小小嗶一聲都沒。

老兄，她根本理都懶得理，你就放下吧。我一次又一次地對自己說，彷彿複述真言咒語。是說這很明顯是真話，而且完全合情合理。

既然如此，那為什麼都沒有用？我知道自己在情感上放不下，可是不管怎樣，看過她和她那個新大學男友之間的互動，我猜我們大概沒戲唱了。

第十二章

藝術，隨著全神貫注而來。

——桃樂絲・蘭格

「……那麼，作者的技巧是否成功地傳達了真實的體驗，還是故事結尾時仍然存在未解的問題？」

我非常用力地把手壓在屁股下，也避免和蒙蒂奈洛老師眼神接觸。幸好我的腦子絕大部分仍困在費格與嘉德納轉角出不去，眼前注視著我的幻想與現實以高速相撞。然而，即便那畫面持續在背景播放，我依舊有一股想要答題的詭異衝動。這向來不是什麼好預兆。

沒想到有人替我答了。

「是。」傳來幾聲竊笑。

「想要仔細解釋一下嗎？卡努森小姐？」

我看過去（呃，卡拉希尼柯夫自動步槍小姐什麼時候不坐我後面、改坐到我旁邊了？）而且她很顯然不想解釋，但還是試著說說看。

「因為那麼做有效，所以對我來說很真實——感覺起來像真的，我也在情感上投入了故事。而且——沒錯，確實有些未竟的問題，但也不至於破壞體驗。」

「為什麼不？我們難道不需要一個清楚的解答嗎？」

「這……」ＡＫ瞥了我一眼——就那麼千分之一秒——但也夠讓我震驚了。因為那不是她一直以來的強硬眼神，更像是睜大了眼睛表示欸！幫我一下吧？的表情。我還在努力回神，她已經繼續說下去，「……有的故事雖然完滿，但有的並沒有。那樣對我來說非常ＯＫ，因為能讓你自行推想故事可能會怎麼發展，而不是直接一把塞到你手中。」

「但那難道不是作者的責任嗎？作者應該告訴你事情會怎麼發展，這難道不算是怠惰？」

我腦中突然冒出一個畫面：一堆色彩鮮豔的生日禮物，包裝得過於華麗，纏著綿延幾哩長的緞帶。

「也許有些人對蝴蝶結過敏啊。」某個白痴脫口而出。

「那是什麼意思？」蒙蒂奈洛老師問。咦，她為什麼要看著我？噢——因為那個白痴就是我。

「在現實世界裡，事情從來不會有完美結局。所以，如果小說裡的每件事都要拿個大蝴蝶結包得漂漂亮亮，像好萊塢的結局，感覺就不夠真實。如果我們隱約知道故事大概會怎麼走，有時會比從此過著幸福快樂的日子更好。」接著我投機取巧了一下。「那樣才更貌似真實（*verisimilitude*）。」（這是經過計算的風險。幾週前她上課時用過這個詞。如果只是昨天，她可能就還記得，而且會覺得我在嘲諷她。但是一定程度上她還是可能會買單。）

蒙蒂奈洛老師若有所思地點點頭，「有道理。」（呼～）她看向AK，揚起了眉毛。AK點點頭。「沒有錯，而且那會有種高高在上的感覺，好像非得一個字、一個字講清楚才行。如果作者也給讀者一些空間，效果會更好。」

我腦中冒出一本教科書，但是每章後面的例題都有答案，不只是奇數題才有。

「要是有一本數學課本，每章附錄習作每題都有解答，完全沒有留一半給學生練習呢？」我說。「那樣的話，學生會學到更多還是更少？」好吧，我等於是直接照抄我的聯覺了。沒辦法——我只有這招了。

蒙蒂奈洛老師舉起雙手。「投降。」她抬頭看向時鐘。「而且……午餐時間到了。」

走出教室時，我瞥見千載難逢的畫面：名字有字母加數字的那位小姐露出微乎其微的一絲微笑。嘿，確實讓我眼睛為之一亮。

一如往常，我在魯蛇周邊地帶吃飯。部分是因為我發現自己其實蠻喜歡和賽斯聊天，另一部分則是因為我打開了閃避坎妮迪模式。這個戰術效果不錯，維持了整整十分鐘。

比爾、萊利和崔斯坦坐在那裡評斷女生是否值得他們的注意（超蠢），同時賽斯和我則在桌子另一端大聊怪老頭和他們所愛的怪怪老物品。我剛抱怨完我爸的留聲機，賽斯馬上不甘示弱地說：「是嗎？我跟你說，我小時候會站在廚房裡跟我們的朋友聊天——而且是用**電話**——而且是連在**牆壁**上——而且它有**電話線**——**而且**當著**爸媽**的面。贏你了吧ＩＧ老阿嬤……」然後我感覺有人把手放在我肩上。

我轉過去。

坎妮迪。

我猛吸一口氣。「嘿，」我不帶任何熱情，昨晚那可怕的感受排山倒海般倒灌回來，喉嚨深處的味道簡直要讓我吐出來。

也許是察覺到我的異樣，她有些困惑地稍稍將頭往旁一歪。「呃……嘿。」然後馬上又恢復換上她的標誌笑容，瞬間讓周遭溫度上升至少十度。她彎下腰與我平視，一手仍放在我手臂上——老天，她聞起來超香的。「那個，你覺得我們可以再拍一次嗎？如果有一些冬裝照，我覺得應該不錯。」

我聳聳肩。「也許吧。」

「OK！那這週六怎麼樣？和上次一樣的公園？」

我吞了一口口水。這比想像中更困難，但我提醒自己，她根本懶得理我。「嗯，週六我可能有點忙。也許改天……」

她放開手，站起來看了我一會兒，然後便走了；溫度馬上下降二十度。

比爾朝我們的方向看過來，打破死寂。「你，」他慢慢地說，「是個超級大白痴。」他冷笑一聲，「事實上你可能是我這輩子見過最蠢的男……如果你還算男人的話。」萊利和崔斯坦和他一起竊笑，活像什麼黑粉男孩俱樂部。

「事實上，」我回答，「你可以去舔她完美屁股上那個你從來沒看過——而且根本不存在的刺青。」說完我便轉頭不理。這傢伙白痴到不值得我再多浪費多說一個字。

「我是不知道你剛剛到底幹了什麼蠢事，」賽斯低聲說，「但不管是什麼，都需要吃個熊心豹子膽，而我很確定你一定有合理原因，所以我還是要恭喜你。」他看了我一會兒，然後慢慢搖頭。「但同時也非常遺憾……」

我得換地方，去哪裡都好。我掃視整間餐廳：奧莉在正妹桌，更重要的是坎妮迪不在。我轉向賽斯，頭往那個方向點了一下。「走吧。」

「呃……」但我不打算等他。我都走到了一半他才追上。「老兄，我不知道我屬不屬於那裡……」

「難道你就屬於那個魯蛇桌？」我將拇指往後一戳。「真要說起來，這裡好玩的可多了，等下你就知道。」

我們到那裡時，奧莉完全一副嘿各位，怎麼啦？快過來坐！她坐在克洛伊和蘇菲亞附近，她們看起來也不介意我們加入。女孩們挪位置給我們時，賽斯靠過來用鎮定的語氣說：「OK，麻煩你再開示我一下，你為什麼搞這麼久才拉我過來？」

「你知道蘇菲亞要辦派對的事嗎？」奧莉問我們。

「不知，」我沒什麼熱情。「是萬聖節的嗎？」我腦中想像著愚蠢扮裝和老套遊戲——不用了謝謝。

她搖搖頭。「不是，是後天，星期六。亡靈節*。」

賽斯環顧學生餐廳，說：「這裡天天都是亡靈節。」我點點頭——這顆球他接得完美。

奧莉突然興奮起來，轉向蘇菲亞。「嘿，妳介意我哥——」她非常低調隱晦地朝賽斯瞄了一眼——「和他朋友週六晚上一起去妳家嗎？」

蘇菲亞微微一笑。「不介意，一定超棒，只要他們也喜歡的話。沒有什麼比一個死氣沉沉的人更能毀了你的亡靈節。」

奧莉哈哈大笑。「謝啦，」她轉向我，「那，如果你會去，可以載我嗎？」

她看到我露出遲疑表情，我也看出她想要幹麼。「如果妳再露出那個可憐小狗眼，我一定會拒絕。」她馬上收回表情。我心想反正這樣就當作我可以「照顧她」——先不管**那**到底是什麼意思，於是我說：「好吧。」

週六派對的前一個小時奧莉突然闖進我房間，我正在玩電腦，身上穿著平常便服，她問：「你要穿那樣去嗎？」

我無奈地摀臉。「是**妳說**不用扮裝、是**妳說**不會老套的。」

「是不用，你也不**需要**扮裝——那又不是萬聖節派對。」

「那我穿這樣又有什麼問題？」

我穿的是牛仔褲、T恤，外加一件舊帽T。

＊ Día de Muertos。在墨西哥，家人和朋友會在十月三十一日至十一月二日相聚在一起，為亡者祈福。

她抬頭看天花板一副無語問蒼天的模樣，「我該從哪裡開始才好？」然後回到我身上。「是沒問題，可是那畢竟不是**活人**的節日，」她看著我茫然的眼神，「好啦，跟我來。」我們一起走進她房間時，她說：「你知道嗎？每次你拍頭像照冒出新點子時，都會對我說『相信我』。」

「所以……？」現在是要演哪齣？

「我通常都信了，然後通常出來的結果也會很不錯。」

「呃，所以……？」聽起來不太妙。

她把我推到房間角落一張類似梳妝桌前的小椅子。「所以換你相信我。」嗯，我百分之百確定不太妙。

她用椅子把我轉向她，「不要看鏡子——看這邊。」

她就開始動手。奧莉用化妝品、刷子和鉛筆還有天知道是什麼玩意兒往我臉上堆疊，接著在我頭髮上弄了一些鬼東西、梳了梳，再噴上別種鬼玩意兒，然後再用第三種聞起來像是有毒的玩意兒噴一下，說：「不要動一分鐘。」她又朝我臉上多弄了一些東西，再把我轉回去看鏡子。「大功告成！」

我頭頂上的髮絲狂野亂翹，而且髮尖染黑，像溼髮一樣閃閃發亮，但其實不溼，而是硬梆梆的像被黏起固定。映入眼簾的這張臉孔宛如海盜加吸血鬼的詭異風格，有如《神鬼奇航》中的傑克船長合體《龍族戰神》＊，或《洛基恐怖秀》裡面那個傢伙，稍微低調些的版本——大半色調是黑白灰。我得承認，看起來挺不錯，真的不錯。

我坐在那裡檢視著自己的倒影，最後奧莉實在憋不住了。「怎麼樣？」

我聳聳肩。「我不知道，我猜是不錯吧。」

「嗯哼……」她努力裝得一副無所謂，但我看得出她很受傷。

我看了她一會兒，然後爆笑出來。「我開玩笑的！」我指指自己的臉，「看看這張臉！**實在太神奇**，我都不敢相信這是我了！」

「確實不是，是雖然恐怖可是更酷的平行宇宙裡面更好看的你——就當死靈版本的你。」她朝門指了指，「現在你可以滾出去了！我在你的醜臉上浪費了太多時間，都沒時間弄我自己了啦……」

＊ *The Crow*。一九九四年的美國超自然動作片，主角為李小龍的兒子李國豪。主角畫了濃黑的煙燻妝。

第十三章

必然成功的事物將麻痺人的靈魂。

——桃樂絲・蘭格

相信我，她把時間抓得很好。

認真地說，她的妝容甚至比我更精緻——她走標準亡靈節臉部彩繪路線，但更富有新意。臉部塗白，鼻子則塗成深色，像貓一樣。但是她的雙眼周遭是一大圈藍色。下巴她也畫上一朵藍花，並用深得帶紫的藍線橫畫過嘴脣，象徵骷髏的牙齒。沒在前額畫花或蜘蛛網，她在正中央點綴了一朵黑色的花。

她穿著類紅色馬甲的服裝（出門前一直用夾克遮著），外加黑色無指長手套。她往髮上別了幾朵紅玫瑰，頭髮則和我一樣噴成黑色。

我們花了點時間才抵達，那個地點在良景市以東幾哩的臺地，也就是那座葡萄園周邊數畝的那些大房子之一。我們抵達時，派對氣氛無庸置疑達到最高鋒。

走進去時，我腦中冒出一些想法……

1. 沒錯，這確實不是典型的萬聖節派對。

2. 蘇菲亞的爸媽百分百不在家。（這地方不在市中心反倒是件好事。如果這在我家社區，警察早就過來關心了。）

果然沒過多久……

3. 這些傢伙對我妹的關注實在有點太誇張了。

大多數人的裝扮就和奧莉打造我之前一樣。有幾個人或許畫了眼線，但也僅此而已。他們多半只是晃來晃去喝喝酒、看看妹。而這些妹……她們的打扮規則恐怕是「妝一定要嚇人——不然不及格」。

我們進去時，蘇菲亞就在前門附近，「我的天，你們看起來超讚！」她拉高嗓門、壓過噪音。「我好高興你們能來！」她擁抱我一下，夾雜西班牙語在我耳邊說，「哇賽，傑——你看起來 **muy caliente**（超性感）！」我一個措手不及，只能露出微笑東張西望。聽說她爸擁有一間建築公司，這倒是滿明顯的，因為她家實在超廣闊且空間布局十分不羈。蘇菲亞做出喝酒的手勢，指指後方。我咧嘴一笑，對她豎起大拇指，朝那個方向走去。

難得奧莉竟然願意乖乖跟著我一起行動？這真是太稀有了。通常車子一停好，她只會說聲「謝啦等會兒見！」就下車不見蛋，直到必須離開的時候才會再度現身。這可能是因為那些在前廳閒蕩、不斷打量她的豬哥，但是她在我朝後院走去時仍死黏在我身邊，近到會讓不認識我們的人以為我不是她司機，而是她男友。

抵達後院之後，景象改變。這裡人山人海，少說有一百個。露臺旁側擺了一座老舊的木製吧檯，有個穿骷髏裝的人正在往塑膠杯倒飲料，另一側吧檯對面，有個樂團正在演奏。不過我覺得他們更像墨西哥民俗樂團；沒有電吉他和鼓，而是兩個彈木吉他，一個演奏那種很大的木貝斯吉他，一個女人是主唱兼打手鼓，還有人吹小號。有一個傢伙敲著木箱鼓，就坐在一箱狀的鼓上，以雙手擊打前方鼓面。他們不只演奏傳統曲目，並且透過某種擴音系統放大音量——現場效果真的**超讚**。

樂團和吧檯間的露臺被當成舞池，一條條彩色燈串懸在上方，排成小骷髏的形狀，散發出毛骨聳然同時歡慶節日的氛圍，有如陰屍路風格迪士尼樂園。

奧莉和我站了一會兒，東看西看，然後她突然咧嘴笑開，對露臺另一邊的某人揮了揮手，還跳了幾下。我順著她的視線看過去。是賽斯。

我們走向他，但他簡單一句「欸傑你好嗎」打招呼之後，整場對話就只有奧莉和賽斯在聊。我活像是水分子的第三個氫原子*，站了好幾分鐘後我終於說：「欸，我等下再來找你們。」賽斯抬起頭、點了點，立刻又回去聽奧莉說話。奧莉連抬個頭都省了。

我手插口袋，四處閒晃。我不可能真的對賽斯發脾氣，因為他沒做錯任何事。而且就我目前所知，他甚至遵守了我們愚蠢的約定。而奧莉，好吧……反正我也不是她老媽，至少她遇到賽斯是不錯的選擇。老天，搞不好最後她會和男版的坎妮迪．布魯克斯在一起，而且——

我愣住，因為就在那一刻，我發誓瞥見坎妮迪穿過人群朝屋內走去。我換個位置想看清楚一點，卻完全沒見到任何和她長得有一點像的人。天吶，我終於被她搞瘋了嗎？

我突然意識到自己此刻心情糟到谷底的原因之一，就是過去幾年我連半個朋友都沒有，而我花了九牛二虎之力才找到這麼一個我尚能忍受混在一起的傢伙。可是奧莉才上高中沒幾週馬上得到一整桌麻吉，如今還和我唯一的朋友大聊特聊，彷彿認識了好幾年似的。

她到底是怎麼辦到的？

「Hola, amigo! Que quieres（欸這位老兄！你還好嗎）？」我抬起頭。我正好站在時髦小吧檯前方，骷髏調酒師以西班牙文開口問候我。我看著他後面那些瓶子，他一定感受到了我的困惑。我對酒沒什麼研究，這輩子只喝過啤酒而已。「老兄，在苦惱什麼？」他問。

而我很訝異地聽到自己開口說，「空虛寂寞覺得冷？」哇……所以這就是所謂的調酒師兼心理諮商師嗎？

「哈！」他舉起一根骷髏手指，「那就來杯龍舌蘭。」

我大笑。「如果我說憤怒呢？」

他伸手去拿身後的瓶子。「龍舌蘭。」

「嫉妒呢？」

他抓起一只杯子，倒進一大份金色液體。「**當然還是**龍舌蘭……」然後遞給我。

我啜了一口。老天啊。他一定注意到了我的表情，因為他又把杯子拿回去加了一把冰塊，澆上一點看起來像檸檬汁的東西。我又喝一口，他盯著我看，笑出一口白牙，用西班牙

＊　水分子只有兩個氫原子。

語說，「Vaya con dios, amigo（神與你同在，老兄）。」

我舉杯，也以西班牙語致意：「Muy bien! Muchas gracias（太好了！感激不盡）！」

我邁開步伐穿過露臺，儘管周圍都是人，但我卻覺得有些孤單不自在。總算遠離人群後，我走過草皮，朝著偌大院子後面的角落走去。後頭沒什麼燈光，但我看見角落有座高聳的灰泥建築。我慢慢靠過去，見到一座泥磚製的地穴壁爐，圓形的爐口可見火在燃燒。我走上前，在那裡站了一會兒，意識到這裡是可以用來殺時間的絕佳地點。但是我突然嚇了一跳——因為我發現不是只有我這麼想，還有別人坐在壁爐旁的內嵌長椅。我一開始之所以沒注意到，是因為她裹著黑披肩，頭上還蓋著黑色帽兜。我覺得非常尷尬，正準備回派對去，她卻抬起了頭，拍了拍身旁長椅的空位。

骷髏調酒師一定非常內行，因為我沒有找藉口離開，而是暗自在心裡聳肩想著，有何不可？然後坐下來轉頭對她道聲謝——但我再次愣住。她的臉一半全塗黑，另一半則全白，一道俐落線條一分為二。沒有花，沒有蜘蛛網，沒有任何特殊設計，在火光中看起來就像半張臉飄浮在我眼前。

「謝謝，」我說，「我不是故意要打擾妳，那頭鬧烘烘的實在有點像動物園，而且……呃，這裡感覺祥和又安靜……那個，我只是在找個可以坐著的地方，然後……唉，我不知道……就只是想安靜一下而已。」我頓了一下，意識到其中的自相矛盾。「呃，這好像有點諷刺，對吧？」

啊？

她微微一個點頭。「你一直都是這麼白痴嗎？」

「我是說，你在課堂上感覺很聰明，但是現在……」她超誇張地聳了個肩。「我就不是很確定了……」

我靠近一點看：是ＡＫ。而且她正在努力不要爆笑出聲。我站起身，「那個，我**真的**不是在跟蹤妳，我甚至不知道是妳，我只是想找個地方——」

「——坐下來，安靜一會兒。我知道，我都聽見了。因為你說了好幾次。」

「抱歉我不是故意要煩妳……我只是……」天啊，我覺得自己蠢死了。「我先走啦。」我咕噥著，轉身走開。

「嘿，」我又轉回去，她拍了拍她旁邊的座位，「坐下來享受安靜吧，」她咧嘴一笑。「如果你可以的話。」

我當然可以。

所以我們就這麼肩並肩坐著。你知道嗎？感覺真的超棒。我一面思忖著**亡靈節**，一面感受龍舌蘭的溫暖。這是一個對逝者致敬……慶賀死亡的時節。我說真的，你真的應該和逝者一同開趴才對，我猜這正是今晚的主題。但是說到逝者我只認識一位。我舉杯抬頭、望著天空。「我想念妳。」我靜靜說道，大喝一口。

「誰？」她悄然說道，音量之小，我甚至不確定到底有沒有聽見，或只是感覺到了她的念頭。

我坐了一會兒才回答，一樣輕聲細語。「我媽。」

她點點頭，接過我的杯子，抬頭說了些什麼（但是太輕太柔，我聽不清），喝了一口。之後，我們就只是安安靜靜、肩並著肩坐在那裡，分享同一杯酒，呼吸逝者的氣息。

幾分鐘後，她轉頭問我。「你的攝影計畫怎樣了？」

這問題來得突然，但她似乎十分真誠在問。「其實我不曉得。」她揚起一邊眉毛。「我是說，有時候我覺得我能拍出還不錯的照片，有時又覺得自己在裝模作樣……好像根本不曉得自己在幹麼。」

她點了點頭，「雖然我不懂攝影，但我完全懂你的意思。」她指著籬笆旁的一叢灌木。「如果我們兩人都幫那株朱槿拍一張照片——就在這個位置、不要移動。我敢打賭看起來應該會很像。你的可能好一點，也許多放大一些之類——但不會有太大不同。」

「先不管我其實不知道朱槿是哪株，但妳說的可能沒錯。所以……？」

「所以我在想，讓你的作品更為獨特最主要的原因，很可能是和視野有關——就是你看世界的方式——而非在特定位置按下快門。」

這回答也來得突然。我緩緩點頭。「嗯哼，」並希望聽起來有散發出這真的是意義非凡、謝謝妳提出如此深遠的意見的感覺，而不只有字面上的嗯哼。

「說到用特定方式看世界，」我說，「是說，妳那天上課說讓事情處於沒有答案的狀態，我覺得非常有趣。」

她聽後露出真心的微笑。有一瞬間，我好希望 Nikon 相機就在手邊，因為她的微笑裡有那麼一點……唉，我不知道啦。但她已經開口繼續說。「……我有一個理論，我認為故事並不一定非得結束在最後一頁。讓讀者去想像最後一頁**之後**可能有怎樣的後續，終有一天故事便會在他們的腦海中好好完結。就是因為這樣，我才不認為所有事情都要徹底有所解答，因為……」

我們聊了開來，恍若上了一場最棒的語言先修課，只不過沒有老師或其他學生來打擾。我們並非一直意見相同，可是不知怎麼，和她聊天比起我認識的任何人都要輕鬆自在。

我們就這樣大聊特聊了好一陣子。接著換我問，「那妳的寫作怎樣了？」

「進行中，」她看了一下手機，似乎有點驚訝，然後她站了起來。「說到進行，我好像得……呃……先走了。」現在不自在的人好像變成了她。「這邏輯好像怪怪的。」

「完全不會。那個，很抱歉，我打擾了妳的安靜時間。」

「不不不，我很高興你來打擾，」她微笑，「真的很棒。」

我也回以微笑。「沒錯，的確是。」

然後她便離開了。

她走後我在那裡坐了一分鐘，想著我媽。

大部分啦。

好吧，或許只有一點啦。

我穿過擁擠人群回到露臺，發現蘇菲亞、克洛伊和學校一些其他朋友在聊天。「妳真的很知道怎麼辦派對。」我說。

「謝了，但這其實是我哥他們辦的。音樂啊食物啊……」她對著那個烤肉架點頭示意，有兩個大學年紀的人正在衝天火焰上方烤著好幾大塊肉。「他們每年都辦，不過這是他們第一次讓我邀朋友來。」

「我真開心他們讓妳邀朋友來。」

她微笑一下。「我也很開心。」她指了指舞池，「她好像也很開心。」

我看了過去，是奧莉，她正和賽斯一起又蹦又跳。由於我是個舞痴，所以幾乎不跳舞，而且說老實話賽斯也沒好到哪裡去。但是沒人在意，而且他似乎和奧莉玩得超開心。光是想像這樣蹦蹦跳跳，我就忽然感覺到一股尿意。「呃，請問廁所在哪？」我問。

「往右走，過起居室就會看到。」她朝房子揮揮手。「你一定會注意到的。」

「謝了。」

在去起居室的路上，我看見蘇菲亞的家人為亡靈節布置的桌上裝飾了花朵、蠟燭和糖做的骷髏，還有一瓶酒和一瓶水，一盤玉米粽及一馬克杯的熱巧克力。此外還有照片，**很多很多的**照片。大部分都很老舊，有些是褪色的黑白照，但有些看起來還很新。

我突然意識到，他們的家族祭壇上乘載了許多回憶與連結，而那正是我想為我的照片和媽媽所做的。因此，關於我能為家人（包括媽媽）做些什麼，我產生了一個念頭。不過這個念頭得先等一下，因為此時此刻我腦中最緊急的念頭是要找到廁所。

蘇菲亞說一定會注意到倒是沒開玩笑。結果我發現廁所是熱門景點，門沒有鎖，所以我直接走進去——哎喲喂呀，裡面至少有四個人，呈現出沒穿衣服的各種階段，活脫脫一幅色活死人之夜的景象。我離開時，他們甚至連頭都沒有抬起來。

我發誓我絕對不是那種會在別人家到處打探的傢伙，可是此時此刻我真的很急。後頭人滿到不宜在灌木叢裡小解，所以我上了樓，想去找別間廁所。我找到的第二扇門通往一間臥室，可是在我退避之前，發現遠遠角落有一扇打開的門，裡面就是廁所。讚啦！

我進去解決急難，然後出來……坎妮迪・布魯克斯赫然出現在我面前。她就站在床旁，身上的「扮裝」是我們外拍時她穿的叢林風透膚披巾，外加一對夾式貓耳。就我眼見所及，沒穿別的了。好樣的。

此外我也明顯感覺到她喝了酒。

我正要問她在這裡做什麼，她卻先露出一副害羞的微笑，「嗨，傑。」她又露出了那副眼神。「我看到你走進來，我真的很需要和你談一談。就我和你。」

「我們上回見面時，妳因為我不肯再幫妳拍照而把我當空氣。」

她對我露出坎妮迪版本的狗狗眼（而且可能從三歲就開始練到爐火純青）。「我沒生氣，只是有點失望……」

我腦中的測謊器馬上運作，可是我卻還是有點想相信她。「**上一次也是**，」我補上一句，多半是為了提醒自己。「妳根本連我名字都不太記得。」

而且妳該死的也摔碎了我的心……

她坐在床上，示意我過來坐她旁邊。我坐了，但保留了一些距離。「那……那天晚上有點糟，而且我喝醉了，」她停頓一下，「我們是朋友，傑，我很想念那種感覺。之前和你一起拍照，我很開心，而且很想再拍一次。」她靠近一些，一手放在我肩上。「這樣有什麼不對嗎？」

我隱約覺得這問題有標準答案，可是此時此刻我硬是想不出來。

就在這時，門打了開來，一男一女準備走進來，他們看起來有點眼熟，可能是學校的人。他們一邊大笑，一邊跌跌撞撞進來房間，直到發現我們在床上。「嗯——喔——不好意思！」他們退了出去，笑得甚至更響亮。

我轉過去看著她。「我必須說，我不在意和妳當朋友。」好喔，就連我自己都**有一點**相信了呢。「但我在意妳裝成**我的**朋友，好使喚我幫妳做事。」

她聽了後猛搖頭。「該死，傑……」她把頭髮從臉上撥開，用很小的音量說了些話——和自言自語沒兩樣。我注意到，才要問她剛剛在說什麼，門又打開了。

拜託——現在又是怎樣？我轉過頭看，某個化著超酷亡靈節妝容的女孩站在門口，她雖然看到了我們，但沒有任何離開的意思，然後我就認出她了。

「我要和賽斯一起走，」奧莉宣布，彷彿只是在午餐時間輕鬆聊天一樣。「他醉到亂七八糟，但是不用擔心——我會開車，只開到他家。所以你回家路上可以來載我嗎？」坎妮迪甚至往門口看都沒看，「煩死了！給我出去，」她怒氣沖天，「沒看到我們在忙嗎？」

我轉頭看坎妮迪。她臉上一副從小到大想要什麼就有什麼的神情。

我聽到奧莉離開時門關上的聲音。

坎妮迪將手挪到我頸背，在我耳邊說了一些話，我腦中卻淨想著奧莉其實還不滿十五……她也沒駕照……這輩子我也就讓她開過兩次車，還是我在旁指導……而且她兩次都開得不太好。

糟糕！

我推開坎妮迪。「我得走了。」

她眼中閃過殺人精光。「靠，搞屁啊……？」

我衝到樓下，看見奧莉在門口附近。「走吧。」我不悅地說。

她看得出我其實不太高興。我們往車的方向走去時，她說：「你其實不需要這樣。」

我嗤了一聲。「我跟媽承諾會照顧妳——不管那到底是什麼意思。」

她對我露出一個意味深長的神情，但什麼也沒說。

第十四章

攝影師眼中所見的每幀畫面、拍的每張照片，某種程度而言都是自畫像。

——桃樂絲．蘭格

上車後我正準備轉動鑰匙，但突然停下來用力拍了一下方向盤。「我得回去——我不能讓賽斯酒醉駕車回家。」

「其實他沒事。」奧莉輕聲地說。

「妳到底在說什麼？他不是醉到亂七八糟嗎？」

她搖搖頭，側身看我，嘆了一口氣。「我得跟你說，傑，媽也要我做一樣的承諾。」她說：「那就是照顧你。」

我想起坎妮迪．布魯克斯，想起她試圖向我道歉、與我和好——或不知到底想幹麼的那些畫面。「我討厭妳。」然後我就想起奧莉陪著我一起離開派對，因此無法留下來和賽斯繼續玩這件事，她這麼做只為遵守**她**和媽媽的承諾。我無法忽視其中的諷刺。「好吧，但我也有點愛妳。」

「彼此彼此，」她板著一張臉正經地說，「但是討厭多一點。」

我搖搖頭。老天，今晚真是夠了。然後我突然想到不管是龍舌蘭骷髏、和AK聊天以及與坎妮迪的詭異時刻這一連串事件，讓我完全無法找到機會吃上任何派對食物，現在簡直快要餓死。

我正打算帶奧莉去快樂傑克，就發現其實沒那個必要。而且現在亡靈節還沒結束，不是嗎？

「是說，妳想不想去吃塔可屋？」我問。「我請客。」

這次她的笑紋開到最大。「當然好啊！」

一路上我思忖著這一整個超級白痴的承諾。是說這到底是什麼意思啦？還有，如果媽沒有交代我要照顧奧莉，我的反應還會不會和現在一樣？我不曉得。也許媽只是試圖想告訴我們，因為未來無法陪伴我們身邊，所以希望你們代替我做我會做的事。這點我能夠理解，但我根本辦不到呀，因為我不是媽。我還沒四十，也沒有小孩，也不是奧莉的父母——我根本管不動她，連個過來人經驗談的資格都沒有。

也許做為哥哥，就等同站在朋友和老爸之間的灰色地帶。我不知道，但是不管這到底代表什麼意義，很顯然我都不是她老大。她彷彿背負重任一般衝進蘇菲亞的臥室，還編了一套賽斯喝得爛醉必須載他回家的瘋狂故事，試圖從坎妮迪的奸詐詭計之中拯救我，我想起來便忍不住放聲大笑。

「有什麼好笑的？」

「沒事沒事。」

我們到時，我給奧莉餐錢，讓她去櫃檯點餐，我則留在座位上努力演好哥哥的角色。

嘿賽斯，我現在在塔可屋，和一個討人厭的金髮……

炫夠了吧你。聽說你和小坎去了樓上蘇菲亞的房間。要是我可不會覺得討人厭

不是那個金髮啦老兄，這位目前變成棕髮了……快給我滾來這裡

食物上桌之前，他便迅速趕到。

他一走進來，奧莉眼睛就亮了起來。「誰把你叫過來的？」

「一隻小小鳥。」他行雲流水地滑進她旁邊的位置，瞥了我一眼。「顯然是一隻身懷悲傷故事的困惑小小鳥……？」

隨即我們的食物就上桌了。顯然我們的亡靈節妝容在對的時間與地點加了不少分，因為除了我們點的墨西哥餅，他們還附贈送上一些歐恰達*和亡靈麵包，托盤上還擺了一大堆糖骷髏。我們埋頭猛吃之際，賽斯繞回主題，「所以說那個悲傷故事……？」

「噢對，總之就是坎妮迪．布魯克斯想要我再替她拍一次照片，大概又要幫她做新的作品集吧。」

賽斯點頭。「她在學生餐廳問你的時候你竟然沒翻肚給摸，我真是刮目相看。」他說，「如果是其他人，很可能會立刻變成乖狗狗。」奧莉斜眼看了他一眼，可是什麼也沒說。

「沒錯，而且我原本以為不會有後續了。加上，我有天晚上在市中心撞見她和她朋友，她一副跟我很不熟的模樣。」

奧莉只是緩緩搖頭。

「所以……？」賽斯問，「那今晚？樓上？我聽說你們兩個你儂我儂。」

「不是你想的那樣；我們只是在講話。」

「是喔。」

「我認真的。她又來找我幫她再拍一次，我堅持立場，直到她，呃……開始表現得……你儂我儂。」

奧莉嗤了一聲。「你說得像是她只是微笑帶杯飲料給你，可是場面看起來根本就是精子卵子要變受精卵了呢。」

我不理她，對賽斯說：「我覺得她之所以故意對我如此親切，要不是想感謝上次我幫她拍了照片，就是想讓我產生罪惡感，這樣我就會再幫她拍一次。」

由於賽斯嘴裡塞滿食物，所以他只是聳了聳肩，然後點點頭，表示我想也是。

奧莉突然爆炸，「等等！明明你們腦子都不錯，媽的為什麼可以這麼低能啊！」

我們愣愣地盯著她看。

「這和感謝你或讓你產生罪惡感什麼鬼的一點屁關係都沒有！」

我們繼續睜大眼睛，彷彿不理解自己哪裡做錯的小狗狗。

她嘆了口氣。「聽好：重點在於讓你上鉤啊傻子。她知道你以前喜歡過她，所以才找上

＊ Horchata，中美洲和墨西哥常見的甜飲料，原料各異，大多是堅果，像是杏仁、芝麻、大米或大麥，也有油莎豆。

你，分你一點注意力，讓你飛上天、昏了頭——你很可能把這誤會成戀愛——這樣一來，你就會變成她的傀儡。哈囉！乖狗狗快來……」她一臉嫌惡地搖著頭，雖然我不確定她是針對坎妮迪還是我們。「這招對男生百發百中。」

賽斯揚起眉毛。「我就說是巫術！」

「錯，這只是惡女基本功，」她說，「最基本、簡單且常見的操作手法。」

儘管這是從我剛上高中的妹妹口裡說出來的話，聽起來還真有幾分道理。「也許吧，」我承認，「所以，呃……那就……謝謝妳了。」

她點點頭，用嘴型說出勿忘此刻。

我點頭回應。

「如果這有那麼基本，為什麼腦子聰明的人還會中招？」賽斯問。

「因為你們……呃……用錯部位思考了。」（哇賽，我從來沒看過奧莉臉紅，雖然不易察覺，就和她的笑紋一樣。儘管化了妝，我還是注意到了。）

我們用餐完畢，奧莉去廁所的時候，賽斯和我有一短暫的男生時刻——就是會在搭檔電影但真實生活很少發生的那種。他直視著我，揚起眉毛，「所以？」

我聳聳肩。「就和我剛剛說的差不多，」我頓一下，繼續說：「只是……在二次被打斷之間，她好像咕噥了一些好像我們也許應該一起什麼的。我聽不太清楚，可是——」

「一起？」他打斷我，「我的天啊老兄，說不定她比你想像得還對你有興趣欸？」

我聳聳肩，「難說，也可能酒精作祟。」我沒再繼續說。但是說真話，當我在腦海中倒帶畫面，覺得我聽見的也許不只「一起」，搞不好是「在一起」，像似「該死，傑……我們應該在一起。」

搞不好。

一字之差竟能造成這麼大的不同，真是神奇。

幾分鐘後，我們走到停車場準備回家。賽斯走向他的車時，我看到奧莉望著他，於是靠向她。「好啦，如果妳想搭他的車也沒關係。」我低聲地說，「只要是**他**開車就好。」

「你還真是個好哥哥。」她邊說邊上了我的車。

「閉嘴啦。」

「你才閉嘴。」

第二天早上，我將最近的照片慢慢巡過一遍，看看有沒有什麼好東西。我在我的網站上得到了一些回饋，但已有好一陣子沒貼任何東西上去。可是我檢視最近拍的照片時都沒有什麼特別的感覺。然而，處理坎妮迪的照片時，我再次提醒我自己訂下的規則：每張都精挑細選。我正要關電腦時，正巧看到那天晚上坎妮迪和她朋友的照片。

好啦，也許不是正巧。不過那又怎樣……不准鄙視我。然後對啦，也許在看她和她朋友的照片時，會產生一股令人不悅卻又莫名的吸引力，照片中的他們倚著對方、互開玩笑鬧個不停。不知道為什麼，這讓我感到極度失落和被排除在外，但我卻無法移開視線。

之前被我跳過的一張照片忽然吸引了我的目光。這一定是在那位大學生兄臺從後面抓她之後，我選擇跳過之後接著拍到的照片。照片中可見坎妮迪站在她朋友身旁，就和其他人一樣，可是這張畫面中的她卻別開了眼神。那股瘋狂／酒醉／歡樂／派對的氛圍仍在她朋友之間迴盪，可是她並不在其中。她把頭轉向另一邊，有一瞬間甚至看起來……好吧……看起來非常孤獨，彷彿想離開，哪裡都好。當下可能轉瞬即逝，但是透過眼前的照片，她卻顯然散發一絲格格不入的感受——甚至像是希望自己不屬於這裡。可是下一張又馬上回到大家超開心的派對氛圍，包含她在內。

也許讓我驚訝的是，我一直以為坎妮迪是那種超受歡迎、不管做什麼都會成為注目中心，而且樂在其中的人。確實，她可能是我認識的人之中最擅長社交的，而我向來將她當成孤獨的完全對立面。但是看著這張照片，她的模樣竟然像極了我平常的感受。

我不知道，也許我對這百分之一秒過度解讀了。但只要一想到她可能也有這樣的感覺，就讓我覺得自己好像比較了解她。像是……如果一定要說，至少在這件事上我們能有所共鳴。

我不是很確定怎麼回事，但我明顯感覺到與這張照片有某種連結，於是決定嘗試調整看看。我裁切照片，讓她位於畫面左側，視線望出框外，背離她的朋友，而朋友們則站在右側。她和朋友的間隔不過幾呎，但裁切後的照片寬大於長，變得像是全景照，她們的間隔因此更加明顯。最後整張從腰部裁切，所以最後看起來幾乎像是分別的一對肖像，而非團體照；一幅是她，一幅是她朋友們。

我將照片做黑白處理，但是保留一點點藍；偏冷色調，而非暖色調的藍，然後提高對比，給它一種粗糙感，並將她朋友的部分亮度稍稍調低以突顯出坎妮迪的部分。最後，我將照片靠近框外處做暈影調黑，這麼一來，他們就像是縈繞在在一片黑暗之中。

當我看著這張照片，突然意識到她比外表所顯示的複雜。不是說她外表不夠出眾，可是……好吧，我知道這麼說很怪，可是當我看著這張照片——以及這張照片所傳達出來的——不知怎麼，比起我處理過的她那些華麗的時尚照，讓我感覺和她更產生了某種程度的連結。

不管奧莉怎麼說。

我又稍微東調西整了一下，直到感到大功告成。用快樂來表達我的感覺不太準確，但我總算是滿意了，便趕緊在改變心意前上傳到我的網站。

第十五章

攝影捕捉了時間的一瞬，將其定格以改變人生。

——桃樂絲・蘭格

蒙蒂奈洛老師在教室前方來回踱步。「所以說，把事物描述完整、使它在讀者面前躍然紙上，各位能看出這樣做有何價值嗎？」

不能。我只看見幾個卡通小角色，每個角色頭上都有一個幻想泡泡，泡泡裡都各有一張照片，全是同一景象的不同版本，可是都充滿了細節。

我搖搖頭。「關於描述，有時候少就是多。」我說。

「怎麼說？」

幻想泡泡裡的每張照片都變成一模一樣的卡通繪圖。

「不管你描述得多詳細，都不可能比早就存在於讀者腦中的畫面更逼真。」我想到塔可屋。「你是可以囉哩叭唆好幾頁描述特定一間餐廳，讀者可能有辦法、也可能沒辦法看見作者腦中的畫面——假設他們沒有先睡著的話。」有幾個人嗤嗤竊笑——班上大多人都不認同蒙蒂奈洛老師對於描述性段落的熱中。「又或者，你可以簡單提及背景是在『一間小小的家庭經營墨西哥餐館』，讀者會自行召喚出細節，摻雜他們能有所連結的畫面、聲音和氣味。這搞不好比作者用一百個字描述出來的任何東西更栩栩如生。」

「也許如此，」蒙蒂奈洛老師說，「又也許，這只是在合理化寫作上的怠惰，」她環視教室，「我注意到上回交來的幾篇文章描述的部分有些不足，」她一副對著大家說的模樣，可是我看得出其實她是針對我。我看了看ＡＫ，希望得到一點支持。畢竟我們前晚度過了一段頗為愉快的談天時光。她看見了，然後別開眼神，但最終還是舉起了手。

讚啦！

「卡努森小姐？」

「我同意妳的看法。」

啊？

「那樣確實是一種怠惰，」她繼續說，「否則你就只是放任讀者先入為主地決定你的設定或角色。」

不！

「怎麼說呢？」蒙蒂奈洛老師問。

「讀者的口味可能會有偏見。」

「所以……？」

「所以讓我們假設，作者不想花心思描繪一個獨特且有趣的女性角色，只說『她是個漂亮女孩。』如果讀者是典型白人直男，就會立刻想像出一個典型的金髮、藍眼、大胸、無腦小甜甜。」

蒙蒂奈洛老師好一陣子沒有說話，接著慢慢點頭。「我懂了，陳述得非常好。」她維持一本正經，可是我發誓看見了非常隱約的一抹微笑，卻完全抓不到任何有趣之處。「此外，用到名詞堆疊法，算有加分。」

可惡。

我在學生餐廳停下腳步，試圖低調地掃視一圈，弄清楚「什麼人坐在什麼地方」。只不過是快速一瞥，就足以令我從正妹桌掉頭，直奔老位置。坎妮迪正在時尚咖之中得到眾星拱月的待遇，ＡＫ則坐在一張桌子之隔，我絕對不可能坐在她們附近任何地方，因為很顯然兩人之中有一個討厭我，另一個則是超討厭我。我只是不確定哪個是哪個。

我拿餐之後走到那幫魯蛇桌，在賽斯旁邊落腳，正巧和比爾．威爾森打了照面。「我說，這不是那位熱門風雲人物嗎？有人說你在派對去撩坎妮迪．布魯克斯，結果她叫你滾一邊去。」萊利和崔斯坦立刻唱起雙簧一起哈哈大笑。

「是呀是啊，還有人說你腦子好呢。不要聽到什麼就相信什麼啊老兄。」

「那你為什麼不去坐那裡，要來這裡和我們一起坐？」他對著正妹桌點點頭，「你說說啊？」

他就是那種想像力貧乏、只會窮追猛打直到得到個答案的傢伙。「我們來看看啊：我點了餐，必須得找個地方坐下來用餐；說老實話我滿喜歡賽斯，雖然必須忍受坐在你們這些傢伙附近，但可以讓我邊吃飯邊和他講話也算是值得。然後這和我去撩誰一點鳥關係也沒有。」

「所以她沒叫你滾一邊？」

「噢，她可能有吧。但不是因為我去撩她的關係。」

「所以，呃……」

「情況有點複雜，跟智慧財產權和無償勞動有關。」

我聽說過臉皺成一團這種表情，但這還是我第一次親眼目睹。「啥鬼？」

「我說情況有點複雜，我們到這裡就好。」

他露出覺得我是大白痴的表情看著我。「所以你沒有覺得她很正？」

「噢，她絕對很正。如果你講的是她的外表。」

這讓他的臉皺得更誇張。「我們當然是在講正不正——不然還會是什麼？」

「我真不知道你為什麼不直接叫他滾遠點就好。」賽斯對我小聲咕噥。

「因為這樣比較好玩。」

就在此時，奧莉走了過去，在正妹桌落腳，離坎妮迪比較遠，離AK比較近。男生紛紛轉頭去看——想也知道。「我還知道另一個『絕對很正』的人。」萊利模仿我說話。

「她怎麼樣？」比爾轉過頭對我說，「如果那個小正妹也不是你的菜，那你百分之百是個白痴。」崔斯坦和萊利好像覺得自己很幽默。哈哈真是意外。

賽斯進入備戰狀態，實在很蠢。比爾隨隨便便就多他二十公斤。於是我一手按住他的肩膀，壓制住他。「交給我。」我語氣鎮定，看向比爾。「沒錯，那也不是我的菜。」他還來不及說話，我搶先開口：「我是不太清楚你的家族歷史，老哥，但在我們家族，和兄弟姊妹交往是會被罵死的。」

他花了一點時間才意會。「所以你是說……？那個小正妹是你**親妹**？」

「恭喜你啊大天才，你破案了。」

他只花了半秒鐘就想到下一個念頭。「那太讚了！所以你可以——那個——幫我安排一下——然後——」

我舉起手阻止他。「想都別想，這輩子都別想。」

「去你的，我才不需要白痴幫忙，我想怎樣就怎樣。如果我想去追那個小正妹，我就會去追。」

我再次用手按住賽斯，這次多用了點力。同時也再次挪出另一隻手指著比爾的醜臉。

「你知道嗎？在一些文化裡，散布他人女友的不實謠言是要判死罪的。」

「你到底在說什麼鬼？」他伸出拇指朝奧莉的方向戳了戳。「我根本沒說她怎樣。」

我搖搖頭。「你有，不過我說的不是她，是說你隨口說出的那番話——當著四個目擊者及方圓二十英尺所有人的面——說你『算是上過』坎妮迪．布魯克斯，而我正好知道這是空口說白話。」我頓一下，醞釀一下氣氛繼續說。「話說你見過她的新男友嗎？大學生，打美式足球，好像是截鋒還護鋒吧。我告訴你，他個頭超大的，」我抖了一下，「也就是說呢，你講話前真的得三思啊老兄，」我停頓片刻，「懂嗎？」

他盯著我看，我沒移開視線。最後，他微微低下了頭。

我拿著食物站起來時轉向賽斯，「我要閃了——我受夠了這些混帳。我他媽的寧可去外面馬路吃飯，也不想待在他們旁邊。」

他也站了起來。「你怎麼這麼晚才想通呢？」

那天晚上，當我站在街角等待預定時間的到來，想起了我媽，還有我們多麼相互理解。不是說我會跟她聊自己品嘗了龍舌蘭，或是為某人傷了心，還有那些討厭你的女孩們。這種事我就連和爸都講不了。而且說真話，這些事情跟他講會比跟媽講更容易。

我可以和媽傾訴我在上課時偶爾能從五彩繽紛的小小字母和數字中看見正確答案，她一定能夠理解。如果我告訴別人，最多只會得到一臉說什麼鬼話……？的表情，然後我還得開始痛苦地解釋，為什麼聯覺這種奇怪的方式能幫助我整理思緒。所以謝了，不必。

在某些時刻，我真的、真的很想念我媽。今天就是這種時刻。

我的手機鬧鐘響起時，一對年邁的夫妻正緩緩地從費格街朝我走來。我不討厭老人家，可是就算他們同意被拍，也往往會太過嚴肅。他們常常只是肩並肩站著，一動也不動，像參加什麼莊重的儀式那樣盯著相機。好吧，時間確實來到九點〇九分，他們也就要走到街角了，所以……

兩人一靠近，我就發現其實不都是老人家。男的大約中年，可是走得很慢，因為他正攙扶著身旁的女人。

「嗨，」當他們終於來到轉角，我說：「我在做一個記錄良景市市民的學校計畫。不知道能不能幫你們拍照呢？」我舉起相機。說真話，我有點希望他們能拒絕。男的似乎也是那麼想的。

他遲疑了一下。「呃，不用了。我們得去——」

「唉麥可……」年邁的女人開口。

「媽，我得帶妳回家了。」

「但還是可以花個一分鐘幫這個年輕人做他的作業啊。」

男人看看我、搖搖頭，不過臉上掛著笑容。「她每次一這樣，我就知道還是乖乖閉嘴比較好。」

所以他們允許我拍照——而且他們棒透了。他開著玩笑說她頭髮亂糟糟，但是保證她看起來非常上相。他幫她放下衣領，在她整理外套時替她拿著皮包。他整段時間都在和她開玩笑，跟她說有他在旁幫忙她真是幸運，她則翻了一個誇張的白眼並說：「幸運？哈！到底是誰在幫誰呀？」接著他伸出一隻手攬著她，往她臉頰輕輕地親了一下，兩人最後都放聲大笑。

拍完時，我僅能勉強擠出一句，「你很幸運。」

她一定以為我在說她。「確實，」她說，「我讓他過得很辛苦，但他是個很棒的兒子──能有他在，我很幸運。」

我點點頭。「我相信。」我一時語塞，他們都盯著我看，直到我恢復過來。「但我說的是妳兒子。」

他們離開後，我站在街角無法動彈。那一刻，我終於深切感受到了失去的重量。剛剛那個人可能五十歲左右，而他依然擁有媽媽的陪伴。

而我和我的媽媽共度的每分每秒，早已成為過去。

彷彿一座堤壩突然崩塌。我抬起頭，望向街燈，眼前呈現一幅抽象畫，朦朧一片，滿是滴灑、刷痕和流動。還有，許多的星星。

第十六章

人像攝影的意義，不僅在攝影師與被拍者之間的親密，更在於觀者的共鳴。

——桃樂絲・蘭格

「……所以，她在文章中想要說的到底是什麼？」蒙蒂奈洛老師問道，目光投向我。

「我不太懂這個問題，」如果我還剩下一點腦，此時此刻就知道該閉上嘴。可是昨晚的情緒還在我內心騷動著，於是我忍不住繼續說：「我是說，這是一篇論文，而且是用英文寫的。她的文字都在眼前，白紙黑字，所以為什麼還要解釋她『到底什麼意思』？」

蒙蒂奈洛老師還來不及回答，AK舉手，沒等被叫就直接開轟。「有時作家會採用隱喻或諷喻，所以並不是每次都那麼明顯。如果你想到的不只是表面上的理解，那麼你可能真的得出點力氣、挖深一點。」她停頓一下，「如果我們想要認真探討，那就非這樣不可。」

我還來不及反擊，蒙蒂奈洛老師已經舉起手。「我和大家一樣非常享受這樣充滿活力的討論，但這完全屬於學術層面，因為我們無論如何都會去挖掘臺面底下的意圖。」她轉向白板，我聽到她低聲說了類似「真是一對寶啊」的話。

之後，我剩下的課堂整個靈魂登出，而且難得一回蒙蒂奈洛老師完全沒叫我。

午餐時間我亂找了一個空位，吃飯時眼神瞥向時尚桌，從一端看到另一端。有幾個我不認識的女孩，也有那晚和坎妮迪一起在市中心的那個女生。坎妮迪坐在中央，再來是克洛伊、蘇菲亞，然後奧莉、接著ＡＫ。這讓我想起之前拍過的那些樂團小朋友，他們排排站好等著拍照，只不過這裡並沒有人在搶位置。不過坎妮迪和克洛伊／蘇菲亞／奧莉之間有個間隔，奧莉和ＡＫ之間又有另一個小間隔，ＡＫ則是在旁邊那桌。我不過往那邊瞄了一下，卻見到奧莉和ＡＫ交頭接耳，讓我不禁有點擔憂。

好吧，其實我嚇到魂都要飛了。

回家路上，我正在思考怎麼開口，奧莉剛好先起了話題，說她偷聽到坎妮迪先發制人的「說法」。

「什麼東西的說法？」我問。

「派對事件。她的說法是『傑跑來撩我，所以我非堅定拒絕他不可』。」

「所以**我**變成一副爛人或變態之類的那樣嗎？去死啦！我一定得去澄清……」

然而她轉過來看我。「不行，你不可以。相信我，最好的方法就是讓它自然而然地消失。反正也不是什麼天大的事，只是今日芝麻小頭條——很快會發生別的事情把它蓋過去的。」她搖搖頭。「而且去撩她的人又不是只有你，相信我。」

我看看她，然後又看回前方的路上。「妳講話簡直像什麼CNN的新聞分析員一樣。」成長過程中，我在學校都被當成「聰明學生」。但我一定要說這根本是胡說八道——可能是因為記憶力好，然後又能作連結的緣故。（不知道多少次奧莉在上學第一天回家時告訴我們，她的老師說：「我們對傑米森．迪佛的妹妹有很大期望。」）但是如果說到跟人建立關係和其他社交技巧方面，我根本連她的車尾燈都看不到，覺得自己簡直像個超級大白痴。是說這種東西，你到底要去哪裡學？

晚餐後，我決定做些作業——大多是語言先修課的指定閱讀——但是才看十分鐘就放棄，因為我一丁點興趣都沒有。所以我開啟我的日常預設模式，也就是上網耍廢。

我不會每天都逛SSA網站——特別是我現在會花更多時間弄自己的東西——不過我每週還是會拜訪一、兩次，逛一逛看有沒有值得一瞧的東西，例如酷炫新技巧，或有意思的照片。他們有一個叫**本週精選照**的欄位，會將他們覺得每個禮拜最值得注目的街拍放上去。通常都是很帥的照片。所以每次只要上那個網站，我都會去看看精選有沒有更新。但這次我點開時瞬間僵住——因為我突然發現，眼前是一張我再熟悉不過的照片。

上頭不只有那張我拍坎妮迪的街拍縮圖（附上可連到我網站上高解析度版本的連結），更令我震驚的是那篇隨圖附上的評論。我過了一會兒才意識到那說的正是我所做的事。

> 這張照片深深打動了我們。有時黑白照會被當成一種取巧，用來替原本普通的作品提升藝術性。但是這張照片採取這樣的選擇卻十分啟發人心。我們常會透過遠拍單一人物來描繪孤獨；而上述的傳統技巧，這張本週精選照片都未採用，反而讓主角既靠近鏡頭，又靠近其他人，然而卻比近來所見的作品更成功地傳達了「孤寂疏離」的概念。這位攝影師值得獲得掌聲。由於他在個人網站的創作主張表示希望匿名。所以不管你是誰，希望你能繼續拍出好照片。
>
> （附註：感謝 **@mygodmsod** 的通風報信。）

天呀，我只說得出**天呀**。

出於好奇，我去看了一下我的網站，想知道被ＳＳＡ提到會不會是否吸引了人們來訪。然後在這十分鐘內，我二度驚呆。只過了一天——很顯然是因為ＳＳＡ主打了我的照片——我的流量變成平常的好幾倍，留言也增加。光是那張照片就可能有十幾個人留言，很多都相當正面。雖然我不願意跳針，但我再說一次：天呀。

當我坐在那裡讀著最新留言，突然意識到大家不只喜歡看喜歡的作品，也喜歡參與其中。不只是表達喜歡或不喜歡，還喜歡提供想法，加入討論。接著我就想到，最近來我網站的那些訪客中，說不定有些人真的會再回訪。但是，如果我希望他們成為固定粉絲，就需要讓他們有回訪的理由：也許是新照片，但也許還有更多的東西。

接著，我突然想起每次我看到讓我產生共鳴的照片我腦中都會浮現的那些想法：比起這個攝影師到底用了什麼技巧？我通常會思考的是這裡面藏著什麼故事？又是誰的故事？之類的問題。

隨之躍入我腦海的是那天晚上和ＡＫ說的話，還有我們聊過的其他東西。她好像有一種能力，能用簡單的話語傳達出深刻複雜的含義，至少在我感覺是這樣。就像她說，也許讓我的作品獨樹一格的原因，不單單只是知道該按哪個按鈕而已，而是我看世界的方式……

可是，畢竟我只能用自己的眼睛去看世界，所以無從評斷。然而我同意她的說法，視野有時候也許比技巧更重要。這確實是令人眼界大開。

或許，真的存在一種方法，可以讓我了解其他觀眾在觀看某張特定照片時，他們所看到的、所感受到的是什麼呢……？

我又想了一會兒，然後翻出賽斯留給我的筆記，上頭有關於如何新增頁面的教學。我確信他一定能做得比我漂亮——也許晚點我再拜託他幫我美化一下。可是現在，我必須在這股強烈的感覺還在時把這東西弄起來。

我花了好幾個小時，最後成果令人滿意。新頁面頂端的標題是：

你看見的和我一樣嗎？

我會展示一張照片，下面寫著：

我在這張照片看見了一個故事，真心希望你也看見。但我們的故事是一樣的嗎？告訴我你所看見的故事，然後你就會看見我看見的故事。

下方有一個空白的文字框，訪客可以寫下他們對這張照片所激發的背景故事想像。一旦輸入完成並按下送出，就會跳出新的文字框，是我對那張照片的詮釋版本。下方還能看得到其他人各自寫下的所有內容。

我上傳的第一張照片是一段時間前拍的：一個深色長髮的女人抱著熟睡的嬰孩。她完全沒有注意相機，只是低頭望著自己的孩子，臉上的表情……我不知道，是疼愛嗎？還是奉獻？我的詮釋頗芭樂的，蒙蒂奈洛老師一定會狠狠地以「不夠客觀」抨擊我。但這正是我當時拍完照片後的感覺總結：這個女人就像未受封的流浪聖人，未來她的孩子將會有一番成就，因為他會是全世界最得人疼愛的孩子。

我儲存並發布新頁面，然後試著在上床睡覺前讀點學校的東西——可是很難。當我開始打瞌睡時，電腦發出聲響。我看過去，看見那是有人在「你看見的和我一樣嗎？」頁面輸入東西的通知……

這張照片完美表現出我的愛歌其中一句歌詞，「我曾看過一張女人抱著寶寶的照片，她的微笑非常非常地特別。」太美了。

我還在琢磨這些話的時候，電腦又響了起來……

我想像這個年輕女人一定工作到很晚，剛在回家路上從托兒中心接了孩子，看到他就欣喜若狂。這一定是她那天心情最好的時刻。真是美好。

又響了……

這個女人大概是蒙娜麗莎的曾曾曾曾孫女。

然後又響了……

我終於關起電腦，試圖睡覺，卻只是又花了一小時躺著想事情，多半是想著媽一定會超喜歡這個新頁面，因為她和我向來所見略同。

我感到悲傷，同時又非常驕傲。

一早鬧鐘響時，我覺得自己還可以再睡上好幾小時。結果前晚那股興奮讓我撐過一整個早上，一路到第四堂課。

我在前幾堂課都相當清醒，甚至數學課隨堂考還考了高分。但是來到語言課時，我只能死死坐在位置上直視前方，拚命散發出**你看不見我**的氛圍——非常有用——直到蒙蒂奈洛老師說：「那迫切性呢？像是社會壓力？或某些訴求？一篇好的論文難道不需要包含這個必要條件嗎？」我突然和她對上眼神，連忙看回白板——但顯然速度不夠快。

「迪佛先生？」

該死。

我在眼前看見一張修辭學情境網絡（當然是棕色的），約有五、六個不同元素——其中也包含迫切性（當然是綠色）——我正準備胡亂丟出課本上的答案來應付她，好讓她別再繼續問我，卻停下來思考。管他的。是說，我的街拍計畫能有什麼「迫切性」？如果我的作品沒有這個迫切性——至少不是我有辦法表達的——難道就是爛東西嗎？

她等著我回答。「……迪佛先生？」

「嗯，不需要。」

「這回答好像有點簡短，也許你可以稍微詳述一下？」

「作者需要動機——什麼都行——好讓他們寫下作品。這樣就可以了。除此之外，不管怎麼樣，它的效果都應該交由讀者決定，對吧？所以說，比起作者要不要因為某種高大上的理由而寫，從作品真正的價值來判斷，可能還比較真誠。」

「有意思，有沒有人要發表意見？」

「有，」我甚至沒轉頭；那聲音我認得，所以先做好背上被捅一刀還順便扭一圈的心理準備。「《悲慘世界》一開頭，故事還沒開始，雨果就把偷竊事件發生的小鎮社會背景、當時的經濟狀況等都告訴了我們。」沒錯，就是這刀。

蒙蒂奈洛老師對她點點頭，示意她繼續。好的，我準備承受扭刀子了……

「所以，要是你發現他這麼做其實不只出於社會意識，」ＡＫ說，「而是因為在那個時候，小說家通常按字收費，所以習慣對故事灌水，你會怎麼想？在某種方面，這是否會改變作品的價值？」

什麼鬼……？

因為某種原因，蒙蒂奈洛老師似乎覺得這十分耐人尋味。「非常好，」她望著全班，「但**我的**想法無關緊要，所以還有誰對這件事有意見……？」

賽斯午餐時間在忙，所以我想辦法在不屬於任何小團體的無黨派一區找了個位置坐下來獨自吃飯。我吃到剩一半時，發現有人在我旁邊坐下。是說你絕對料想不到，半秒之間人腦可以想出多少種奇奇怪怪的念頭，就像你看到美乃滋瓶從桌面上掉下來，到它爆炸在地板上的那一瞬間？我轉過頭，同時心想可能是賽斯……又也許會是奧莉帶了最新消息來……甚至也可能是坎妮迪跑來解釋一切都是誤會。所以我可不可以——**可不可以**幫她拍新的作品集？結果來的卻是我最沒想到的人。

「嗨，」她輕聲說道。你也許可以說那是害羞，只是和大多女生的害羞截然不同。（例如，坎妮迪版本的害羞會是：我裝害羞的樣子難道不可愛嗎？）

「嗨。」我說。

「我覺得你在課堂上的論點很棒。」

我點點頭，思考是否要見好就收，可是這麼一來我就會因為討人厭被扣分，而我不曉得自己還剩多少分數。「謝謝，」拜託喔老兄——你應該可以表現好一點吧。「呃，妳那個有關維克多．雨果的評語也很棒——謝謝妳的幫忙。」

「我不是在幫任何人，」她的語氣彷彿在念臺詞。「我有個毛病——不管腦袋在想什麼都會直接說出來。相信我，這和你一點關係也沒有。」

她說話時板著一張臉，但我仔細打量，她雖沒有奧莉那種洩露天機的笑紋，可是眼中閃著小小光芒，彷彿多出一毫克的水潤，我就當成是某種信號，點頭笑開，表示欸不錯喔，這招厲害喔。

她還真的回我一笑——一點點。

「哇賽！」我說，「這已經是我今年第三次看到妳笑了。」

「你怎麼知道不是第四次？」

「因為我這個人過目不忘——一、二、然後三，再來就等於**非常多**。而妳絕對不可能笑非常多次。」我頓了一下，「是說，我之前上課講的那些話真的有那麼討人厭嗎？」

「真的有。」

「唉呀真抱歉，」我思考一下，「但這次有哪裡不一樣？我是說，我幫妳講話的時候妳好像沒有很感謝，妳好像很怒。」

「我沒有，我只是在確認你的動機……」

「……我的動機一直很單純。」

她用鼻子噴了一口氣，揚起一邊眉毛。「我很懷疑。」

「聽起來妳好像和我妹妹聊過了。」

「事實上是這樣沒有錯。她稍微跟我說了一點你的拍照計畫。」

我的笑容消失。「什麼？」

她舉起雙手。「嘿，如果你不想聊，就不要聊。」

我搖搖頭。「不是你的問題，只是奧莉明明知道這是私事，而且……」我停頓一下。這件事我從來沒提，沒講任何細節。除了奧莉之外，我只和賽斯講過，而且只是因為非講不可。我在芬奇唯一嘗試要講的那次可以說是一敗塗地。但她臉上表情如此真誠，我也仍因昨晚網站的事亢奮不已，所以……

「妳答應我不可以笑？」我問。

她莊嚴肅穆地點了點頭。

「好，」我呼吸一口氣，「我把這命名為九點〇九分街拍計畫，然後……」

我告訴她一切，沒講得太詳細，但基本上概括了我這麼做的原因，以及這個名稱的意義——「……因為那是我媽過世的時間」就這麼脫口而出。

我說完時，她看了我一會兒。「你真的一次又一次地讓我感到驚訝。謝謝你告訴我這些……我猜你應該不常講吧。」

我點點頭。「嗯，沒錯。應該是說從來沒講過。」

「我覺得這是個很美的想法。很高興你這麼相信我，願意解釋給我聽。」

「謝謝。所以……呃……這是不是代表妳以後不會再電我了？」

她到底是怎麼不動聲色扠起腰的？「你聰明的時候我會站在你這邊，耍笨的時候我可就不挺你了。」她噘起嘴，慢慢搖頭。「如果我又電你，一定是你自找的。」

我不太確定她什麼意思，但可以確定我最好讓她和我站同一邊。「好……吧，那我想我會從現在開始努力聰明點。」

她點點頭，「非常好。」又一次，我得仔細看，那閃爍的光芒又出現了。

我抬頭注意到坎妮迪．布魯克斯從走道上朝我們走來。看到她時，她也看到了我們。她停了大約半秒就繼續前進，彷彿我們根本不存在。

ＡＫ目光跟隨著她，「嗯哼，」她經過我們時，她說：「好像突然變冷了呢。」

「沒錯，」我說，「我猜有人的吸熱能力就是比其他人更猛。」

她站起來，「如果你是說她吸走的注意力比她給出的還多，還真是一點也沒有錯。」

我看著她，心裡有些什麼似乎被觸動了，發出咯噔一聲。勿忘非常此刻。

第十七章

觀看不只是透過雙眼，更是透過我們的個體和文化。

——桃樂絲・蘭格

晚上我再次查看網站的訪客數，必須要說，比我預期的更多了。所以我決定再貼一個**你看見的和我一樣嗎？**貼文。這次我挑了我幫中年男人和他媽媽拍的照片中最好的一張。我站在他們正前方拍攝，但兩人都沒有看鏡頭。照片裡的男人一手攬著媽媽的肩膀站在她身旁，一面將她拉近並彎身往她臉上種下一吻。而媽媽則望著天空翻了個白眼。我裁切讓畫面更集中，你可以清楚看見兩人的臉。對我來說，這張照片的整個重點就是並列他們的表情，表面上看起來相反，實則是相同的。就和其他九點〇九分的照片一樣，我都用黑白處理，但色調比我幫坎妮迪拍的更暖一些。

照片給我的感覺是：這是一個非常、非常幸運的人。他的幸運一部分是因為他有機會能稍稍回報媽媽的恩情，她雖然一副不想或不需要照顧的模樣，可是心裡很開心，也開心有他在身邊。

等我貼好貼文——也擦乾眼淚——早就過了八點半。所以我拿起 Nikon 直接朝費格與嘉德納街走去。

外面很冷，而且市中心沒什麼人潮。經過芬奇時，我一度想放棄拍照，與一杯熱熱的印度奶茶相依相偎，但還是逼自己去轉角等待。我在那裡站了好幾分鐘，一個人都沒看見。就快到九點〇九分時，有個人就這麼繞過轉角、朝我走來。她走路的姿勢有點熟悉——速度很快，目標明確——她走得更近的時候我認出了她。這不就是那個先前超討厭我的女生嗎？

當她來到轉角，我舉起相機，然後刻意做出一個藏到背後的誇張動作。「我們真的不能再這樣了——喔，不要擔心，我是絕對不會拍妳的。」

「但我希望你拍——所以我才來這裡。」

「妳在開我玩笑嗎？」

她交叉雙臂。「我看起來像在開玩笑嗎？我可不是無緣無故刻意跑來這裡凍成冰棒的。」

「呃，但這件事其實不是這樣進行的……」

「欸，我很喜歡你的想法，所以想要參與，」她雙臂還交叉著，「這樣有什麼不對嗎？」

我腦中閃過上次有個女生問了我同樣問題的情景，然後努力把那個畫面拋到九霄雲外。就在這個瞬間，有個帶了兩個小孩的男人橫越馬路朝我們走來。「噢沒事，可以給我一分鐘嗎？等下我會解釋……」

我告訴男人我的「學校計畫」。令我訝異的是，他同意了。「不過你得快一點，」他說，「我們和熱巧克力有約。」

「我可不敢耽擱這幾位帥哥和熱可可的約會，」我指指那兩個孩子。男人約莫三十幾歲，兩個孩子都是男生，也許三歲和五歲。男人站在中間，一左一右分別牽著孩子的手。我按下快門時，他們依然保持著這個位置。

「小朋友，」按快門時，我對孩子說，「他是你們的爸爸嗎？」

「是！」他們異口同聲地說。

「他是好爸爸嗎？」

「是！」

「那你們為什麼喜歡他？」

「冰淇淋！」小的那個喊道。
「才不是，是餅乾！」另一個孩子說。
「才不是，冰淇淋！」
「才不是，餅乾……！」
爸爸整段時間都咧著嘴笑。
「好好好，你們說的都對，」我說，「去喝可可吧。」我轉向那位爸爸，「謝謝。」他點了點頭離開，小男生還在喊來喊去。
我轉向AK，「呃，妳有時間喝杯咖啡嗎？因為站在外面講話實在有點冷……」
「我不知道耶，」她說，「你好像很吃得開，在派對上和坎妮迪・布魯克斯摸來摸去什麼一堆的……」
我無奈地拿手遮臉，並狂搖頭。
她把我晾在那裡整整痛苦三秒才哈哈大笑。「我開玩笑的，奧莉把事實都告訴我了。」
我暗自記下回去要謝謝奧莉。相信我，這種事可不是天天都有。「所以那個……」我對芬奇點了點頭。「來點溫暖？來點咖啡因？還有室內廁所？」
我點了印度奶茶，再幫她點了一份濃縮──她堅持各付各的──然後把飲料拿回她在後方找到的廂座。她指了指我剛剛拍的兩個男孩和男人，他們就坐在前方吧檯。男人點了咖啡，分坐兩邊的男孩則各有一杯熱巧克力，正坐在高腳椅上晃著兩條腿，還在槓個沒完。

「你對小朋友還蠻有一套的。」她說。

「謝謝稱讚。」

「親眼見到九點〇九分街拍計畫的進行也很有趣——所以，為什麼我不能加入？」

「選擇性偏差。」

我解釋如何利用特定的時間，來確保捕捉到更多元化的切面，才不至於最後變成只選擇**我**認為有趣的主題。不管大宇宙給我什麼，我都要做出最佳表現……諸如此類。

「……所以我才不能在今晚的九點〇九分街拍計畫用妳的照片，因為妳早就知道這件事，還因為這樣特別在這個時間過來。」講著講著，我突然意識到自己聽起來有多宅。「希望這樣解釋能讓妳覺得合理……」

她點點頭。「完全合理。因為我破壞了選擇過程的隨機性。」

我不禁微笑。「沒有錯！」但同時也忍不住得寸進尺。「是說其實妳本來是**可以**參與的——」

「就是在第一次我還不把你當一回事的時候。」她打斷我。

「沒錯。但好吧，至少是在第二次，第一次有點太之前了。」

她咧嘴一笑，想了起來。「噢對——就是在學生餐廳有一堆女生排隊找你拍照的時候。」

我做出揮棒姿勢，模仿主播的嗓音，「然後他……揮棒落空，三振啦！」我們一起笑出聲，我差點要接著這個套路表演下去，彷彿她就站在投手丘上對我投出快速球——才意識到我不知道應該如何稱呼她。好怪。最後我問：「那個，是說……妳為什麼會有這個綽號？」

她皺了皺眉。「你說AK－47？」

「我聽大家好像都是這樣叫妳。」

她點點頭，「是沒錯。我有一半黎巴嫩血統，所以大家就覺得我一定是穆斯林。然後不知怎麼就把我和恐怖分子畫等號，拿我的名字首字母湊成AK－47——那種用一個叫卡拉希尼柯夫的俄羅斯人命名、恐怖分子都會用的武器。這種綽號真是人見人愛你說是不是？」

「唉唷，感覺簡直像是如果我爺爺奶奶是德國人……」

「……就會和納粹畫上等號……」

「……他們就會叫我卍字符之類的，」我補充。

她聳聳肩。「大概這樣。」

「那我應該怎麼叫妳？我是說，我知道妳的名字縮寫是ＡＫ，也聽過老師叫妳卡努森小姐。」

「卡努森小姐……」她點著頭，彷彿認真思忖此事。「這聽起來感覺不錯，從現在起你可以叫我卡努森小姐。」

現在換我交叉雙臂瞪著她。

「阿熙（Assi），」最後她說。「我媽是黎巴嫩人，她告訴我爸——他是挪威人——既然他決定了我的姓氏，那我的名字就要讓她來取。」

「阿熙，」我說，「這名字很酷。那妳為什麼要任憑大家叫妳ＡＫ－47？」

她聳聳肩。「人不是永遠都有選擇。當你的本名裡面有個阿，就會出現一些很糟的組合……」

我看著她的時候心中突然冒出一些想法。「是說，有機會我還是想幫妳拍照——但不是九點〇九分街拍計畫。」

她沉默了一會兒，然後點頭。「現在如何？」

我環顧周遭。「在這裡嗎？」

「當然。有何不可？」

我可以有上百個**不可**——燈光、背景、距離——但我見她一臉認真。「好吧，給我一分鐘。」

我拿出 Nikon 想了一會兒。我可以用手持，就像在外面一樣，可是動相機的效果會比動主角差，而我想拍的是肖像，不只是隨手快照。我從包裡拿出隨身攜帶的一小根桌上三腳架，擺在桌子邊緣，把相機架了上去。

「好，」準備就緒後我說，「看這裡，我們來拍拍看。」

就我感覺，她和奧莉和坎妮迪截然不同，似乎從來沒學過該怎麼「使出渾身解數」。此外，她當然也沒擺出常見的嘟嘴自拍臉，只是看著我，毫不做作，就散發出非常強烈的氣場，彷彿能將我一眼看穿。我沒有浪費時間，立刻按下快門。

我打算再拍一張，她卻舉起手。「這樣就好。」

「呃，我通常會多拍幾張，以防……」但她沒打算放下。「真的？」

她點點頭。「真的。」

我收起相機。「好吧。呃……說到攝影，那天晚上在派對，妳真的讓我思考了很多。」

「思考如何不要一直這麼白痴嗎？」她一臉正經，但我能在那張撲克臉底下看見一絲笑容。

「唉呀沒錯，確實是。」我嗤了一口氣，搖搖頭。「我才想說稍微稱讚妳一下，妳只需要——」

她雙手托著頭、眨起眼睛。「稱讚我？**你**嗎？我洗耳恭聽。」

「根本不讓我說完呀妳。」我咕噥道，但看她難得放下戒心，我嘗試繼續說下去。「我後來努力在思考網站的構想該怎麼弄，就想起妳說的話：重點在於用什麼方式看世界，而非那些專業技術，那真的是一語中的。」我告訴她我是如何受到啟發，在網站上製作「你看見的和我一樣嗎」頁面，以及大家好像很喜歡拿自己對照片背景故事的解讀和攝影師的版本比較。「所以謝謝妳，真的。」

她沒對我眨眼，也沒像平常那樣瞥我一眼後低頭看桌子，或做出任何「害羞」的動作，只是直直地看著我，和我幫她拍照時的感覺有點像。「謝謝你這麼說，但我其實也沒講什麼。」

「我知道，但妳的話裡面蘊含的意義已經足夠，質遠高於量。」現在換我直直地看著她。「我只是想讓妳知道這件事。」

她吞了一口口水，點點頭。「能幫上忙就太好了。」

到家時，我做了一件平常不會做的事——處理剛剛拍的、也就是阿熙的照片。通常我更喜歡放一段時間，因為兩者需要不同心態。蒙蒂奈洛老師談過「在卸下作者角色、換上編輯角色時，最好留一些喘息空間」。但是今天不同。我拍照時捕捉到了一些特殊氛圍，因此希望最終影像也能有同樣感覺。所以我決定在感覺還鮮明時馬上處理。

回家路上，我用相機重新看了照片幾次，可是看不出什麼。所以，當我將照片上傳電腦，在大一點的螢幕上打開檔案時有點緊張。還好，那個氛圍還在。即使是原始圖檔，燈光和其餘一切都有點怪怪的狀況下，我印象中的那個感覺確實存在。現在我要做的基本上就是剔除所有干擾元素。

有時你可以直接動手，隨心所欲地處理——亮度高一些、對比少一點、彩度加一些，諸如此類，然後也許能意外得到成功結果。但關於這張，我打從一開始就對於怎麼調整有著絕佳點子。它必須真實，但不能是修改過頭的前衛超寫實主義；也許更像五十年前拍得不錯的底片照片。

我知道我想要黑白照——還要有對的氛圍，這樣同時也能改善奇怪的色溫問題。但也不是毫無色偏，更類似棕褐色。我不用冷白，改採輕一點的淡黃調，深色的部分更傾向巧克力，而非灰色。所以即使是「黑白照」，影像中她的眼睛最後就和現實生活裡一樣呈現深甘草棕。我處理時，慶幸自己那時多架了三腳架並調大了光圈，這樣她身後幾乎沒有景深，而她的眼神則格外銳利。當我靠近細看時，便能夠從中看到一絲光亮，像是她心領神會了某個私密玩笑。

看起來她沒上什麼妝，但我看著她的臉時完全不會想要拉近細修。我壓低圖像邊緣的亮度，讓你的目光被她的臉孔吸引。與其調高亮度，我把膚色保持原樣——柔和且溫暖。

我處理完時往後一靠，好好看著照片一會兒。我眼前所見的景象就和拍照那時感覺一模一樣，她彷彿能夠直接將我看穿……彷彿對我非常熟悉。這正是我一心想呈現的效果。

我關掉所有東西上床睡覺，卻怎麼也無法進入夢鄉。終於快睡著時，腦中卻不斷閃過這一個禮拜以來的場景片段，不按順序地迅速穿梭飛旋——直到最終化為坎妮迪和阿熙組成的無盡迴圈，紛紛對著我說：這樣有什麼不對嗎？

一瞬間我醒了過來，被子一掀，踉踉蹌蹌跑到桌前打開電腦。我完全不曉得現在幾點……凌晨兩、三點嗎？我再次點開阿熙的照片，目不轉睛地看著。

好吧，與其說我在檢視螢幕上的影像，不如說我在**感覺**它給我帶來的情緒。

我的天，我感覺到一些什麼，但卻難以形容……

哇。

我不知道。
我真的不知道。

第十八章

無論我拍攝什麼，我向來都盡可能呈現出它過去或現在的狀態。

——桃樂絲・蘭格

「……就是因為這樣，我們才會這麼在意語彙的深度和廣度，卡努森小姐。」蒙蒂奈洛老師說。「單字和句法都是工具，而我希望妳的工具箱可以很完整。妳提供的例子似乎有點侷限。」

「如果妳真心想要描繪一個特定文化。」阿熙說，「那麼只要妳心存敬意，使用那個文化所熟悉的語彙又有什麼不對？」

不好意思，但我的聯覺還在為了語彙（Lexicon）一詞卡在那裡。是說你看嘛——那個正中央的黑色X，左邊挨著的是褪色的紅——近乎玫瑰色，右邊則是淺藍綠，後面四個字母「i、c、o、n」並不常見，更讓我忍不住召喚出更多相似的字詞……

「倘若越過盧比孔河（Rubicon），就不需要什麼語彙了*……」

蒙蒂奈洛老師說到一半停下來、看向我。「**什麼……？**」

「人死無對證，對吧？」我看了阿熙一眼，再看回蒙蒂奈洛老師。「如果套用那個年代的行話，更能反映出真正的意義……妳不覺得嗎？」

她只是看著我，舌頭抵著口腔內側，面無表情。最後，她轉向大家。

「今天就到這裡吧。別忘了，明天必須繳交你們的『重大日子』作文紙本。」

下課鈴響，每個人都起身離開，蒙蒂奈洛老師說：「傑？可以跟你聊一下嗎？」

我馬上知道自己剛剛過火了。

朝她桌子走去時，我只說了聲「對不起」。關於語彙這種魅力十足的麻煩字詞，我實在沒辦法解釋給一個無法和我看見相同景象的人聽。

「你很聰明，而且是個語言思考者，」她說：「但是水能載舟也能覆舟。我可以肯定地說，不是班上每個人都喜歡這樣。」

還用妳說？我心裡這樣想，卻只是點了點頭。

「我不是要你刻意藏起鋒芒，」她繼續說，「不是這樣的。相信我，我很高興我班上的兩個學生似乎達成了某種共生狀態，而不再用我的課堂來玩策略遊戲。但是，能力越大，責任越大，」她還真的把眼鏡往下推了推，從鏡框上緣注視著我。「所以，請你說話前多想一下。」

我在無黨派桌停下，伸肘去推賽斯。「換位置吧。」

「呃？為什麼突然？」

我的目光掃過整個餐廳，開始伸手一一點數。「那個討厭我的女生不在，雖說喜歡你的女生在——雖然同樣讓人心煩，但至少她是和一群向來對我們不錯的女生在一起。然後那個討厭我的那個女生目前看起來尚能容忍我……」

他站起來。「顯然你的數學還不錯。」

我們和奧莉、克洛伊和蘇菲亞坐在一起，我落坐於蘇菲亞和桌尾之間。幾分鐘後，旁邊

＊ Crossed the Rubicon。西元前四十九年，凱撒帶兵越過盧比孔河，此舉等同向羅馬元老院宣戰，並最終獲勝。意思接近「破釜沉舟」。

桌子傳來一個聲音，「你的屁股沒被踢爛，我要恭喜你。」

「很高興有人注意到。」我一邊轉過去一邊說。

「感謝你支援我的論點，」阿熙說：「但你沒有必要跳下來替我擋刀。」

「這和蒙蒂奈洛老師說的差不多，只是她多用上了超級英雄的譬喻。」

「被一刀捅死還不夠英雄嗎？」她偏了偏頭。「還有，那個語彙和盧比孔的比喻你到底是怎麼想到的？」

「我的基因，我媽那邊的。」

「啊？」

「這很難解釋。」

她看了我一會兒，然後聳聳肩。「好吧，但不管怎樣還是謝了。我想蒙小姐應該有懂你的意思。」

我點點頭，於是她轉回去和她旁邊的女生聊天。我想針對她的照片說點什麼，可是不想讓自己像個變態。我跟妳說——我凌晨兩點起床看妳的照片喔。這根本就和痴漢沒兩樣，不是嗎？

午餐剩下時間我都在和賽斯、奧莉、克洛伊和蘇菲亞講話。我得說，當初說服賽斯移過來的決定是對的——一切都棒透了。

奧莉一定也是這樣想，因為回家路上她特別提到。「是說，今天跟你和賽斯一起吃午餐真的很不錯。」

紅燈，我減速，同時一面點頭。

「還有，」她說，「如果可以四個人一起一定也會很好玩……」

我只是聳聳肩，沒有看她。

「我的意思是去塔可屋那種，」她迅速補充，「讓爸開心一下，沒什麼大不了。」

我再次點頭。爸允許奧莉可以「出去玩」，前提是和一群人一起出去。我又開過一個街區才回應。「好吧，」最後我說，「我想坎妮迪一定會很樂意參加。」

她彎下腰，無聲做出一個手指挖喉嚨的動作，然後停頓一下，「其實呢……」

我刻意停了一秒。「其實呢……？」

「其實呢，我想的人是蘇菲亞。」

我聳聳肩。「嗯哼。」

她轉向我，雙眼閃閃發光。「怎麼了——你的魯蛇朋友不是給她滿高的分數嗎？她很幽默，人很好——不管醜臉比爾怎麼說，她還超正。」她小小停頓，「而我正好覺得她有很高機率會答應。」

此刻就是我該表示有興趣的時候了；我應該接著問她怎麼會曉得。

但不知為何，我只是看著馬路繼續開車。

……雖然有點違反直覺，重大日子來臨那時我們並不意外——不震驚，也不意外。這就是問題所在——若有意外，將會是喜迎樂見的奇蹟。然而發生的卻是我們數月以來意料之內的事……

這份作業是要針對人生中的重大日子，寫下一篇讓人「印象深刻又動人」的文章。我實在不想重溫那天，也不確定那能不能用**重大**來描述。但那天絕對是我人生中最衝擊的一天。不然我還能寫什麼呢？坎妮迪親我的那天恐怕不ＯＫ。

「所以，」第二天上完課時，蒙蒂奈洛老師開始繞著教室發作文，「我已經收到你們的作文，並以隨機方式兩兩分組。你會拿到某人的作文，別人會拿到你的。作業的下一階段，就是把你負責評鑑的搭檔作文帶回家讀，並依照我給你們的評量清單寫下有建設性的評論。然後我們會在週一重新分組、進行討論。」

她經過我時，在我桌上放下幾張訂起來的紙。我塞進背包、直接離開。

到家時，我快速上去我的網站看一下數據。訪客甚至比起匿名街頭攝影師論壇的宣傳後還多了一些，而不是像我以為的那樣慢慢下降。而九點〇九分街拍計畫的部分也至少得到了與「你看見的和我一樣嗎？」貼文差不多的點閱，有很多人都表示喜歡這個計畫的概念。這一定要歸功於賽斯——大部分留言的人似乎對這個獻給逝者的理念和對照片本身的喜愛程度相當。

我瀏覽檔案中的照片，想找一些新的來貼，然後發現自己不自覺盯著阿熙的頭像照。在我對她說了那堆話後，我很確定絕對不能把這張用在九點〇九分街拍計畫的貼文，也不想用在「你看見的和我一樣嗎？」那個頁面。因為……好吧，因為這麼一來，我就得把自己對照片的想法說出來，而我不確定自己到底怎麼想。這時，另一個影像躍入腦海——那是她穿過餐廳的畫面。而我非常清楚當時拍攝時我有什麼想法。

我拿出手機一路滑，直到滑到那張照片，然後傳入電腦。我把上下裁掉，讓她的腳下和頭上沒有任何東西，但是不動寬度，這麼一來就能讓空間在畫面上水平展開，看起來更寬敞。那時我移動相機跟隨她的步伐，背景變得模糊一片，她的雙手和雙腳也因為動態而模糊不清。可是她的臉孔是清楚的，堅定的表情也清晰可見。跟九點〇九分街拍計畫照片的憂鬱黑白不同，我保留了原先明亮繽紛的色彩，我想要呈現富有現代感與活力的氛圍。

關於我對這張照片的想法，我是這樣寫的：**這個女孩絕對知道她要去哪裡。根據她臉上的神情，如果你要前往某個未知領域，她肯定能夠成為優秀的嚮導……**

我貼上照片後到處找事忙。我是說，一些有趣的事。我打算拖在週日下午再來看我那位「評鑑搭檔」的作文——至少拖到差不多晚上八點吧，這樣也算是週日下午沒錯吧。畢竟，讀別人描述他們弟弟出生——或贏得全市小聯盟冠軍——或良景市小小選美皇后比賽——或去他的隨便什麼屁的，是可以多有趣？

當我把桌上的書推到一邊，為更重要的事情挪出空間——例如上網閒晃之類——抱持的就是這個態度。我猜我推得有點太用力，因為那座書山就這麼從桌子滑下去，狠狠撞到地板。我彎身去撿，**剛好**瞥到我應該要讀的作文，**剛好**翻到第一頁，一眼就讓我看見名字和題目。**天呀我的媽**。

那篇講的完全不是小聯盟比賽或選美冠軍……

……因為人類彷彿本能上就知道在重大突發事件下該怎麼做。如果你醒來時發現家中失火，你不會坐在那裡思考——你會叫醒所有人，然後趕緊逃生。如果有車開過去並且掃射子彈，你也不會當下進行政治辯證——你會馬上趴下。

因為這樣做還有意義。

因為你還能影響結果。

但是，如果這個重大突發事件已經沒有變數可言，如果你再也改變不了結果，那麼如何行動就再也不重要。也因此，你就不會知道應該怎麼做，因為人類對於重大突發事件發生後該怎樣，人類毫無應對能力。我們會患上創傷「後」壓力症候群，而不是創傷症候群。所以你在一次又一次的錯誤嘗試中躊躇不決，無法明確判斷哪個行動更為重要，直到你最終意識到，什麼都不重要了。因為，人死無法復生。

我父親失去性命那天，很可能是我這輩子燃燒最多卡路里的一天，也可能是我這輩子最一事無成的一天……

「奧莉！」

她衝進我的房間。「老天爺，我隔過牆壁都能聽見你的大叫。怎樣啦？」

「我需要某人的手機號碼。」我必須給她拍拍手，因為她什麼也沒問就直接給。我迅速傳了個簡訊。

嘿，我是傑。有空喝個咖啡嗎？

秒回。好呀，什麼時候？

九點〇九分之後都行

第十九章

我不會妨礙我的攝影對象；不干涉，也不刻意安排。

——桃樂絲・蘭格

她就坐在我們之前坐的後方廂座，桌上已經擺著一杯濃縮咖啡和一杯印度奶茶。我卸下肩上的相機，放在身旁座位。「謝謝。」邊說邊拿起我的飲料。

她指指我的裝備。「有拍到什麼嗎？」

好問題。「我不確定……也許吧……不知道欸……我希望——」

她舉起手。「你拍到了。」

她沒再多說什麼，所以我開始解釋我傳簡訊給她的原因。「我讀了妳的作文，非常喜歡。」

「我也喜歡你的。」

我覺得她只是在客套。「不是，我是**真的**爆炸喜歡。」

「我也是**真的**很喜歡。行了，就到此為止——我們又不是在比賽。」

「好，」我停下來。讀她作文時，我腦中冒出很多想法，我想跟她分享，可是當她就坐在桌子對面，那些文字就全部跑光光了。「呃……我也想說，妳爸的事我很遺憾。」

「謝謝，已經過快五年了……」

所以那時的她和媽過世時的奧莉同年。「我是快要兩年，我還是想她想得要命。會漸漸變得比較沒那麼難過嗎？」我看著她的臉。「抱歉，這是個蠢問題。」

「一點也不會，但我只能夠替我自己回答。」

「所以……？」

「會，也不會。但是最糟的反而是在我忘記的時候。當我看到某樣東西，會想說『我等不及要跟爸分享！』然後一切就會排山倒海地回來。」

我點點頭。「有時候我一早起來也會冒出這想法。我會醒過來，覺得一切都好，沒有什麼了不得的事，只是另一個稀鬆平常的一天——然後我就會突然想起來這一切，感覺像是被卡車輾過去——一輾再輾。」

她啜了一口濃縮咖啡，我在桌子另一邊都能聞到，濃厚的深焙香氣。「我看了你的網站，真的很棒。而且……」她眨了好一會兒眼睛，看到她突然熱淚盈眶嚇了我一大跳。「抱歉——我超討厭自己這樣！」她用手稍微搧了搧。「你做的事情——為了你媽、為了所有失去親友的人這件事——真的很了不起。還有那些照片……」她停頓一下。「你的眼睛好像比你其他部位更成熟。」

我有點不自在，但也許……我其實也有點喜歡——因為是她給的評語。唉，該死，我不知道啦。「那是因為妳沒看到我拍超爛的那些。」

「是這麼說，但你還是得把能呈現出你感覺的照片挑出來，那也是需要眼光的。」她揚起眉毛，「我甚至連坎妮迪．布魯克斯那張都喜歡；我覺得那張照片完美呈現出了故事背後的故事。」

「謝謝。」

「所以……你對她有什麼想法？」

羅賓森先生！有危險！*我決定把這顆球踢給別人，「我也問了奧莉這個問題，她說坎妮迪表現得像很受歡迎的人，」我刻意避免用上「正」或「美」之類的詞。「我想我也同意

* *Danger, Will Robinson!* 出自一九六〇年代的美國電視影集《太空迷航》（*Lost in Space*）臺詞。

吧。」

她緩緩點頭，而我不確定那是表示同意呢還是老兄，算你識相。但我沒有問任何問題。

「我**也看到**你把我的照片放上去……」

她似乎不算樂意，「希望妳不介意，我只是覺得那滿酷的。就是，因為妳走得那麼快又那麼專注，而且……」

她擺了擺手打斷我。「你難道沒意識到這有點，呃……有點像跟蹤狂嗎？」我正想說點什麼——可能是想自我辯解一下吧——她就把話接了下去。「你九點〇九分在街角拍的那些人……他們都有同意，對吧？」

「嗯，當然。」

「所以你不只得到他們的允許，也讓他們共同參與。在你的計畫之中，他們算是夥伴……某種**有所貢獻**的夥伴。我想那就創造出了某種連結，能體現在成果之中。」她稍稍偏了偏頭。「這樣說對不對？」

難道不對嗎？但我沒說出口，只是緩緩點頭。

「是說，」她說，「我理解你為什麼把照片放上去——尤其是九點〇九分街拍計畫的那些——可是你到底想**從那些照片**得到什麼回饋呢？」

「你今晚就特別來給我出難題？」

她再次揚起眉頭，但只有這樣。

「ＯＫ好喔……」我努力組織腦中的想法。「這讓我……讓我在我媽的事情上感覺好一點……的樣子。她鼓勵我攝影，所以我做這件事時就會感覺像是……」**到底**像是什麼呢？「感覺就有點像是和她一**起**進行這個計畫。這樣講會不會太白痴？」我聳聳肩。「希望這個答案對妳來說算及格，因為除此之外，我實在想不出別的了。」

她吞了一口口水，輕輕點頭。「這樣就很夠了。謝謝。」

我坐著盯著她好一會兒。嗯……我其實沒打算讓她看的，但是……

我拿出手機，翻出那張照片——是我在那晚幫她拍的頭像的最終版本。「這是我幫妳拍的頭像照。我之後傳給妳，在大螢幕上會更好看，但是……」我把手機遞給她。

她接過手機，注視好一會兒，然後放大一些，再縮小回來。終於，她抬頭看我，仍拿著手機。「我在你眼中是這個樣子嗎？」

糟了。我是不是惹上麻煩了？但這次我沒人可以把球踢過去了。「呃，如果妳不喜歡，不用擔心，我沒有貼到任何地方，我可以刪掉，或是——」

她把手機還我，「你讓我變得很美。」

「不是**我**，這是妳本來的樣子。我只是移除了所有會分散焦點的事物。」我伸手到袋子裡拿出 Nikon。「等一下，我讓妳看看……」我叫出原始照片，放到和處理完的影像同樣比例大小。「妳看？這就是妳。我只是稍微修整了一下，用黑和白呈現……」

她幾乎看也不看 Nikon 上的影像，「你知道嗎，你根本沒回答我的問題。」她看了看自己手機上的時間，開始收東西。「我得走了。」

「呃，好，」我停下動作，突然一陣尷尬。「至少咖啡讓我付吧。」

她依舊板著一張臉。但也許是我的想像，好像有那麼一秒，我覺得自己看到一絲情感顯露。「也許下次吧。」

她離開時，我思考著她的問題。確實如此，完全沒錯。

攝影是一種奇妙的東西——要麼描述，要麼召喚。可以直接指著某樣東西，叫你看這裡！！！快看這個！！！或以隱晦的方式喚起某種氛圍、某種感覺。今晚不知為何，我為了尋找後者而出門，然而究竟是否成功捕捉到，我卻毫無頭緒。

我把今晚的照片傳進電腦，開始一一檢視。我拍攝的主角是兩名走在嘉德納街的中年女子，後來發現她們是姊妹。你大概會想說應該會很有意思吧？可是前五、六張都有點乏味。不行、不行、不太行。該死的絕對不行。可能可以但是……不行，還是不行。好吧，她們不算很糟，但不知怎麼卻像是打開後整晚擺在流理臺的啤酒。沒走味，卻沒了氣泡。我就是沒有任何感覺。

當我正要放棄，忽然看見最後一批照片裡有一張捕捉到了什麼。第一批照片裡，她們就只是肩併著肩站、注視著我。但在這張照片，其中一人大概是說了什麼好笑的話，因為右邊的女人在微笑，左邊的則放聲笑了出來，然後兩人相互對視，而非看著相機。不知怎麼，在那毫秒之間，她們整整五十年的關係彷彿全部呈現在眼前：兩人共享的那些回憶、玩笑與經歷；所有笑聲，以及所有眼淚。

砰——就是這個。

這樣說大概有點荒謬，因為一名青少女和兩名年長女人之間算不上有什麼關連。可是當我開始處理照片卻突然頓悟，我在這些照片中尋找的感覺，和我與阿熙聊天時的感受有著共通點。而不管那是什麼，我都在這兩名忘卻相機、一同歡笑的女人之間找到了。

我坐了一會兒，瞪著牆壁，然後突然起身跑去奧莉的房間。她正坐在床上，雙手在手機上敲個沒完，我還得揮揮手她才終於注意到我。她拔掉耳機，我聽到音樂聲流洩出來。「怎麼了？」

我坐在床邊。「我今天晚上和阿熙聊了一些事……」

她皺起臉。「誰？」

「就是ＡＫ。」

她按了個按鈕，樂聲停止。「所以怎樣？」她的笑紋開到了百分之百。「傳簡訊嗎？還是真的在電話上面聊天？」

「是**面對面**聊天，像妳和我這樣，像現在這樣。」我無視她的燦笑繼續講下去，「我想要說的是……就是……她十二歲時失去了父親。」

奧莉的笑容消失。「什麼？」

「嗯，意外喪生，」我停頓一下，「是說，我知道妳從來不談媽，但如果妳想找個人……我不知道……也許想找個可能可以理解的人，也許會想和她聊聊？」我聳聳肩，「不聊也沒關係，我不知道。這想法可能有點傻蠢……」

她關掉手機，放了下來，對我眨了一會兒眼。「沒有，這個想法滿好的，傑，真的。」

現在笑紋完全消失，但她讓我產生一種和照片裡的姊妹類似的感覺。「謝謝。」

「……那麼我們就來分組坐，看一下彼此的評量清單。」蒙蒂奈洛老師在週一的課堂上這麼說。隨著學生開始在教室裡移動，她拉高音量，「各位，記住——請友善一點！我們的目標是要相互**激勵**，不是相互**打擊**。」

我在阿熙旁邊坐下時，以為她會問我週末過得怎麼樣，或稍微小聊一下之類的。但她開門見山。所以我在心裡聳個肩，也跟著開始。評量清單上有幾個關於評鑑作品的基本問題，像是文章是否吸引讀者？文章是否採用修辭技巧？以及採用的修辭技巧是否達到預期效果？接著，我們就要列出作品的優缺點。

我糾結的點在於我找不出她作文的任何缺點。其他問題都很容易回答（是、是，當然是！），我也可以滔滔不絕詳述她文筆的優秀與其中的沉慟（我也真的這麼寫了）。但是，要提出什麼建設性的評論，對我來說就有點困難了。弄到最後我只能在評量清單底下概括出我的評語：優點——這是一篇強而有力、充滿感情、寫得非常好的文章，講述至親過世對作者和家人帶來的衝擊。缺點——我哭成一個豬頭。

我把我的評量清單推給她，她讀了之後露出微笑。她也把她完成的評量清單遞過來，一個字也沒說。前頭她寫了許多稱讚之詞，接著後頭是她的優／缺點建議。總體來說，這篇作文最好的地方，在於作者以無比真摯且深具感染力的方式，讓媽媽過世不只成為他的人生事件，也成為我們的人生事件。就像把那股失去的感受轉移到我身上，讓我完全陷入失親的痛苦裡，情感因此掏空。至於缺點：見以上。

哇。你還能怎麼說呢？

「哇，」所以我直接這麼說，真是聰明才智如我。我清一清喉嚨，「我不是故意害妳難過或陷入失親的痛苦裡的。」

「我當然知道——你寫的時候也不曉得我會讀到啊。此外——」她頓了一下，偷瞄蒙蒂奈洛老師一眼。「是說……你覺得這所謂的『隨機』到底有多隨機？」

我看了看蒙蒂奈洛老師，再回到阿熙身上。「我和妳想的一模一樣。」

就在此時，蒙蒂奈洛老師說，「好啦，同學們，把評量清單交上來吧。明天我們來討論今天的互動。」

她收回作業放大家解散後，我喊道，「蒙蒂奈洛老師，方便聊一下嗎？」

她朝我們走來。我強烈懷疑她根本就知道我們想說什麼。「怎麼了？」

「關於您對『隨機』一詞的理解，我們恐怕難以苟同。」

她聳聳肩。「世上總有巧合。」然後露出微笑，「這機率很驚人吧？」

數學是一翻兩瞪眼的。1/(n-1) 以小數表示，然後轉換成百分比，接著再用一百減掉那個數字。我環顧教室，約略數了一下座位。二十幾張……就當是二十七吧，十之八九。「機率顯示百分之九十六，這完全不是隨機……」

她做了一個從眼鏡上緣看著我們的動作，「有位大師曾說：有時小謊言能夠幫助驗證大真相。」

阿熙一臉困惑。「我沒聽過這句話。這個大師是誰？」

蒙蒂奈洛老師挑起一邊眉毛。「我。」

「……而且我每天有更多訪客到九點〇九分街拍計畫的照片留言，『你看見的和我一樣嗎』貼文也有回饋，而且——」

賽斯皺起了臉。「和我一樣？這是什麼康樂活動嗎？只是沒附帶啦啦隊？」

「你知道的啊——『你看見的和我一樣嗎』那東西？」現在正是午餐的聊天時間，而且沒錯，我們正在無黨派桌吃飯。（坎妮迪在正妹桌正中央——你要叫我膽小鬼隨便你，但我不想把事情搞大。）

「老兄，那太棒了。現在你得加上喜歡和分享的按鈕。」

「為什麼？」

他嘆了口氣，彷彿我是社交媒體初級班裡的吊車尾——我搞不好還真的是。「方便把網頁擴散出去啊。理論上，如果有人喜歡你的網站，就會把網址放在他們的推特或ＩＧ或隨便哪個地方。可是人是懶惰的，所以他們不會花太多力氣這樣做。但如果只需要點一點按鈕，他們就會去做。」

「你可以找個時間幫我弄嗎？」

他拿出手機。「給我管理員權限，我現在就可以弄。」

於是我把密碼給他。果然只花了兩分鐘，網站便完成更新，首頁底下馬上變出那些小鳥、拇指以及那個相機符號。

「謝謝。」他弄完時我說。

「免客氣，希望這可以幫到你的網站。」

就在此時，阿熙拿著食物走過去，無疑是要到正妹桌附近吃飯，但又巧妙地選擇了不親不疏的適當距離。經過我們時，她只說了一個「嘿」字。

我點點頭說：「嘿。」

賽斯一切都看在眼裡。「剛剛那是怎樣？」等她走開一定距離後，他一邊玩著手機一邊低喃。「除了她打開了你的切．格瓦拉開關這件事，這我記得。」

就像我之前提過的……

賽斯和我之間有個默契，就是我們不談女生。呃，好吧，其實我們常常談，但只是籠統地談，從不深究，不談什麼女生給我們什麼感覺。但是如果不是跟他談，我是要跟誰……

「呃……我覺得她很聰明，至少比我聰明多了。」

「所以你會因此覺得……被威脅之類嗎？」他問。

「這就是有趣的地方，」我壓低音量，東張西望，彷彿要袒露一些超級變態的想法。「我其實**超喜歡的**，兄弟你懂吧……」

賽斯離開後，我又坐了一會兒，思考剛剛說的話，然後有人碰咚一聲坐在我旁邊。我轉過頭看：是坎妮迪。我被嚇得現在只要有人吹口氣，我都會被吹跑。我做好心理準備，因為她要不是打算因為我在蘇菲亞家派對上的表現對我發脾氣，就是要為她在之後編出那些故事跟我道歉。但我兩個都猜錯了。

「你有上拉魯先生的歷史先修課對不對？」

這還真是出乎我預料。「呃……對？」

「你上得怎麼樣？」

我雖然拿了A，但是不知怎麼我不是很想大肆宣揚。「還行吧我想。只有一些不太重要的小狀況，就是……他好像討厭我。」我笑著說，「他一定是有個和我長得很像的兒子離家出走之類的，因為那傢伙真的**不**喜歡我。」

她沒有露出任何笑容。「我第三堂課是他，老天，我簡直快要死在課堂上……我只能勉強硬撐。」

「妳以前不是很喜歡歷史嗎？我還記得七年級時——妳就是那個每次都要舉手的討厭女生。」

她對我露出一個近似悲傷的微笑。「是啊，難道不是嗎？」她低頭看了桌子一會兒。「那個女生去哪裡了呢？」因為音量很小，我幾乎聽不到。

哇，這個對話根本不是我預期的樣子。我聳聳肩，「或許是因為妳的優先順序不一樣了？」

現在換她聳肩。「也許吧，」她撥開臉上的頭髮，然後看了我一下。我突然有種感覺，似乎這樣的對話對她來說也不容易。「所以……你今天下午可以抽空給我個十大祕訣之類的建議，讓我能在歷史先修課存活下來嗎？」

她看起來非常真誠，可是我以前也見識過這一套。讓我動搖的原因大概是她沒有試圖拋媚眼、或露出小狗眼，或使出任何類似招數，完全沒有。是說畢竟她已經在和那個大學生約會，所以……

「好吧，但我沒有什麼十大祕訣……大概就兩三個小祕訣吧。」

她似乎鬆了一口氣。「也行……就算一個也很好。」

就在此時，鐘聲響起，她便離開了。

彷彿派對上的事從未發生。

「你忘記了嗎？那時大家因為你幫那個金髮大胸好閨蜜製作的超棒作品集又是歡呼、又是大叫——雖然她完全沒有提到你？」

奧莉絕對和賽斯混在一起太久了。我往她瞥了一眼，我正載著她從學校回家。「先不管妳剛剛那個完全沒哏的笑話……那又怎樣？」

「這事又在你的網站上重演了。」

「什麼意思？」

「學校的人都在討論，有人認出一些照片是在校園之類的地方拍攝。他們說那些照片超讚。」

「所以？」

「所以你該讓大家知道這是你的作品，就這樣。」

我不要，我心想，但是之後我拍照的時候必須更小心了。我沒說出口，只是聳了聳肩。

「我會考慮。」這句話的通用意思就是──好喔，想都別想。

不過後來我確實考慮了一下。我到家之後去查看了一下數據：不只頁面瀏覽數上升，不重複訪客的數字也變多，這表示除了回訪客之外，還有新訪客。

此外還有別的……其中一則留言中，有人詢問我是否介意他們進行自己的類九點〇九分街拍計畫，獻給在阿富汗失去性命的兄弟等等。我幾乎不回留言，但我想了一會兒，然後回覆「沒有問題」（你怎麼可能拒絕這種事情呢？），我說只要他標出我的網站，然後把連結加上去就好。不過我在回覆時簽名檔用的是管理員，因為我還是覺得自己的名字出現在如此私人的東西上很怪。畢竟，這個計畫的初心並非為了利己或虛榮心。

我的初心是因為我想念媽媽。

和上次去她家相比，這次最不一樣的地方就是：我依舊穿了今天上學隨便穿的同一套衣服。

好吧，她應門時我有點後悔，應該換個裝的，因為很顯然她換了衣服……她穿了一件看起來像袍子的東西，但質感更好、更絲滑，類似日本和服之類的？她聞起來也很香。

我有點不自在，但她對我露出一個大大的笑容，「嗨傑！快進來。」她帶我去她房間，經過起居室時，她爸正在看足球，連頭都沒有抬起來。

然後，說實話，我得承認一進房間，我腦中的第一個念頭是：*天啊——我竟然在坎妮迪．布魯克斯的臥室裡？*這裡很可能有我房間的兩倍大，而且採用柔和的米白或灰褐之類的色調裝飾——奧莉一定能說出正式顏色名稱，但對我來說反正看起來就是*經過設計*，就像直接從雜誌上搬過來。靠著其中一面牆的是一張特大四柱雙人床，上面垂掛著某種豹紋的東西。天吶……

我逼自己移動視線，集中注意力在我為什麼來這裡。對面牆旁有張書桌，所以我把背包放下，拿出我之前做的一些簡單筆記。

「呃，我猜你們應該和我們上到差不多的地方——十八世紀晚期，第二次工業革命那些？」她點點頭，我翻看筆記。「好，這裡是拉魯好像很在意的一些重點，我想考試應該會著重在這裡⋯⋯」

我們把重點看過一遍，她似乎都有聽懂。十五分鐘後，我差不多講完了，站起來收拾東西。

「那個，」她也站了起來，「你會不會正好有帶相機？」

我確實有，但我沒告訴她。「怎麼了？」

「我是在想⋯⋯」她又朝我靠近一步，「就是，也許⋯⋯」然後又一步，「我們可以稍微拍一下照片⋯⋯」

「拍照？」我掃視一下房間。「在這裡嗎？」

她點點頭。「就是這裡，就是現在。性感照片。」

「性感？」

她走到我面前，「你懂我意思的。」她的眼波開始流轉，低頭用手指去撥弄和服的單薄布料。「你不想看看這底下有什麼嗎？」

老天，在這種狀況下，有時候大腦真會冒出一些怪異的東西。首先是這句話是不是一種反詰？接著是我可是一個十七歲的單身直男……不然你說咧？？？緊接著我腦中冒出阿熙，而這——說老實話——有點嚇得我魂飛魄散。但我完全沒把以上這些說出來。「妳到底想做什麼？」

「什麼意思？我只是問你想不想幫我拍性感照片，只是這樣。」

只是這樣……？一副這很**稀鬆平常**的語氣？我們先為了歷史考試努力念書，下一階段**當然是**馬上來拍裸照？不是這樣嗎？我開始產生之前她要我幫她做作品集時的那種感覺了。我搖搖頭。「我不知道……」

她往後退了一步，氣氛整個冷了下來。「我以為這沒什麼，」她瞇著眼睛看我。「所以你到底算不算是個攝影師？」

好喔，我拿起背包。「坎妮迪，妳他媽的到底從我身上**想得到**什麼？」

又退一步，溫度再降十度。「我想要你離開。」

「真是剛好，我們心裡想的都一樣。」我揹起背包，打開臥室門，然後又停下來轉過身。「不客氣。」

第二十章

除非你能稍微停頓，從不斷衝擊我們生活的那些快閃片段中抽離，靜心凝視一幅平靜的畫面，才能夠從觀看中得到益處。

——桃樂絲・蘭格

晚上我前往市中心時，心情依舊爛到爆炸。大宇宙的狀態也和我相去不遠。九點〇九分左右唯一出現的人只有兩個喝得爛醉的大學生，不是正要離開，就是才要前往兄弟會……他們似乎自己也搞不清楚。我拍了幾張應付了事，然後直接走去芬奇。

我買了杯印度奶茶，不知為何，我找了靠近後面的廂座坐下，即使店裡幾乎空蕩蕩，我想坐哪就坐哪。只要聽到門上的小鈴鐺一響，不知為何，我就不禁抬頭看一看。但即使門根本沒開，我也一樣三不五時抬頭，大概每四十七秒看一次吧。

不知為何。

在做完我所謂的工作後（大概花了兩分鐘檢視那些乏味的照片……如果把持續看門的時間加進去，約三分鐘），我就喝完了茶離開。

回家路上，我想著媽，還有那篇關於她的作文，還有阿熙寫她爸爸的作文，以及我對奧莉說可以找阿熙聊聊的事，才意識到這整場戲中還有一個重要角色。

回家後，我直接走到車庫，告訴爸語言課作文的事，稍微簡要講了一下自己寫了什麼——我還告訴他「有人」稱讚了那篇作文，然後就聽到自己發問：「那**你**怎麼樣呢？就是對於媽？我的意思是……」那晚九點〇九分之後，都快兩年過去了，我從來沒有問過他這些問題。

一次都沒有。

我的問題就懸在那兒，停在半空。最後，他總算從凳子起身，走到工具櫃旁的迷你小冰箱，拿出兩瓶啤酒，（低酒精濃度——還真是一個好爸爸。）他把兩罐都打開，遞給我一罐，說：「我哪知道啊。」

哇，這真的是前所未有，一次破好幾關，感覺我像是打開了全新領域，而且還沒有地圖。升級都是這個樣子的嗎？

我接過啤酒，「我之所以會問，只是因為我最近真的好想她。也許是因為我在做的計畫吧——還有那篇作文。」我喝了一口，把罐子放在工作檯上。「我在想，要是我把最近學校或朋友或奧莉或任何事情告訴她，不曉得她會說什麼。」

「我知道你想念她，也知道你們兩個可以聊很多，甚至還會聊些超怪的事。」他微笑道，「你們光是聊不同數字是什麼顏色就沒完沒了，而且……好吧，那我沒辦法。對我來說數字就是數字。」

我點點頭。「不過呢，世上大多數人看到的都和你一樣，」我頓了一下，嘗試把關於媽媽的思緒轉成文字。「有趣的是，我感覺就像她還在，好像我真的能在心裡看到她、聽到她，而她仍可以跟我說好多好多的事，只是不會有新的東西，一切都是她以前告訴過我的。就像觀賞你最喜歡的節目，只不過全是重播。」我突然停下，然後伸手去拿啤酒，又喝了一口，單純只是想找點事情讓雙手忙一下。「我不曉得……這聽起來還算合理嗎？」

他看起來真的很悲傷，同時又有點開心。「都合理，傑，字字句句。我和你感覺完全一樣。」他安靜了一下下，「但是除此之外，她也是我在這世上最好的朋友，也是我這輩子唯一的愛……」他停了下來，一副喉嚨噎到似咳了幾聲。「總之，我現在就是這樣。」他舉起自己的啤酒，「乾杯。」

蒙蒂奈洛老師站在白板前方。「所以，我們在昨天的分組評論時間裡學到了什麼呢？」老天，這個根本就陷阱題。她詢問大家意見時，我努力用屁股壓住我的雙手。有個女生說，「施比受更容易。」幾個人因此哈哈笑。

「啊哈！請解釋。」

「就是要找出別人文章裡的錯誤然後指出來，這沒有很難，」那個女孩說，「可是如果是你自己的東西被挑毛病，就不太容易。」

蒙蒂奈洛老師點點頭。「好。那是為什麼呢？」

「當我們寫作時，會投入自己的情感和想法，因此別人的批評往往不只是針對作品，而像是在批評我們自己。」

「說得有道理，」蒙蒂奈洛老師說，「但是不管怎樣，我的工作就是評論你們的文章。所以記得一件事：對你文章的評論不等於對**你這個人**的評論。這並不代表你——甚至你的作品不好，只表示如果採取其他建議，或許能達到更好的效果；或者，也可能單純是我錯了。」她從眼鏡上緣注視全班。「儘管這個可能性很低，」她拿起一支馬克筆。「在我們繼續之前，還有人學到別的事情嗎……？」

「千萬不要質疑大師。」我說。

她的眼睛眨也沒眨。「那還用說。」她在白板上寫下換喻（Metonymy），「現在有誰能詳細說明一下這個詞？」

看看這個粉藍色的詞有多酷，唸起來又M又N又M的。「我無法，」我說，「這種事就交給住在象牙塔上那些穿著西裝的。」

「兩分，」她說，「還有嗎？」

「這顆罰球太容易了，」阿熙說：「莎士比亞說，大布列夾衣（doublet）與緊身褲襪（hose）應當勇敢地展現於裙襬之前。」

蒙蒂奈洛老師一臉正經。「然後她出手……**獲得滿分！**」

那天晚上，我把電腦和Nikon一起放進背包，在拍完九點〇九分街拍計畫照片後，我真的有事得在芬奇做完。不再一聽鈴聲就抬頭，這樣我也比較能夠專心——事實證明如此只會穩輸。當我正全心投入撰寫心理學課的功課時，突然意識到有人站在我旁邊。

「你應該曉得那是**我專屬的**，」阿熙舉高她的電腦包。「我是說來這裡工作這件事。」

「我都不曉得妳還有獨家專利呢。」

「該怎麼說呢……有時我只是必須遠離那些褲襪裙襬都不穿的未開化庶民——我是說我弟和我妹，才有辦法做點功課——或之類的事。」

「——之類的事啊。」我指了指廂座另一邊。「坐吧。」

「我不是故意打斷你工作……」我仔細觀察她的臉，沒有一丁點挖苦意思。

「大布列夾衣和緊身褲襪恭請裙襬，安歇其疲憊之軀，於彼處，呃……廂座歇息，夫人。」

她坐下來。「夫人？嗯哼……比起卡努森小姐我好像更喜歡這個。好，從現在開始你可以叫我夫人，這位小廝。」

我一派誇張地轉回電腦開始打字。「妳感覺差那麼一點點就要變回AK了……」

「……叫阿熙也是沒有問題的。」她快速補充。

我咧嘴一笑、闔起電腦。

「是說，你看世界的眼光絕對是與眾不同，」她說。我臉上的微笑大概是消失了，因為她補了一句。「欸，這是在**誇你**。」

「呃……其實這也算是實話。我是說，我看世界的眼光確實不一樣。」
「噢，」她安靜了一會兒。「所以你是色盲嗎？所以才這麼喜歡黑白照？」
「有趣的猜測，」我說，「不過正好相反——我在不應有顏色的地方看到顏色。」
「啊？」
我解釋聯覺給她聽。通常我很討厭這樣，但她似乎是真心感興趣。此外，她之前就聽過一些，所以我不需要把「你知道嗎——字母是有顏色的喔」整個搬演一遍。最後我多半是在談我媽，還有她是唯一能真正了解我腦子運作方式的人；至少是能親身體會。
「哇，」我說完時，她這麼說，「真是不幸。」然後臉上冒出糟糕！的神情。「我是說失去你媽，不是說聯覺！」
我點頭。「我知道。」
她安靜了好一會兒。「我媽是移民，」最後她說，「她會說法文和阿拉伯文……當然還有一點英文。」她露出微笑，「不然我很可能就不會在這裡了，因為我爸只會說挪威話和英文。但是她不是很喜歡用英文閱讀。而我爸熱愛讀英文小說，他每週都會帶一些新書回家。我還記得我們一起讀完所有《哈利波特》系列、大聊特聊……」她眨了眨眼，又做出揙眼睛的動作。「我們擁有自己的小小閱讀俱樂部。」

我靜靜坐在那兒，心想著勿忘此刻。「妳之所以想成為作家，是因為他的關係吧？」我說。

她點點頭。「確實是他啟發我的。」

「那我想請妳幫我一個忙。」

她一臉正色看著我。「什麼忙？」

「讓我讀妳寫的東西。」

「你讀過了啊——就是那篇作文。」

「確實，而且那篇真的很棒。但我說的是妳**為自己**寫的東西，妳的小說，或不管目前妳正在進行哪種寫作計畫。」

她擺出了一個像插腰的姿勢。「你怎麼會覺得我有在寫小說？」

「不然是什麼？」

一片安靜。

她瞥向自己的背包，看了一分鐘之後拿出厚厚一疊紙（以釘書機分釘成幾小疊），抽起前面幾份。「你有時間嗎？」

開什麼玩笑？我聳了聳肩，一副沒什麼大不了的模樣。「當然有。」

她舉起那疊紙看著我，彷彿正在斟酌。最後我大概是通過了測試，因為她把紙遞給了我。我突然意識到，這可能是我第一次看到她這麼脆弱。

然後我又想到，我其實知道那是什麼感覺。每次當我把自己的東西拿給別人看，也有同樣感覺。你將自己的心和靈魂以及大部分人生放入某件事物，別人卻可以對此寫一張「大家來找碴」清單？難道動筆創作和指出錯誤具有同等價值？

所以沒錯，我完全理解她為什麼對於把自己的東西拿給別人看有所保留。

我把紙放在面前桌上，喝一口印度奶茶後開始讀。幾分鐘後，她站起來去做某件事，但我甚至沒有抬頭。

小說標題是《輕輕一瞬》。因為她剛剛提到和爸爸一起讀《哈利波特》，我還以為這會是篇奇幻小說，可是故事卻設定在現代。主要角色是個叫阿斯翠的法國女孩，前幾章將她的遭遇鋪陳得極為完美……

阿斯翠的媽媽是個外交官，因出差派遣，必須和阿斯翠的父親在保加利亞待上一年。但阿斯翠不會同行，而是告別法國奧爾良的家鄉和朋友，前往蘇格蘭愛丁堡的榮譽學院。她在那裡的第一晚，居然手握廚刀和一個從窗戶爬進來的陌生女孩對峙——結果那個女孩是她的新室友，在派對上喝得酩酊大醉卻忘了帶鑰匙。阿斯翠因此得到了一個叫「彈簧刀」的綽號，後來簡稱小刀。小刀（switch）當地俚語中與「掃帚」同義——也是女巫的別稱。這可算不上什麼稱讚。她適應得很辛苦。其他學生大多出身英國各地，她的口音對他們來說有些好笑——還有她的衣服，以及她的一切。

散落在章節之間的還有阿斯翠的短篇日記，我認為阿斯翠將融入同儕的艱辛過程描述得十分有意思……

阿斯翠日記（IV）

我的室友其實有問我要不要和她們吃午餐。（好吧，艾瑪和克洛芙問了波比，然後一個不小心——發現我也聽到了。）但無論如何，我還是去了。那是週六，我很高興能離開住處，稍微逛逛城市。今天是愛丁堡少見的溫暖秋日，我按照天氣狀況打扮——或說按照奧爾良風格打扮。總之。我穿了無袖上衣和緊身褲，帶了件薄針織以防萬一。

最後我們去了一間酒吧中帶有圍牆的小露臺。陽光溫暖，氣氛也不錯。我們點好東西後艾瑪開始抱怨陽光（她是紅髮*），所以我去把遮陽傘撐起來。當我站起來，手往上伸把上方的傘固定好，眼角餘光注意到那些偷偷使眼色的手肘互推和隱晦的搖頭。真想對她們大吼說拜託成熟一點好不好，不要再這麼該死的小鼻子小眼睛。但我只是彷彿什麼也沒發生一樣坐下來，穿上我的針織衫。

回家路上，我決定在早上洗澡時除毛。畢竟我的目標是要融入，對吧？但是那晚我偷聽到她們興奮地在廚房說竊竊私語：

妳看到了嗎？是說妳到底有沒有看到啦……？

我當然看到了！怎麼可能沒看到……？

她腋下簡直和渾身汗的修車工沒兩樣……！

就連腿也……

那妳覺得……就是那裡呢……？

我哪知道啦？

＊擁有紅髮的人通常對紫外線較敏感。

我真不敢相信——她們竟然像一群老母雞一樣在那邊議論我，結果我還在擔心怎麼融入這群人？我回到房間，抓起書跑去圖書館，腦中只有一個念頭：媽的什麼渾身汗的修車工，都給我去死吧。

等到我蹺辮子再讓殯儀館的人幫我除毛就好了。

在那之前——**毛髮萬歲！**

我從這章結尾抬起頭時，阿熙正好回到我對面的位置；沒在看書，也沒看手機，只是坐在那裡。我一個字都沒說——只是朝她背包伸出手，打算去拉拉鍊。她出手阻止。「所以怎麼樣……？」她說。

「我想看其他章節。還有多少？」我去拉背包。

她把包拿走，放在她旁邊的位置上。「所以你喜歡嗎？」

「不喜歡，」我盯著她的臉，忍了好一會兒才接著笑說：「我**超愛！**」

「天啊你真是有夠混蛋！」她稍微坐挺了些。「好啦，請認真給評論——**麻煩你了**（s'il vous plaît）。」她用法文說。

「我是認真的，我真的超愛、完全投入，等不及想多看一些。我喜歡阿斯翠的口氣，她和妳有點像，又不完全一樣。」

「絕對不一樣；所以才叫做虛構。」

我聳聳肩，「我只知道我真的很喜歡——口氣、角色、情節……全都表現得超巧妙。此外主題也很重要——誰沒有在某個瞬間覺得自己格格不入？這是放眼世界皆然，而且妳也把這個感覺描述得超棒的……」

她低頭對著桌子微笑。我突然想到某件事。「說到這個，我想知道，就是……身為**妳**是什麼感覺？在一個一半是西班牙裔、一半是白人、其他族裔都很少的城市，是什麼感覺？」

「你是說身為中東裔嗎？」

我點點頭。

「好吧……確實有時候是有一點……呃，不太一樣。不是良景市的關係，這裡有一半人都以為我可能是拉丁裔——如果他們真的在意這件事——另一半則好像不太在乎，」她暫停一下，「又或者其實是49比49而非50比50，因為確實有百分之二的人會看著我，然後莫名認定我爸來自伊斯蘭國。」她一面回憶，一面搖頭。「讓我難以置信的是，有一次真的有個人這樣當著我的面說，所以我拿出手機上我爸的照片，跟他說『噢，你是說他嗎？』結果他一臉困惑又不爽。又或者，有人會問『妳從哪裡來的？』我會說，『我住在良景市，』他們會說，『不是，妳**原本**是從哪裡來的？』然後我會說，『我出生在密蘇里州，但我爸過世後我媽就在加州找了個工作，她升職後我們在夏天搬到良景市。』可是他們好像連這都難以理解。」

「怎麼妳說起來像是一段妙趣橫生的經歷？」

「有時候確實是這樣，但是我後來嘗試想像，如果我是**現在**從美國以外的地方來這裡，也許會說的英文不多，也許帶著口音，也許穿著傳統服飾，也許不是信仰基督教，我想情況可能會**非常**糟。」

「我覺得妳說的一點也沒錯，但妳的文筆真的把局外人的感受傳達得超好。」

「也許這就是我想寫作的部分原因。但說真的，就某種程度我們其實全都算是局外人。」

我只是點點頭，但在內心想：老天，這個女孩恐怕比我聰明了五十倍。「嘿，妳也像阿斯翠一樣會寫日記嗎？」想到阿熙日記就覺得有趣。

她目光閃爍。「想都不要想，這輩子都別想。」

我舉雙手投降。「對不起啦——我就愛問。」她的背包就這麼擱在那裡。「我什麼時候可以多看一些？」

「等我準備好。」

「那會是什麼時候？」

她聳聳肩。「我們再看看吧……」

等我回到家，她傳了一些東西給我。我原以為是更多章節，但這是一篇文章。給你看看，她的訊息這麼寫道，**這是我為了自己寫的一點東西**。

想像你摯愛之人、你真正在乎的人——父母、孩子、伴侶、手足或朋友——雖仍活著，但此刻不在你身旁。他們可能住在城市的另一邊、國家的另一邊、世界的另一邊。他們雖遠在一方，但並非逝去，也沒被忘記。當你想到他們，他們在你心中的一切會馬上清晰起來。他們在遠方，卻仍在你心中。他們影響著你，即使不在你身旁。在艱辛時刻，你會想像如果他們處於你的情境會怎麼做。光是想到他們，就能讓你露出微笑——或放聲大笑，或流淚哭泣，怎樣都好，他們確實活在你心中。你會一面過著自己的生活，一面與他們同在，不管你有沒有在某個瞬間意識到都一樣。現在，想像一個已經離開人世的摯愛之人，如果你讓他們活在你的心中，上述一切就仍能成立。他們離開了，就像那些此刻不在你身旁的摯愛之人。

但是他們並不一定完全逝去。

文章其實還沒完，但這就是核心。等我讀完，時間已經很晚，但我還是回覆了訊息。**請容許我再說一次：這實在太棒了。你介意我用在我網站的主頁嗎？這完全表達出了我做這件事的原因。**我停頓了一下，然後也有點訝異地發現自己加了這句：**妳知道嗎？妳真是令人感到不可思議！**

幾分鐘後我得到回音：**謝謝，傑。我真的很高興你喜歡。放到你的網站上沒問題。還有……你的東西也不賴。**一切都很讚，不過接在訊息後面的，是我從來沒想過會在AK－47小姐的訊息看到的東西：☺

上床睡覺前，我把她的文字加到我網站的主頁（加上標題：〈逝去與遠別之間的差異〉，作者：A．卡努森夫人。）等我終於編輯好並發布，時間已過午夜。但是當我上床躺在一片黑暗之中，卻完全不感覺累。

我感覺到……其他東西。我也說不上來。

第二十一章

我不斷嘗試說點什麼：關於鄙視、挫敗和疏離；關於死亡，還有災禍；關於受傷；關於殘跛。關於無助之人、失根之人、流離之人。
關於定局。
關於最後一搏。

——桃樂絲・蘭格

盡量越少提到火雞日越好。

媽媽走了之後，今年是我們第一次認真過感恩節。去年我們基本上一致同意跳過整件事，我是覺得今年也可以比照辦理，但不行，爸有別的計畫，和食物有關的計畫。

他花了大半天窩在廚房使出渾身解數。除了烤火雞，他還做了填火雞的內餡、馬鈴薯泥、醬汁、蕃薯和青豆。以及媽媽的最愛：胡桃派。彷彿覺得如果我們準備了以前也有的東西，就能真的像以前一樣。

並沒有，一丁點也沒有。媽媽的缺席反而比她在的時候還更難以忽視，我們盡可能避開任何會提到她的話題。到最後，我們甚至連胡桃派都沒有切——大家都說吃太飽，但你用膝蓋想也知道原因。最後，爸放下叉子，往後靠向椅背，「好吧，我想我傷害大家也傷害夠了。」

「這一切真的很棒，爸。」奧莉說。

「謝謝。」

我的注意力飄到別處，直到奧莉惡狠狠看了我一眼，力道好比小腿被踢了一下。「對——呃——真的非常棒，爸。火雞烤得超好，還有呃，其他菜也是。」我看著面前的杯盤狼藉，「我來清理，這我至少可以貢獻一下。」我轉向奧莉，「不用幫忙——都交給我。」

我不用裝客氣說第二遍，她已經起身閃人，而爸幫我清理完桌子後也離開了。通常我清理廚房和洗碗時都會聽音樂，但這次我選擇安安靜靜。我花了好一會兒，但在我洗完時，卻發現希望可以再洗久一點。我正在試圖釐清一些感覺，可是等我把廚房清完卻還是毫無頭緒……我的腦子還卡在勿忘此刻和這樣有什麼不對嗎的兩者之間。

我覺得離開屋子或許能有點幫助，所以抓起相機包，不過出門前我想順道先去車庫看看。我打開門，爸果然正忙著修那臺老留聲機。他開著收音機，沒聽見我來了。他的模樣讓我有些動容——彎著身子坐在工作檯前，燈光打在他身上，如此專心的神情。我慢慢放下袋子拿出相機，拉近特寫，拍了幾張後他才終於抬起頭。

「喔嗨，傑，怎麼啦？」

我靠近一些。「不用管我——你繼續弄。」

他繼續，我站到他的面前，俯視著他的頭、肩膀和手，看著他將小到不可思議的螺絲安裝進金屬圓筒裡。在他改變姿勢影響畫面構圖之前，我拍到了三、四張不錯的照片。

我們小時候常會看那些迪士尼老電影。一瞬間他看起來就像製作小木偶的那名工匠傑佩托。「所以它是真正的小男孩了嗎？」我問。

他哈哈笑道：「還沒咧，哪天要是它開口講話，我會告訴你的。」

「嘿，我只是想說感恩節晚餐真的超棒。」我猶豫了一下，又說：「媽一定會很喜歡的。」

他點點頭，然後馬上又低頭繼續工作。

我竟然費事跑去街角，簡直白痴一個——這是我的第一個念頭。街上空蕩蕩的——荒涼得有如疫情封城時。我的鬧鐘響起時，一個人影都沒有。我又等了幾分鐘，依舊沒人。我正要款款包袱走人，突然意識到此情此景——徹底空無一物——正是世上某個角落、某個傍晚、某個時間會發生的事，就和其餘事物一樣都是有意義的。我拿出我的桌上三腳架，把相機擺在一個架高花臺上，確保相機平衡，然後拍了四張——每張都轉一個不同角度——盡可能完整呈現這個轉角。我在螢幕上確認一下——很好，整個場景完美展現出一股華麗的空無。之後我就東西收收打算去看芬奇有沒有開。

令我意外的是，竟然開著。

我點了印度奶茶，在前面窗戶找了一小張桌子。雖然說不上擠滿人，但是超乎我意料之外的繁忙。我忽然發現多數的人看起來都是大學年紀，大概是沒在感恩節回家的學生吧。我隨意滑著手機，突然聽到身旁有人出聲。

「是說，你的感恩節過得怎樣？」

我轉頭看是誰，心裡有些意外。不過，更讓我驚訝的是，我竟然這麼開心見到她。因為放假的關係，我們已經有好幾天沒見到面了。

「說真話，有點怪。」

她哈哈大笑。「聽起來和我差不多。」

「怎麼說？」

她坐到我對面，「好吧，我媽對感恩節向來沒什麼興趣——她討厭火雞。」

「這確實可能會很掃興。」

「是不是？但算我們走運。黎巴嫩國慶是十一月二十二日，我媽很愛國慶，因為她超愛那些傳統節慶料理。所以我們做了協議，要不我們在感恩節吃梅茲（mezze）和喀巴（Kibbeh），要不在二十二日烤隻大胖火雞：她選了前者。所以我們會在感恩節時度過一個超詭異的混搭節日。」

「聽起來很好玩啊。什麼是梅茲和那個，呃……」

「喀巴嗎？那是用羊肉和小麥做的食物，」她聳聳肩，好像懶得進一步解釋。「你可以把它做成像是法拉杏（falafel）炸豆丸子那樣拿去烤或炸，我弟很愛。但梅茲……」她的表情亮了起來，「梅茲像是增強版前菜，就好像一場微型饗宴，五、六種不同食物一起呈上；然後是巴克拉瓦（baklava），和阿威（ahweh）。」

「阿威……？」

「非常濃的土耳其甜咖啡，」她朝著正在做飲料的咖啡師點了點頭。「有點像濃縮，但又不太一樣。」她搖搖頭，一副替我感到惋惜的樣子。「你錯過了一些好東西呢。」

「確實。聽起來都超讚的。」

「是真的很讚。你應該試一試……」

「我很願意試看看。」

她抬眼看了我一會兒，又低下頭。「那，**你的**感恩節為什麼怪……？」

我幾乎想用妳懂的、就那樣或其他類似的話敷衍過去，但我遲疑了一下。她好像真的關心，而且在我認識的所有人中，恐怕她最能理解。

「那是我們家第一個真的沒有我媽的感恩節，」她聽到後抬起了頭，但什麼也沒說。

「所以，我當然滿腦子都在想我媽，我猜奧莉和我爸應該也一樣，」她點點頭，「就是因為這樣才覺得怪。我自己一個人時當然也很想她，但是當我們三個人聚在一起，就某種程度而言反而更糟。而當我們三人處於某種正式的『家庭活動』場合——例如感恩節——更是**非常**糟糕，徹底散發出一種『這張照片是不是有哪裡不對』的感覺。」

她點點頭，「確實沒錯……」

我告訴她關於沒人切來吃的胡桃派，還有我們再也沒去我媽最喜歡的餐廳，以及一堆其他事情。「所以……」我聳聳肩。「有什麼好建議嗎？我洗耳恭聽。」

「這個嘛……畢竟人人不一樣，」她說，「每個家庭也都不一樣。」

「嗯哼，所以……？」

她只是看了我一會兒。「我們會聊一聊。」她最後說。

「什麼意思？」

「某種程度上，我媽會讓我們四人一起坐下聊一聊我爸已經不在的事。但是——」她的嗓音顫抖——「我們都還記著他，**在這裡**——」她一手放在心臟位置，然後對著眼睛揙了揙。我不禁想起她的上一篇作文，瞬間領悟那股力量是從哪裡來的。「然後我媽會告訴我們，總會有些時候，我們會因爸而感到悲傷，但即便那樣也沒關係……那代表我們有多愛他，他又有多愛我們。而我會告訴我弟和我妹，談到他也沒關係。因為在他過世後，他們已經有很久都不談他了。如果有什麼事會讓他們想到他，拿出來分享也很棒。」她似乎聳了聳肩，又眨了眨眼。「不知道，大概就是那樣。」

「有幫助嗎？」

她點點頭。「幫助很大。」

「謝謝。因為妳也幫助了我，幫助很大……」

那天晚上後來我回想我今年的感恩節，真正怪的地方應該是我不知為何花了好幾小時在咖啡店裡和一個曾經超討厭我的女生聊這麼久的天。更怪的是，就某種程度來說，也變成了我最棒的感恩節之一……

我待在房裡殺時間，逛逛ＳＳＡ網站想找點靈感。他們主頁放上一大張橫幅，寫著：別忘記——街拍人大獎將在下週公布！是很棒，但我要找的是靈感，不是廣告，而今晚我大概不可能在別人的作品裡找到了。所以我逼自己關掉網站，打開最新拍的作品——我幫爸拍的照片。

我在螢幕上檢視拍得最好的一張。通常「工作的人」這種主題相片往往顯得冰冷、毫無生氣，就像在實驗室裡的科學家或工廠裡的技師。但當我去車庫看爸爸敲敲補補的景象，卻散發完全相反的氛圍。我想拍的更像是我先前聯想到的畫面：工坊裡的木匠傑佩托。所以我調整色調，讓工作燈灑下的光帶給周圍一切事物溫暖的金色光澤，稍微壓低中間調，讓它更顯粗糙與質樸……我希望觀看者能感覺得到工作檯上的木屑；我降低顏色飽和度，讓它有種……我不知道。不見得要很陳舊，只是沒那麼現代。也許是某種永恆的感覺？我不確定應該用什麼字眼形容，但是影像自己會說話。

我準備把這張照片貼到「你看見的和我一樣嗎？」的頁面。但是，我注視那張照片時**究**

竟看到了什麼呢？我坐在房間時，雖然知道自己心裡有什麼感覺，但要化為文字卻很困難。我想起語言課曾討論如何刺激創意時，蒙蒂奈洛老師說的話：在這種時候，改換地點或許是必要的。

有何不可呢？我抓起筆電前往車庫。已過午夜，一切安靜無聲，我開燈並把電腦放在我爸的工作檯上，開了他的一瓶啤酒，坐在他的凳子上。我坐著閉了一會兒眼，試圖回想當我看著爸爸修理東西時的內心感受，尤其是在我媽媽去世後……在他修理那些被人遺忘的老機器時，腦中都在想什麼呢？又或許我該思考：他**心中**都在想什麼？

而全心全意思考這些的我，看著他的照片時究竟看見了什麼？

我深呼吸一口氣後開始寫。這花了我一點時間——我寫了一些又刪掉，然後又多寫了一點。不管怎樣，最後我還是寫出了一些什麼。也許不完美，明天再看可能也會覺得很蠢。但是今晚，感覺很對。

我看見了……一個正在修補自己的男人。

當人生變得一團亂，完全出乎意料時，你會讓一切都先暫停一會兒。過一段時間後，你嘗試回到生活中，回到當初停下的地方。然而河流早已向前奔流，你來到的是一個和先前離開時完全不同的地方，再也回不到過去。你要不往前、要不陷溺。有時，往前的路可能等於建造、種植或栽培；得去更新、修復和修理。修理自己以外的東西。唯有這麼做，或許你才能開始修復自己。

這就是我看到的。

你看見的和我一樣嗎？

第二十二章

看見不僅僅是一種生理現象。

——桃樂絲・蘭格

週一午餐時，我收到奧莉的簡訊，欸魯蛇，我們講過要四人一起去塔可屋的？沒忘吧？？？

賽斯和我在時尚桌附近湊合著吃飯，就和之前那幾次一樣。坎妮迪一如往常在長桌占據C位，但我們坐在末端，她也一如往常把我當空氣。她旁邊是某個女生，接著是蘇菲亞／克洛伊／奧莉／賽斯，最後一個則是我。

坎妮迪現在看起來很忙，我如此回她。我本來只是開玩笑，但是一傳出去就想到不久前我還真有邀她喝咖啡的念頭……以及最後下場多美妙。

哈哈好好笑，白痴

哪天？

她朝我看來，瞪大眼睛聳了聳肩，很顯然是臨場發揮，**呃……今天？**

幾點？下課後還是晚點？

不知，六點？

好喔

也許是因為我剛和她一起下課（儘管我們又在課堂上脣槍舌戰），所以當我跨過走道坐到阿熙身旁邊時，感覺還算自然而然。

她注意到我，抬起了頭。「嘿。」

「嘿，」我回頭朝另一張桌子點頭示意。「是說，奧莉、賽斯和我今晚要去吃塔可，要一起來嗎？」

她用一副難以解讀的表情看著我。看她毫無反應幾秒過後，我雙手高舉過肩，做出即將揮棒的動作。「看起來是要採取揮臂式，然～～後投手她……」

她終於露出一絲笑容。「幾點？」

我聳聳肩，彷彿幾點都行。「我不知道……六點如何？」

她也聳回來——好像她也都行——但我覺得好像看見她眼底一些閃閃亮亮的東西。「沒問題，一定很棒。」

「酷，我們順路載妳。」

「讚，我傳地址給你。」

「好喔。」

我回到另一張桌子，傳訊息給奧莉。完成，我開車。

在奧莉解釋我也要去之後，爸就滿口答應，而且在奧莉告訴他會有另一個女生和我們一起去時，爸徹底化身老媽子。「爸！」我忍不住說：「現在又不是超正式的約會什麼的——我們只是要和朋友去吃塔可好嗎？」

他點點頭，「好。」但我離開時聽到他追問奧莉「另一個女生」的事。我的老天，拜託放過我吧……

幾小時後，我們去接阿熙。我忍不住猜想爸是不是打給了她媽，也告訴她要搬出老媽卡來使用。我們抵達時我傳了訊息給阿熙，我們在外面

你們可以來門口嗎？……那個，三個人都來

？？？

老媽堅持

呃……好喔沒問題

所以我們就過去敲門。阿熙打開，先做了個鬼臉後說：「嗨，進來吧。」她身後有一個女孩和一個男孩（推測十歲和十二歲）正好奇地打量我們。「是說，你們，」阿熙對他們說：「可以去自己房間玩。」他們跑進內廊，而我們一邊走進客廳。客廳裡有位女士站在那裡歡迎我們。我不確定我的印象打哪來，但之前聽阿熙的講法，我以為她媽媽可能有點老派。她大概四十左右，穿著打扮就像我數學老師法莉娜小姐，以及現在我完全能看得出來阿熙那雙眼睛是從哪來的。「這是我媽；媽，這是傑、奧莉和賽斯。」

我們都稍稍點了個頭，含糊地說了聲嗨，但她張開雙臂，彷彿見到老友一樣地歡迎我們。「來來來！要吃點什麼嗎？」

我們像合唱團一樣表示不用不用謝謝還有這樣就好，但是她卻說：「胡說什麼！你們是我們家的客人，這是一定要的──你們喜歡吃什麼？」

基本上每個人都盯著鞋子看，然後我腦中冒出阿熙說過的一句話──你錯過了一些好東西呢。「呃，阿熙提過妳做的阿威很棒……」

她露出微笑，雙手一個扠腰。「何止棒，是完美！沒問題！」她對著沙發和椅子揮揮手。「坐吧。」然後衝出客廳。

阿熙看著我翻白眼，我則扮了個鬼臉，像在說不然我是要說什麼呢？而她用嘴型說了聲對不起！她讓我們在一張上面貼磁磚的方形大咖啡桌周圍拉開椅子坐下。我有點摸不著頭緒，直到她媽媽端著一只托盤回來，上頭滿滿的各種東西。

她拿出一個小丙烷火爐，接著是一只超像杓子的長柄小銅鍋，以及烈酒杯大小的五個小杯子。她點燃火爐，往銅鍋裡放了點水，舀了幾匙堆得高高的糖進去。水開始沸騰，她加入五匙咖啡粉，然後拿著把手一邊講話，一邊注意鍋裡。我能從她熟練的動作看出她大概已經煮了上千回。「所以，」她迅速瞥了一眼奧莉和我。「你們是兄妹不是吧？」

我點點頭。「呃不是——嗯，是；我們是兄妹。」

她露出微笑。「很棒，我希望阿熙和弟妹也可以一起做點什麼，以後——」她停下來，因為鍋中的咖啡突然起泡沸騰，她立刻舉起鍋子，泡沫於是消退。接著她又放回去，咖啡再次沸騰——她便再拿起來，如此重複三次，接著她關掉火爐，把鍋子放在桌上，分別將扮家家酒似的迷你小杯放在我們面前的碟子上，再小心地往各個杯子倒入熱氣蒸騰的咖啡，確保每杯表面都有一點泡沫。

她看著我們，舉起自己的杯子，露出微笑。「*Santé.*」

我們也試著跟著說，然後啜了一口——天呀，我**真的**是錯過太多了。醇厚濃烈得像是濃縮咖啡，但風味又完全不同。我又喝了一口，然後舉杯。「哇，阿熙說得沒錯，這真的非常不一樣。」

阿熙的媽媽聳了聳肩，一副這算不了什麼的模樣。「阿威就是這樣的。」但接著她就揚起了眉頭，「喜歡嗎？」

我搖搖頭，等了一會兒——同時間她一直盯著我不放——才說，「我**超愛**。」

她呵呵大笑轉向阿熙，「妳的這些朋友合格了。」她停了一下又正色補充。「和妳說的不一樣。」

「媽！」阿熙發出超大哐一聲用力放下杯子，她看向我們，「我什麼也沒說好不好，她只是——」不過我們早已全都爆出大笑。

我們喝著咖啡又笑鬧了一會兒。喝完時，阿熙的媽媽把空杯子倒過來，蓋在小碟子上，然後用期待的眼神看著我們。

阿熙皺起一張臉。「媽，拜託，這就免了。」

她的媽媽聳聳肩。「這是傳統。」

入境就要隨俗……我倒扣自己的杯子，然後看看奧莉和賽斯，他們也從善如流。阿熙望著我搖搖頭。「你們真的不曉得自己做了什麼。」然後也把自己的杯子倒扣，不過先對她媽媽說：「妳要答應我不准講到感情生活。」

她媽媽點了一下頭。「只講工作。」她把我們的杯子翻回來，研究杯底的咖啡渣；她先看奧莉。「妳很快會獲得新職位……可能也會得到新職稱，」她看向賽斯，「我在你這杯也看到類似的，也許你們會一起工作？」賽斯露出懷疑表情，奧莉則不動聲色，但我能看見一絲笑紋的痕跡。她轉向阿熙，「妳的努力會讓妳得到好結果，」接著是我，「你最近獲得晉升，但是前方還有更多的路要走。」哇。當我還在努力咀嚼這句話的深意，她又看了看我的杯裡，再看了看阿熙的，又回到我的。然後她抬頭注視我們，露出了微笑。「你們一定餓了吧？也該讓你們去吃塔可了，是不是？」

我們全都站起身朝門走去。來到門邊時，我轉過身，「謝謝妳招待我們咖啡，真的很棒。」

她聳聳肩。「你一定要試試看和巴克拉瓦一起吃，當然，你們一定要先吃過梅茲……」

阿熙插嘴，「媽～～～！」這一個字被拉長到不可思議。她看我們一眼，「她畢生志業就是餵飽全世界。」

阿熙的媽媽雙手扠腰。「這樣有什麼不對嗎？」

我們一起去塔可屋的奇怪之處在於，我們完全不覺得奇怪。這感覺不像約會，沒有我坐在坎妮迪旁邊時會有的那種令腸胃打結的緊張氣氛，也沒有一對情侶卿卿我我、難分難捨，另一對卻只能乾坐著的尷尬場面。事實上這裡好像根本沒有情侶，就只有我們四個……好吧，如果我說自己沒有一直注意阿熙就是在說謊；而如果我說自己沒注意到她其實超酷，也是在說謊。

我們最後大多在聊學校和我們認識的人，就和午餐時一樣，只是現在不是午餐時間。

我發現阿熙和她家人完全沒來過塔可屋，所以離開前點了一份外帶放進包裡。到她家後，我拿給她。「給妳。別說我什麼都沒送妳喔。」

「你什麼都沒送過我。」她提了提袋子。「這是什麼？」

「雞胸佐正科羅拉多醬，應該是他們最棒的招牌菜，妳媽和弟弟妹妹可能會想試試，這樣他們就不會被妳說你錯過了一些好東西呢。」

她微笑。「謝了，你人真好。」她回頭看了一下她家。「我媽的事真不好意思——她非見上你們一面、又硬要讀咖啡渣，還有——」

我揮了揮手。「妳開玩笑嗎？她超棒的。」

她一臉懷疑。「最好是啦……謝了。」

我們站著對望好一會兒，我拚了命想找話說。

然後她就轉身進到屋裡了。

之後我回家在房間處理照片，奧莉來房間找我。

「嘿，我只是想說謝謝你讓這次約成了；很好玩。」她停頓一下，「雖然你在午餐那時直接跑去問阿熙害我差點噎死；我沒料到你會這樣做。」

「我問她有一半樂趣是為了想看妳嚇尿褲子，而且我知道妳真的很想去，所以……」

「所以你就請阿熙幫個忙？」

我點點頭，「沒錯，看來現在換妳欠我人情了。」

她不理我。「所以，如果我們此時此刻開去快樂傑克得來速，你也會說出一樣的答案嗎？」我絞盡腦汁想著如何給出一個巧妙的回答時，她說，「我就知道。」

她走出我的房間，我埋頭回去工作。

我打算開始處理感恩節晚上空無一人的轉角照片，將它們拼接成一幅廣闊的全景畫面。我把照片傳進電腦，先做初步拼接，再一點一滴把邊緣湊上，直到感覺對了，避免讓整個場景像幻燈片那樣比例失衡。

最後，我得到一個寬度大概是高度四倍的影像，而且看起來相當自然，因為這個畫面本身就是水平的。接著我把影像轉成黑白。不是暖色調，而是像石頭一樣冰冷的黑與白。我嘗試調整各種對比和亮度，直到螢幕上的影像呈現出那晚一樣的氛圍，讓我感受到當時站在蕭條的街角，想念著我的媽媽。最後，我創造出了一個漆黑陰冷又孤寂的氛圍，但和那張坎妮迪和她朋友在同一個街角拍攝的照片有所不同，這張更加空無。

我往後一靠，細細品味。老天，光這樣看，滿滿的孤寂就整個湧上來。不知為何，我想給它打上聚光燈，就像我在爸在車庫那張做的調整一樣，我還為這張寫了比平常更多的文字。這真是莫名其妙，因為這裡面沒有任何焦點。事實上，這張照片的焦點就是**空無一物**。

一個卡通畫面突然跳進我腦中：一間灰暗的房間裡，一群小小的黑白色生物在其中閒晃。偶爾會有一個離開房間，而離開之後就也不會再回來。最終，它們全部走光，剩下的只有這空盪盪的灰暗空間。

我因此冒出一個想法——或是兩個，也許三個。

我把照片傳給阿熙，附上訊息：

嘿，我想請妳幫個忙。我有一張照片是在感恩節九點〇九分在轉角拍的。當時我腦子裡想著我媽，然而到了九點〇九分，卻完全沒有任何東西值得拍攝。所以我就拍了這張當紀念，我命名為**空集合**（對空無一物的致敬……）但它有點讓我想到我讀到妳那篇語言先修課作文時的感覺，特別是妳描述摯愛之人雖然離開但並未真正逝去的那篇。

我想把這張照片放在我網站首頁，還想加上一些文字——但我寫的任何東西都無法像妳那樣完美捕捉這種感覺。所以……

妳願不願意就這種概念／氛圍／感覺，寫點東西來搭配這張照片嗎？酬勞的話，我可以給妳這張照片總收益的百分之五十，大概就等於……零元。或者我可以請妳吃更多塔可。

（是說那次真的很好玩！）

如果妳沒時間或不方便也沒關係的。光是開口請妳幫這個忙，我就已經很不好意思了——妳手上一定有很多事要忙——但是我知道妳一定能敲出一支全壘打。

我寄了出去，但沒得到回應。

第二天，她在語言課開始前過來找我。

「兩件事。第一——」她遞給我一張字條，「——喏，給你照片的——照片很讚。真不敢相信如此成熟高水準的影像作品竟然出自像你這樣的快樂小男生之手。」

「快樂小男生？」

「沒錯，我媽就是那樣叫你的。她說，我覺得他是個好男生，感覺很快樂。」我還在想這是什麼回事，她繼續說，「這也是第二件事——我媽整個被你迷倒了。」

「啊？」

「在黎巴嫩，大家隨時都會去朋友家坐坐，幾乎天天去。每次都會提供咖啡，無論多晚。所以當你說要阿威……正中紅心！還有，她也很讚賞你和奧莉一起出去。最後最後，你想到要從塔可屋帶點食物回去……？」她舉起雙手做出揮棒姿勢。「全壘打！」

我還在困惑「快樂小男生」這個評論，可是全壘打真的是讚到令人無法忽視。「所以妳媽很喜歡我？」

她聳聳肩，面無表情。「我猜是吧。雖然天知道為什麼……」

第二十三章

我從來不曾懷疑過自己是攝影師，就像你不會懷疑自己是你自己。我是攝影師，或者想當攝影師，或者只是剛開始，不過無論如何，我一直都是攝影師。

——桃樂絲・蘭格

有時你會請某人幫忙，他們做得很好（可能就是因為這樣你才會問他們）。然後有時……可能不那麼好。但偶爾偶爾，你請某人做事，他們不只表現超乎期待，甚至和你期待的截然不同——讓人覺得獨一無二又非常驚艷。

對抗空集合

作者：A・卡努森

空集合。數學家用表示不包含任何元素的集合名稱，代表符號為Ø，或只是裡面沒有任何東西的括號：{ }。了解空集合和零並不相同是很重要的，含有零的集合至少有一個元素{0}，而空集合是全然的空無一物，連零都沒有。

不只什麼都沒有，也不可能會有。有時人生彷彿什麼都握不住，但即使是在最糟的情況，仍然有可能——無論多麼微小或遙遠——在未來某個時刻會有所收穫。有時候，光是擁有這種可能性就已足夠了。當下或許你不這麼覺得，然而若是回顧過往，就會發現擁有至少一絲快樂、自由或愛的潛力，雖然尚不是完滿人生，然而這就是種子。

有趣的地方在於，種子是這樣的：在你種下它時就很清楚，再怎麼樣它只會長成原先那棵植物的複製品。你不會種了蕪菁卻得到草莓——或貓咪——或一個快樂健康又可愛的人。可是如果用希望、用信仰、用可能性，你可以在某人心中——甚至你自己心中種下種子，得到的結果或許有無限可能。

你也許會認識某人，愛著某人，需要某人——然而他們的人生不再有任何可能性，因為他們已不在人間。他們可能看起來就像空集的具象化。一對括號——一是生辰、一是忌日——中間什麼也沒有。{ }。而你則因此感到空無。但是他們的括號之間並非空無一物，而是飽含他們存在意義的總和。空集合的相反並非{ }，而是{**人生**}。當你繼續向前行時，請記得此事，並努力填滿你自己括號中的空白。

播下種子吧，無論多微小；種下希望、潛力與可能性。得出的結果說不定會超越你最瘋狂的想像。

從學校回家時，我開始處理照片貼文。等我弄完，那張橫幅照片出現在主頁上方左右展開，阿熙的文字放在螢幕中央欄位。然後當我檢視網頁呈現效果時，想起她說過我的眼睛比其他部分更成熟的事。不知道耶，但**她**觀看東西的方式……好吧，也不是說成熟，但確實有所不同。

是我喜歡的方式，如果要我誠實的說。

那晚稍後，我上網站看看有沒有任何對於那張照片或阿熙文章的回應。

有，而且**很多**。

但比這些更多的是各種一般性的留言。多半是對網站和照片的讚譽，但當我開始認真閱讀，發現泰半是在祝賀；我開始看到街拍人這幾個字出現，老天爺。

我跑去匿名街頭攝影師論壇網站，點下**第十屆街拍人攝影獎結果揭曉**的按鍵（它就夾在**本週精選照**和**來看我們的書**的按鍵中間）。獎項概述說，街拍人這個獎項要頒給的是「最能在當代街頭攝影社會特質、哲學性及藝術上的卓越性表現得可圈可點的個人、組織和公司。」獎項有各式各樣分類，像是最佳職業街頭攝影師、最佳業餘街頭攝影師、最佳照片（彩色）、最佳照片（黑白）、最佳出版印刷品、最佳網上出版品、最佳網站等等。我注意到的是最後一個。

我點進去看，得獎的是九點〇九分街拍計畫網站。得獎評語寫道，我們的評審本想頒個人獎項給這位攝影師，但我們不確定他或她是專業或業餘，也不確定所有作品是否由單一作者完成。最佳照片獎也一樣，即使有些照片絕對有角逐冠軍的潛力。所以我們決定頒發最佳網站獎，缺少資訊的情況下，這個獎項似乎最為合適。但無論如何，請大家多多到這個網站看看，你會看見目前耕耘街拍界裡的新面孔之一。不僅如此，照片的圖說文字也引人深思。這個網站不僅僅關於攝影，對於正面臨失去、希望尋找幫助的人也是一大福音。這真是一種將悲傷轉化為藝術的美妙方式。

一張好照片能讓你想起熟悉的事物，但一張優秀的照片，能讓你對從未見過的事物產生感情。九點〇九分街拍計畫的照片屬於後者。

「我的天！」賽斯放下手機，睜大雙眼看著我。第二天早上第一節課結束後，我們馬上碰面討論。

「**我**也是這個反應，是不是很瘋？」

「真正瘋的是這個，」他刷地點進我網站的後臺管理頁、叫出數據。「你今天已經獲得超過一萬的瀏覽，現在甚至還不到早上八點。」他停頓一下，「好吧，東岸已經十一點了，但還是……」

然後，某個人在早上的課間過來跟我說，「老兄，照片超讚！」我記得奧莉說大家都在討論網站，但除了她、賽斯和阿熙，沒人知道那是我做的，或者主題是什麼。難道有人看到我拍照然後揭開謎底了嗎？

我把這件事拋諸腦後，直到午餐時刻。我甚至還沒在正妹桌附近找到座位，就有兩個人來找我說話。第一個人是布瑞特．羅格朗，我歷史課上一個根本不太熟的傢伙來找我，說，「那個……聽到那件事我很遺憾。」

「你在說什麼？」

他聳聳肩。「呃……有人說你媽好像是走了，我只是想表示遺憾。」

什麼啊……？但是他似乎很真誠，所以我只是輕輕說：「謝謝。」

接著某個我不認識的高年級生直接堵到我面前。「你是傑米森．迪佛嗎？」不過他看起來不像布瑞特那樣有同情心。

「呃……是我？」

「所以你就是那個鬼鬼祟祟到處亂拍學校裡的人，然後貼在什麼網站上的傢伙嗎？」

這是要我怎麼回答？「不算是。好吧，我是有個攝影網站，但是——」

他沒讓我把話說完。「媽的我才不管**誰**死掉，你要是敢把我和我朋友的照片貼上去，他媽的我們一定弄死你，聽懂了吧？」他最後的這個問句顯然是種反詰，因為他講完直接轉身走掉。

哇哩咧。

我拿了一些餐點坐下後，拿出手機查看網站是不是有人寫了什麼留言或在上頭出賣了我。不是在留言區，更糟。是在首頁上——甚至在空集合的照片和文章之前——出現一小張我的頭像照，旁邊附上一行字：照片由來自加州良景市的傑米森．迪佛拍攝。

該死。

要找到兇手並不難，除我之外只有一個人有網站權限，那個人現在走過來了……

「你幹嘛要這麼做？」他一坐下我就質問。

「你到底在說三小？」

「少在那邊裝傻。我的網站……我的名字……我的照片……」

「你到底在說三小？」

「你**明明知道**我想匿名……」

「我真心需要那種可以錄音的玩具，只要按下按鈕，它就會用低沉的嗓音說你到底在說三小？我都快要說膩了。」

而**我**則快要爆炸了，「老兄！」我拿手機給他看，「**看、這、裡**。」我指著說：「我的首頁、我的臉、我的名字。只有你有後臺管理權限，你自己想。」

他突然大笑出來。「我想完了。」

「你到底在說三小？」

「那是我的臺詞。但我覺得你最好回你自己家裡找人犯，往基因方面找。」

「什麼鬼……」我深呼吸一口氣。「賽斯，有人把我的名字和照片放上我的網站，只有你有密碼能登入這樣做。如果不是你，那還會是誰？」

奧莉噗咚一聲坐在賽斯旁邊。「是我。」

「果然。」賽斯說，「聽懂你在說什麼之後我就猜到了。幾天前她找我要密碼。」他聳聳肩。「我覺得也不是什麼大事，畢竟她是你妹……」

我看著奧莉。「**為什麼？**」

「你認真嗎？我是在照顧你，按照承諾。」

我發誓我真的快要再次說出你到底在說三小？但是我忍住了。「也不能因為這樣就把我公開，」最後我說。「通往地獄之路就是由這種狗屁倒灶鋪成的。」

「聽著，你有一個網站——一個紀念媽媽的超棒網站——顯然也有很多人真心喜歡，同時還能展示你的攝影作品，所以我就讓大家都知道。這樣有什麼不對嗎？」

聽到這句話我整個要反胃，同時也因為她干涉我的事覺得想吐。「**全部**都不對。這應該要讓**我自己**做選擇吧？我有一個超讚的點子：妳他媽的從此之後都不要插手我的事，妳說如何？」

「你這輩子大概都踏不出那一步，所以我來幫你。不好意思喔——不然你殺了我啊，」她站起來。「**不客氣**。」她甩下這句便離開了。

我轉向賽斯。「有沒有什麼方法可以關掉網站？」

「你到底在說什麼啊老兄？都努力這麼久了。」

「不然……先讓人沒辦法上去？」

「你是說像是404訊息？」他看到我一臉啥？的表情。「你知道的啊——就是你想去一些已經不存在的舊網頁時，會看到的那種找不到頁面錯誤訊息。」

「呃……」我不想讓它看起來一副我們忘記付網站主機費的模樣。「那如果讓整個頁面變成黑色呢？先等我想到下一步該怎麼辦。」

「你確定要這樣？因為……」

這時克洛伊經過，然後又停下腳步走回來，一手放在我肩膀。「你的事情我很遺憾。」她輕聲地說，我只是點了點頭，她便走開了。我斜眼看了賽斯一眼。

「懂，」他說，然後補充，「這個在電腦上弄會比用手機處理輕鬆，尤其是那些HTML的玩意兒。所以你介不介意下課後我去你家——」

他沒把話說完，因為他看到我的注意力都看向另一端。奧莉正在和阿熙說話，老天，我要用什麼方法才能變成那面牆上的一隻蒼蠅……

我回頭看他。「啥？」

「沒事，你注意力好像飄到別處了。」

「我只是……」我住了口。我打破了「不深入討論女生」的約定，但我們大概早就打破幾百遍了。「……很喜歡阿熙的想法，如果可以這樣說的話。」

「所以你是說？」

「我很喜歡她的想法，就這樣。」

賽斯看著另一端的她。「是，而且她其他的部分也很棒。」

「靠北我又沒瞎。」

「你有可能很瞎。」

我能感到自己皺起了臉。「啥？」

他將雙手放上太陽穴，閉上眼睛，彷彿正在通靈。「賽斯尊者在此預測……你們兩人將會持續這樣兜六個月的圈，最後才會**終於**搞清楚心意、終成眷屬。」

好，我承認我的腦袋有部分因此叮的亮起來——*你真心這樣覺得？但我還沒準備好討論這個，尤其跟這個把密碼給了我多管閒事老妹的傢伙。*

「我不知道。我實在是……不知道。」

賽斯的手指高高懸在鍵盤上。「你下定決心了？」

「哪天要是後悔還是可以恢復的，對吧？」

他點點頭。「對。你只要重新把ＵＲＬ載進伺服器，它就可以再度上線。」

我點頭。「那就行了，動手吧。」

他按下輸入鍵。「去用你的電腦看看。」

我去看了，我的網站顯示一片黑，白色小字寫著暫時休站。我就這麼看了好一會兒。

「希望奧莉有開心。」最後我說。

「是說，我懂你什麼這麼氣她，但是你不能忘記——」

「——我妹想怎樣就可以怎樣，完全不用考慮其他人？謝了喔但這件事我早就知道了。」

「不是這個，」他冷靜的說：「我是要說，你妹想念你媽的程度就和你一模一樣，只是她沒像你有個管道可以用來致敬或銘記她。所以，也許讓你的計畫多得到一點注意，也是她讓你們媽媽記憶延續下去的一種方式。」

啊？「這是她告訴你的嗎？」

他似乎嚇了一跳。「我嗎？不可能。」他停頓一下，「好吧，想念你媽這點，當然多少有提到，」——這我還是第一次聽到，但他還沒講完——「其他的也不難理解，只要你願意退後一步，從大局看。」

我聳聳肩。「也許吧，但這還是不能合理化……」

「沒有什麼也許，你就別對她那麼嚴厲了——她只是想幫忙。」

她只是想幫忙。我以前也聽過這句話。「是，我知道，但她直接插手的方式幫我，好像覺得我蠢得沒辦法自己做到……」我突然想起是在哪裡聽到了：就是我爸聊起我媽的時候。

「老天，她真是個……」

「……老媽子。」賽斯幫我講完。「你說得沒錯，她確實是。而且有一半時間你講起話就像個老爸一樣，我想你們兩人剛好不自覺地在填補那個空缺，就是在……發生那件事之後……」他聳聳肩。「反正你盡量不要那麼得理不饒人，這樣就好。」

「你光用講的當然輕鬆，但現在學校有一半的人都把我當成拿著 Nikon 的偷窺狂；他們大多數人根本沒看過我的網站，可是風聲還是傳開了。」

「對，可是——」

「**沒有**可是。有些混蛋已經開始拿麥克筆在我置物櫃上寫『變態偷窺狂』，另一半的人則覺得反正就是我媽掛了。」我深呼吸一口氣，「那個網站是我用來紀念媽媽的方式，現在沒了。所以別要我對她手下留情，你只是在浪費口水而已。」

賽斯離開後，我待在房間躲奧莉。這再容易不過，因為她也在躲我。隨便。過了一陣子，我開始感到無聊，所以想說既然我身分都被曝光了，那就看看網站變得怎樣——即使目前它已經下架，我還是可以去管理後臺看看在關閉之前的資料。

我看了看流量——老天，光那一天就有成千上萬次瀏覽。通常我會超級興奮，但我提醒自己，這大多數可能來自學校裡那些不爽的人。查看留言時，我屏住呼吸……

嘿傑米森，我只是想說我超喜歡你的網站概念，你的超片超棒，還有你也是！

迪佛先生比我想像年輕很多，但我得說，他的照片散發出超齡的成熟。接著還有……

嗨，傑米森！！！你有女友嗎？？？☺☺☺（事實上，除了這篇之外還有好幾個類似的。）

但是除了這種粉絲留言，還有另外一大堆人留言詢問，表示他們也想進行自己的九點〇九分街拍計畫、紀念逝去摯愛親友的人。哇。

但是網站已經關閉了。

第二十四章

我認為相機是拿來陪伴的，而不是拿來用的。

——桃樂絲・蘭格

「文章寫得很好，」第二天早上課堂開始前，蒙蒂奈洛老師對阿熙說：「我很喜歡妳用集合論的數學前提來破題，然後流暢地轉到這如何和一個人的生活有關，以括號借代生辰與忌日……」她看了我一眼。「這換喻用得好，不覺得嗎？」我點點頭，她繼續說：「我認為種子的比喻也很貼切，然後你讓頭尾呼應，增強了收尾，非常巧妙。」

她轉向我。「我對視覺藝術不那麼了解，但我覺得那張照片非常有感染力。」我簡單點了點頭，但聽了她一番話，我完全無法告訴她網站已經關閉了。

她轉身走到教室前方，阿熙和我互看了一會兒，然後異口同聲地說：「哇……」

但是，假如我以為蒙小姐會因此對我們手下留情，完全是痴人說夢。她要我替我的每個想法辯護，搞得這堂課更像辯論課，而不是英文課。如果真要說的話，她對阿熙下手更狠——像是在某個論點上說阿熙的解釋過於簡化。但我們奮力反擊，到了課堂進入尾聲時，感覺至少我們在精神上贏得勝利。

就連蒙蒂奈洛老師都很享受這番脣槍舌戰。「剛剛真令人耳目一新！」我們要離開教室時，她這麼說。

我在走廊上轉頭看著阿熙，揚起眉頭小聲咕噥。「耳目一新？」

她笑出來。「就是說啊。」然後把背包往肩上一甩，朝背後指了指，「我得去一下置物櫃，」然後稍稍停頓，「午餐見？」

我點點頭。「沒問題。」

我走開時突然意識到（儘管是一件非常小的事情）這是我們第一次這樣，但我卻覺得非常自然。沒有片刻猶豫。

我走在學生餐廳時，瞥見有些人在那邊手肘互推，說些嘲諷的話，但我盡可能無視。我走到賽斯旁邊停下……不知為何，他坐在無黨派桌。我伸出拇指朝時尚桌指了一下。「我們走吧。」

他朝我指的方向看了一眼。「呃，但是……」

我看過去：沒看到奧莉，但也不見蘇菲亞或克洛伊。當然阿熙也還沒來，只有坎妮迪．布魯克斯和一堆我不認識的女孩。

「老兄，」我又朝我們的位置指了指（也涵蓋幾張桌子外的魯蛇桌），「這裡是愚蠢、惡毒又無聊的大直男團，」然後手指一飛，遙指正妹桌，「那裡是聰明、幽默、風趣的靈感女神聚會。」

他站起來，「抱歉，在這趟旅程我還是個小菜雞，有您帶領，小人萬分榮幸。」

我們移往時尚桌的末端。當我們靠近，坎妮迪正好抬起了頭。她沒有沉下臉或轉過頭，也沒有假惺惺裝友善，只是把眉毛大約抬高了一下，大約一釐米，很像在說嗨。不過呢，阿熙一在我旁邊坐下，我就把這些全忘了，因為我領悟到某件事。

「我知道了。」我說。

「好——喔。你知道了什麼？」

「知道妳媽為什麼說我是快樂小男生。」

「願聞其詳。」

我從鼻梁拉了拉想像中的眼鏡，盡可能地模仿蒙蒂奈洛老師用眼鏡上緣看人的神情，「我覺得最好把答案留給學生自己去思考——」然後再快速上下掃視她。「耳目一新！」

她哈哈大笑，我開玩笑道，「說到妳媽，也許哪天可以讓她和我爸見面。」

「那你最後可能會變成我哥，」她一手擱上我肩膀，「噢！那還真令人耳目一新！」

坎妮迪走過來時，我們正好爆笑出聲。她沒像上次見到我們那樣用鼻孔看人，而是點點頭，說了聲「嘿」，好像一切沒什麼大不了，我甚至沒想過自己也該回個「嘿」。她離開後，我看向阿熙。「這真是正常得……好詭異啊。」

「確實詭異，」她搖搖頭，「但絕對不會讓人耳目一新。」

「所以我們到底要不要恢復？」賽斯問。

「我不知道。但如果恢復，我希望它和先前不一樣。」

那晚賽斯又來到我的房間，幫我思考到底該拿網站怎麼辦。我有些東西想試，所以下課後傳簡訊給他，他則叫我先開始寫文字內容，他晚點過來幫忙弄出新模板。這樣做可能有點隨便，但無論如何，我們都很喜歡有個計畫可忙的感覺。

我們開始一起動工。約一小時後，一切看起來似乎變得好一些。我們在主頁加上能自己啟動新計畫的按鍵。按下之後，會導向一個頁面，解釋整個機制，還有需要遵守的條件。（基本上就只是一些互惠原則：標記出處、反向連結——還有通知我們）。我們還做了個小目錄，收錄所有從我們網站延伸出的九點〇九分網站，方便大家互相連結！

我忙著在電腦上寫東西，賽斯則在他的電腦上更新網站，這時他問，「你比較喜歡哪個？」賽斯邊說邊在幾個不一樣的設計模板間來回切換。

我腦中突然冒出一個念頭——是作為哥哥，不是像個老爸的念頭。我確實有把這件事放心上，雖然還是對她不太爽，但是……「等我一下。」

我去了奧莉房間。這是在事情炸開後我第一次認真對她說話。

「嘿，愛管閒事的臭小鬼，有空嗎？」

她甚至沒從手機抬起頭。「怎樣？」

「我在幫**之前的**網站挑幾個不同的新設計概念，我想妳也許會樂意提供建議。」她一直在打簡訊。「……我有必要提醒妳為什麼我的網站會關閉嗎？」

她看都不看，直接起身。「好啦好啦。」

我走進我房間，而她在門口突然僵住。「喔——嗨——賽斯，」她把頭髮塞到一邊耳後，拉了拉衣服。我本來沒注意，此時才發現她隨便穿了一件超級休閒的衣服——舊牛仔褲外加運動衫，沒有華麗妝髮或什麼的。

賽斯似乎也沒多注意。「嘿奧莉，今天如何啊？」

她點點頭，走進來。「你們要我看的東西在哪？」

「在這，」我讓她看螢幕上的模板，「假如網站真的恢復上線，我不希望它看起來像隨便做的，可是也不希望它太制式；要像非主流，但不能文青臭——如果可以這樣形容的話。」

她做了一個鬼臉。「只有這些可以選嗎？我們還有什麼……」然後她開始仔細點看，不時停下來問賽斯一些問題。沒多久他們就一起坐在賽斯電腦前面動工。她會稍微看看，給個意見，接著賽斯的手指就會在鍵盤上飛舞，使命必達。

總之，我把要新增的文字內容寫完，但他們重新設計網站的流程才到一半。我看了一下時間——快八點半，「欸兩位，我的部分結束了，我們可以晚點再貼，我得去個地方。」

賽斯看著我，彷彿根本忘了我的存在。「啊？」

「我要閃了。」我說。

「你要我們先停嗎？」

我搖搖頭。「你們想弄多久就多久——覺得怎樣最好就怎樣做。」奧莉甚至沒從螢幕移開眼神，我差點說只要不開始製造受精卵就好，OK？不過要是說出口，那我真的化身成老爸的距離就更接近了。所以我只是抓起包包、速速出門。

當我朝市中心走去，不禁有種……我不知道，有種焦慮吧。幾乎都要緊張起來了。真怪。我在很多事情、很多時候是會緊張沒錯，但對攝影我以前從沒緊張過。

當特定時刻來臨，離我最近的是一對中年夫婦。我開口問，他們同意，然後我就開始拍攝。他們人很好，互動也不錯——雖然不是超級有趣，但也還可以。可是我每拍一張，腦中就會有一部分開始哇哇亂叫著說這張照片無聊死了——你應該可以想出更好的。以及沒有人會喜歡！還有我的天你是認真的嗎？這種照片我大概看過一千張了！

這樣拍了六十秒後，我謝謝他們並收拾東西，想要回家把我的 Nikon 丟到網站上賣掉，但決定首先用上一大杯印度奶茶來吞下我的沮喪。幾分鐘後，我拿著飲料待在後方廂座，檢視著相機上的照片，只為提醒自己有多蹩腳。

我看到一半，阿熙出現，手上一杯濃縮咖啡坐到我的對面。「在這種情況，人類多半會說：怎麼面有菜色？」

我努力想擠出笑容，可是沒撐多久。「我覺得我的謬思離開了，或其實是看完我作品後決定自殺。」

「你太杞人憂天了，」她說，「我覺得她會回來。」

「妳說的倒簡單。」

她點點頭。「確實，尤其是我知道自己沒說錯。」她對著我的相機偏了偏頭。「所以怎麼了？」

「今晚我去轉角，不知道什麼原因感覺變得很不一樣，我好像……我不曉得，就很緊張。」

「為什麼……？」

「我不確定。我拍照時對一切不斷產生質疑，變得一點都不有趣。」

「所以你來這裡之前本來在做什麼？」

「就只是在弄網站，試圖思考到底該怎麼處理它。」我稍稍搖了個頭，發出哼一聲。「如果那值得一提的話。」

「網站弄得還不錯吧？我是指你關閉之前？」

「事實上是弄到爆紅啦，但重點不在這裡……」而她只是盯著我，一邊眉毛揚起了大約一厘米，但也夠了，「但也許**那**正是重點？」

她露出那時我拍她頭像照時的神情，彷彿直接將我看穿。她沒說話，既不肯定也不否定，只是靜靜等待。
我深呼吸一口氣。「好吧，也許正是因為那樣。也許，因為想到有一大堆人在看我的作品，攪亂了我的心情。」
她點點頭。「可以理解。」
「好吧，但這該怎麼解呢？」
她聳聳肩。「為什麼這些人要去你的網站？」
「我不曉得……不久前我在ＳＳＡ網站得到好評，然後那個獎項莫名其妙讓一切炸開，此外妳的文章又超級棒，這個九點〇九分街拍計畫就突然變得人氣超高。」
「或許是這一切帶來了人潮，可是大家為什麼回訪並持續關注？」
我聳聳肩。「也許是因為他們喜歡照片？也喜歡其他內容？」
「你拍出那些大家好像很喜歡的酷照片時都在想什麼？」
「沒特別想什麼，我只是想捕捉那些讓人與眾不同、讓我對他們產生連結的瞬間。」
「但你不會特別去想最後會是誰來觀看？」
我搖搖頭。「不會，我其實沒怎麼思考這件事。」
她慢慢點頭。「也就是說，最一開始讓你走到這裡——讓你拍出這些得獎照片的關鍵，就是不用去在乎其他人的想法，**專心做你自己**？」

勿忘此刻。

我發誓自己差點要把手伸過去握住她的手，可是那樣就太怪了，簡直像從老電影裡跳出來的畫面。然而我聽到自己這麼說：「妳知道嗎？和妳談話真的超級令人耳目一新。」

「你這是在稱讚我嗎？」

「無庸置疑。」

「那就謝謝你了。」她一臉認真。「我知道說起來容易，但或許你不應該過度在意——只要跟著直覺就好。你始終是為了你媽媽才這麼做的，對吧？」

「當然。」

「那麼其他的一切——網站和那些東西都只是錦上添花，不是你作品的核心……攝影的時候不要想，只要在意眼前事物就好。」她停頓一下，聲音有些哽咽。「只要想著你媽媽就好。」

第二十五章

紀實攝影並不只是單純的事實呈現，而是承載整個故事內涵的影像。

——桃樂絲・蘭格

我到家時房子一片漆黑，而賽斯的車已經不見了，我憑直覺走向車庫。果然，爸還在裡頭工作，放著吵得不得了的收音機。他沒看到我走進來，所以我只是看了一會兒，我發現他工作之餘偶爾會看一下那張黃色摩托車的海報——看了兩次。

第二次看了整整一分鐘。

我突然領悟他很可能這輩子都會這樣不斷盯著它，卻永遠不會真的去買一輛——他總是把我們的需求擺在首位，完全沒時間為自己做點什麼，不管我們多努力勸他。然後我就想起媽過世後他為我和奧莉做了這麼多。他不是在工作，就是在這裡。儘管他一回家基本上就窩在車庫，但他還是在**這裡**。只要我們需要，一定找得到人。他也盡力讓我們三人每天至少要一起吃一頓飯。最重要的是，他努力關心我們的學校生活，甚至學校以外的事情。

我突然發現，即便我對媽媽的事無能為力，也許還是能為爸做一點什麼——也許我能送他一些他從沒送給自己的小東西，為他的人生帶來一些完美的黃色陽光。

他總算注意到了我，於是伸手調低音量。「嗨兒子，今天還好嗎？」

我聳聳肩。「很好啊。」

老舊留聲機的外箱變得很光滑，舊漆都刮去了，並精心打磨過。他正拿了塊布往木箱抹上某種漆。這麼做很正常，只不過是漆是紅色的，不是桃花心木的紅棕，是正紅的紅。

我甚至不曉得自己幹麼在意，但它就是有點不搭調……怎麼會忙了半天卻用錯了顏色去毀了它？我爸通常講究「原汁原味」，尤其是處理這些老骨董。「呃……那個紅色是怎麼回事？雖說東西是你的，你想怎麼弄都可以，可是看起來超像消防車的。在恐龍橫行世界、這玩意兒還算新東西的年代，它們是長那樣的嗎？」

他搖了搖頭，彷彿我沒藥救。「眾所皆知，恐龍尚存的時代牠們都是用尖嘴鳥來播唱片啊。」他一定是看到我一臉茫然。「無所謂，」他放下那塊血跡斑斑的布，坐上凳子。「我不是在給它上色，只是用稀釋的紅色染料做底色處理。然後我會再用桃花心木色染劑，並在擦拭染劑時，會讓擦得比較多的地方——像是鑲板的中央或其他高處——染劑少一些，這樣紅色的底色就會更明顯，這樣一來，不同區塊之間的對比就會更強。」
「所以就會有更多層次？更多深度？」
「沒錯。」他用那晚在塔可屋讓我感覺自己升級的眼神看了我一眼。「到最後，真正重要的會在底下——在你看不到的地方。」
我感覺到——這應該就是所謂父子之間的勿忘此刻。
「說到這個，」他繼續說，「傍晚我看見奧莉和你朋友賽斯在你房間。」
我實在忍不住。「所以他們在玩受精卵遊戲嗎？」
他一臉困惑。「他們在賽斯的電腦上弄東西，但我覺得不是在玩遊戲。他們好像在弄他幫你做的那個網站。」
「我們在討論網站架構，奧莉可能有些點子……她老是強調設計有多重要。」
「這樣很好，不過……」老、天、鵝——終於來了——老爸時刻。「我還記得那個感覺，就是在十七歲的時候……」來了來了，用點創意寫作來改變這個話題走向好了。
「賽斯才剛十六歲，」我說，「他跳過三年級，可是不想被別人知道，所以別說出去。」
「真的嗎？」他果然上當，但也只有那麼一秒。「好吧，我也還記得十六歲，其實都是一樣的。奧莉很漂亮，而且——」

我舉起雙手。「欸欸欸等一下！我**才不要**跟你聊這個。關於什麼鳥和蜜蜂之類的性教育一〇一玩意兒我早就知道了，而且不好意思——我得告訴你奧莉也知道。」

「我也希望啊。但我的問題比較是關於賽斯：你覺得他怎麼樣？」

「我非常確定他也早就知道。」

他拉長了臉。「可以了喔。」

「奧莉也問過我一樣的問題，所以我就把我告訴她的話原封不動告訴你：我認為他是個好人。」

「OK，這樣應該很好吧我猜。但是我要麻煩你……」

「——把她看好。」我幫他說完。「媽早就麻煩過我了，就是在她……你知道的。」我嘗試改變話題，所以拿出筆電。我叫出網站的管理頁面，放上工作檯。「喏，這就是我正在做的計畫——」為了避開最近給我帶來困擾的事情，所以我只是在相簿中稍微滑過，讓他看看我的作品。「這是……」我突然意識到自己根本沒有改變話題。「為了紀念媽媽。」我說。

他安靜了一下，然後靠近仔細看這些照片。「這些照片很棒，」最後他說，「而且我覺得你媽一定會超級驕傲。」他眨了好幾次眼。「就和我一樣。」他注視頁面上方的橫幅標頭，頓了一下，「但是為什麼要叫九點〇九分街拍計畫？」

我模仿蒙小姐從眼鏡上方看人的動作看著他，幾秒後我看見他領悟到了，他點點頭。

「噢……」

第二天早上，蒙蒂奈洛老師以一個問題開啟這堂課。「在修辭學中，象徵語言是有價值的嗎？」

「沒有，」我後面有個人說，「有些人會用花花綠綠的華麗詞藻裝聰明，可是會那樣表述就會不夠清晰。」

「如果按照你如此清晰的比喻，象徵語言就只是『花花綠綠』的嗎？」

他連頭都來不及點，立刻有一隻手舉起來。「卡努森小姐？」

「不盡然，」阿熙說，「象徵語言可以透過隱喻或類比的方式增加寓意深度，就像說服性論說文也並非全是事實和數字。」

委婉修辭（*euphemism*）、很好（*good*）以及希臘（*Greek*）幾個詞紛紛出現在我眼前，並且自然都帶了一點綠；這有助分類，但我暫且保留……一直保留到蒙蒂奈洛老師看向我。

「傑米森？」

「呃……委婉修辭在希臘文中之所以代表『善於言詞』（good speech）是有原因的，」我說，「象徵語言能幫助你在論點中增添情感共鳴。與此相反，花花綠綠的華麗詞藻根本是一堆大——呃，堆肥。」

「這裡的『善於言詞』用得不錯，」蒙蒂奈洛老師說，「所以沒有錯，委婉修辭還是蘊含著價值。」她看了班上一圈，「你們最喜歡的委婉修辭有哪些？請麻煩避開任何不雅的說法……」

大家開始丟出各種委婉詞句，她則在教室前方的白板一一列出……

強化審訊技巧

駕鶴仙歸

人力縮編

成人飲料

連帶傷害

另類事實

添丁有喜……

當蒙蒂奈洛老師轉頭寫黑板時，阿熙遞給我一小張折紙，我有點驚訝，因為她從來不做這種事，不過當我一打開看到上面寫著：「耳目一新！」，我就忍不住笑了出來。

蒙蒂奈洛老師寫完清單時轉回來面對課堂，「你們都曉得書面溝通是這個班的基礎之一，但是我得說清楚：導師正在授課的過程中不該進行……」

我努力維持和班上其他人一樣的困惑表情。過了一會兒當我們走出去，阿熙低聲說道：「天呀——她**真的是**大師。」

「還用妳說。真高興沒被她沒收。」但我得說，她上課時遞給我的那張搞笑小紙條，莫名讓我開心到爆。

午餐和前一天差不多，還是一堆垃圾話和冷言冷語——不過今天我不必那麼費勁把賽斯弄到時尚圈去。

「我看了你們兩個昨晚的成果，」一找到座位我馬上開口，「看起來很讚。」

他點點頭。「酷喔。」

我清清喉嚨。「然後，順帶跟你說一下……要是我爸有問，你就說你跳級念三年級所以比我小一歲。」

「啊？」

「不要問，我只是稍微幫你鋪個路。」

然後說曹操曹操就到。她大概是為了掩飾昨晚的邋遢，所以朝另一個極端去：她在內搭外面加了長毛衣，明明至少大了三個尺寸，不知怎麼卻很合身，然後重新染金的頭髮上戴著搭配的針織帽。我不太懂化妝，但不管她弄了什麼，看起來都像是沒化妝但年紀大了三歲——如果這樣說算是合理。

奧莉坐在賽斯對面，兩人立刻開始討論設計。一分鐘後，阿熙在我對面坐下，而不是在她常坐的走道另一邊。雖然是微不足道的小動作，但就像她傳紙條給我的那種舉動，讓我完全被吸引住。

我轉向她。「我很樂意奉上我星期二的時間，閱讀您的小說章節，夫人。」

「這位老爺，在您的領土上使用的是什麼貨幣？」

「我們使用的是這片土地廣為人知的『塔可』貨幣。通常會在工作週的第二日支付，因此有一個稱呼叫塔可星期二。我打算每章節支付您一塔可，最多付至五個章節。」

她揚起眉頭。「我的文字對您來說只值這麼一點嗎？」她將手臂一揮。「放肆！」

我打開皮夾看了一眼，露出悲傷神情。「這位夫人，我的顧主近來提供的資助寥如晨星啊。也許您的幾個章節能夠博君一笑？」

她不演了。「在我準備好之前誰都不能看。」

「好吧，但我很認真。我等不及想看了。」

她搖搖頭。「可能之後吧。」

「妳不覺得吊我胃口又反悔有一點——卑鄙嗎？」我忍不住。「簡直像是對我養套——」

「不要說！」

「——**殺**。」

她捶我肩膀。「我叫你不要說。」

「唉唷。」

我們還在笑鬧時，坎妮迪順路經過，看了看我們後露出微笑。僅僅如此。不帶一絲冷笑——或惡毒——或嘲諷，就只是普普通通、善良友好的看你們這麼開心真不錯的微笑，然後就走了。在昨天那個「嘿」之後，這感覺有點怪，而且我也看得出阿熙不太喜歡這樣。但比起坎妮迪為一些我根本沒做的事情討厭我，這樣好多了。

應該吧。

下課後，我在房間念書——真有意思，比起爸媽給的壓力，為了跟上某個女孩的程度似乎令人更有幹勁。此時奧莉進來我房間，好像有話要說。

「我知道你在學校有點不順——就是我，呃，那個，幫你的作品標出名字之後。我想解釋一下，因為——」

我只是搖搖頭。「先不要。」

她不理我，直接坐了下來。「我只是想說——」

「不用了，因為——」

「——對不起。」

我停下來。「好吧，我永遠都不會忘記此刻。」

她一樣不理我。「你的網站關閉了，我很抱歉；害你在學校不自在，我也很抱歉。」她深呼吸一口氣。「我對很多事情都很抱歉。我只是想幫你，而且——」

「**停**——問題就在這裡：我不想要任何幫助，我也不需要任何幫助，我也不記得我要求過妳幫我任何忙，妳卻不管三七二十一還是要『幫』。所以妳說說，到底哪裡出了錯？」

她坐在那兒什麼也沒說，不過我注意她的眼睛開始盈滿淚水，這比裝可憐狗狗臉還要糟糕。她眨了眨眼，眼淚滑下臉頰。「我不是故意要搞成這樣的，媽媽的事情……你的網站關閉……有人對你生氣……」

我舉起手。「那些對我生氣的人？他們都是混帳，誰理他們。」

她帶著淚眼露出微笑。「好，但是其他的……」

沒錯，她搞砸了，徹底搞砸。但她顯然自己也覺得很糟糕，所以我又想氣她氣到什麼時候？「妳要知道，」我說，「當初我弄這個網站的初衷不是關於我——而是關於媽媽。」

她吸了一下鼻子、點了點頭。「可是現在卻變成一副大家快來看我的樣子，好像我靠著媽媽的死換取大眾對我作品的關注。這完全搞錯方向了。妳能理解這讓我——呃——」我暫停一下。「——有一點不爽嗎？」

她甚至擠不出笑容。「我懂，完全懂。」

「我可以理解妳只是想幫忙……用妳有點討厭、但很優秀、可是搞錯了方向但又滿可愛的方式。」她終於勉強露出一點點笑容。「但這計畫本身卻是——」我搖搖頭。「我現在甚至不知道該作何感想了。難道從一開始，我就搞錯了嗎？我居然想用媽媽過世的時間當成藝術計畫的構想，光是聽到自己這樣說好像就各種搞砸——是說我到底是在想什麼鬼？」

「你在想媽媽。你很想念她，想要紀念她。我不認為這件事哪裡搞砸。」

「可是如今大家都知道了我是誰，我還有辦法做到這件事嗎？」

她聳聳肩。「你可以把首頁的照片和名字拿下來……」

「現在才拿掉已經太晚了，都被看到了，很多人都看到了——大概有數萬人吧。此外，留言裡也都能看到——妳把我曝光後留言整個爆掉。」我搖搖頭。「我不曉得了。」

她思考了一會兒。「好吧，所以現在一切公開，與其思考損害控制，也許可以化危機為轉機。」然後她再次沉思了好一陣子。「你先不要拒絕。」她最後說。

「我拒絕。」

「留言還在持續增加對不對？」我點點頭。「所以，也許大家會持續留言是因為他們可以對著一個真正的人講話，而不是某個沒有名字也沒有臉孔的『管理員』。」

我聳聳肩。「我不知道……可能吧。所以呢——？」

「所以，我說也許……只是也許，他們把你看成一個普通人——一個青少年，而不是某個中年專業攝影師。這說不定能啟發其他像你一樣的人嘗試一點什麼，而這可能就是重點所在，對吧？」她抹抹眼。「我是說，你想一下：如果媽媽啟發了你，而又因此啟發更多**其他人**呢……？」她用滿懷希望的眼神看著我。好吧，她的話可能真有點道理。

「妳讀過阿熙寫的空集合文章嗎？」

「沒，我該讀嗎？」

「嗯，妳該讀，」我頓一下，「我是要說，也許妳說到點上。」

她咧嘴一笑。「也許我也會永遠記得此刻。」

「是，現在呢，我的小屁孩妹妹也許該離開，讓我好好工作一下了。」

她轉身要走，又停下腳步。「你知道嗎？你看到我的時候不要每次都只覺得這是我的小屁孩妹妹，也許你應該想：我的天吶，是奧莉維亞·迪佛。」

我露出啥?的困惑表情看著她。她從我桌上抓了枝筆，邊說邊在一張紙背後潦草寫著，「我說，你應該想我的天吶是奧莉維亞迪佛（*My God, it's Ms. Olivia Deever.*）。」然後把紙轉過來給我看畫線的地方：mygodmsod。好眼熟……好像是在本週精選照……在SSA網站……

「是**妳**！」我說，「是妳傳坎妮迪的照片給他們的？」

她點點頭。「那是張很棒的照片……儘管拍的是那位完美小姐。就像我說的，我只是想好好地照顧你。」百分百得意的笑紋！而且還完全不加掩飾。

我總是覺得，如果做一件事的理由正當，就不需要任何功勞或名聲。但另一方面，奧莉說的也沒錯。

好吧，但如果我真要署名，方式就要正確才行。

首先，我編輯了網站上的創作主張，改掉媽媽在晚上九點〇九分過世，而是說有個對我非常重要的人在晚上九點〇九分過世，然後……是說，就算不特別提到我媽過世，我也還是可以談及做這件事的動機，對吧？第二，我訂下規矩——我再也不放學校的照片到網站上了。

這部分很容易，但剩下的卻花了我快一個小時。多半是為了找到正確的照片。我希望照片看起來自然，不要太華麗，也不要太做作，又不要畫質模糊的低解析小圖。幸運的是，我都找到了滿不錯的照片。

完成之後，我在我的照片下方（名字修改成單一個字「傑」），且放上阿熙的照片，還有她的名字和一行說明：特約作家。接著是賽斯。（他當然是網站管理員。）我正打算到此為止，但後來決定也把奧莉加上去，寫上設計顧問。

我重新讓網站上線，然後傳訊息給奧莉。**嘿 od 小姐——去看我的網站**

幾分鐘後，她跑來我房間。「所以這是怎樣？」

「就是我說的這樣——也許妳說的確實沒錯。」

「我接受你的道歉。」

「很好，我也接受妳的。」

她不理我。「但是……設計顧問？我沒幫網站做什麼啊。」

「之後就會的。這就當成訂金。」

「好吧，那就……謝謝你了。」她低下頭。「傑，那個，我知道我公開你的名字結果搞砸了一切。我不太知道你到底想做什麼，只是覺得……」

「我想讓媽能回來；我這就是我想做的。」

「等一下，你是說讓媽起死回生嗎？」她露出真心擔憂的模樣，而這可能是有史以來第一次。

「不是啦！不過也算，可是又不是那樣。我只是希望她再次回到**我的**生活中。」我深呼吸一口氣，雖然她離開了，不代表她就再也幫不了我——或是啟發我。」

她抬頭看著我，眨了眨眼。「你應該知道我也很想媽——每天都想。」

我點點頭。「我知道，賽斯和我聊過，而且——」

「等一下……你說什麼？你們兩個聊到我？」

「當然，隨時隨地、每天每天，」她兩手摀臉。「甚至是每個小時，」我看了一下手機時間。「事實上已經五十八分鐘沒聊了，所以我得——」

「閉嘴啦。那他說了什麼？」

「妳才閉嘴。他說妳也一樣想念媽媽，我應該對妳手下留情。」

她彷彿擦白板一樣猛揮手。「好了啦我懂了啦。那他都說**我**些什麼？」

「他說他覺得妳……」我故意來一個誇張的停頓。

「覺得我……？」

「……也一樣會想念媽媽，所以我應該對妳手下留情。」

「我討厭你。」

「好喔。」我拿起手機。「妳可以讓我獨處一下嗎？我該跟賽斯進行每小時『討論奧莉維亞·迪佛小姐』的例行通話了。」

「我真的討厭你。」

奧莉離開後，我的手機震動了一下。

嘿傑，你等下有時間嗎？我很想跟你談談

是坎妮迪。哇。收到她的訊息確實讓我感到意外。不過更意外的是，當我感覺到手機震動到查看螢幕的半秒之間，我腦中最希望誰傳來訊息的排行榜上，排名第一的臉竟然是阿熙，不是坎妮迪。這還滿怪的，因為我們對彼此說過最浪漫的話基本上只有「我真的很喜歡妳寫的東西」和「我真的很喜歡你的照片」。而我們最靠近的肢體接觸呢？大概就是她捶我的肩膀，更像朋友一樣，而不是——

反正就是**這樣**。阿熙是朋友，算得上是好朋友。而坎妮迪——不管她現在算是什麼——這些年來她一直都不是我的朋友。我收起手機，繼續工作。

稍晚我吃完晚餐回房間，看著我最新九點〇九分照片災難現場，手機又震動了。**你現在是在冷凍我嗎？**

呃，是的沒錯。這時振作再出發這句話躍入我的腦海，因此大約八點三十我把東西款款、徒步朝市中心走去。

想想真是有點有趣。平常我多半會希望碰到一批喝得爛醉、穿粉紅雪紡的馴獸師，但是此時此刻，我其實不在乎碰上什麼特別拍攝對象，我更在意的是嘗試在沒有任何期待的情況下享受這個過程。這樣其實很不錯，因為當我的鬧鐘響起，我眼前的情景和昨晚一模一樣。

他們不是昨天那對中年伴侶，但沒什麼差別——年紀大同小異，外貌也差不多，無所不包。他們搞不好還是隔壁鄰居咧。

他們一點也不介意幫我進行這個「學校計畫」（就和昨晚一樣），而我從標準的「夫妻站一起」的照片開始（就和昨晚一樣），然後拍了一分鐘左右我開始覺得老天我真是爛透了（就和昨晚一樣）。但我沒有放棄，而是對自己說你這麼做是為了紀念媽媽，為了記錄今晚九點〇九發生的一切，這是她過世的時間，不是要拍出什麼曠世巨作……放下自我、跟隨直覺。

我腦中冒出一個畫面：兩個小小的卡通笑臉手牽著手。所以我問男人，「你們是怎麼認識的？」他便告訴了我一個二十年前兩人在同個辦公室工作的無聊故事。我邊聽邊點頭，畫面也隨之改變，笑臉相互隔出一些距離，望著縮小版的他們，但是從不同角度，整體看起來就像個三角形。我轉向她，「那麼在**妳**印象中是這樣的嗎？」

「不是耶……」接著她就說出她的版本——這一版生動多了！包含公司派對、酒精、必須搭便車回家但她本來不相信他。我一邊拍，兩人一邊來回爭論，彷彿我當場隱了形。最後她笑他，他則道歉連連，然後終於轉向了我，「……生完三個小孩之後就是這樣了，所以我想她最後還是相信我了吧。」

「我想也是。」我表示同意。他們離開後，我嘗試想像自己在三十年後對著某個年輕小鬼講述一模一樣的故事。實在難以想像自己活到那個年紀，更別說有妻有子、有一份職業外加房貸……儘管天氣不冷，我還是打了寒顫。

然後我拿出手機。

誠摯感謝您的忠告，夫人。望您來日掛牌開業，因我今晚的拍攝確實更為順利。盡快再聊

我立刻就得到回音。**那真是太好了！☺**

我走到芬奇咖啡，覺得心情比二十四小時前好上百倍，即使我完成了幾乎和前一天一模一樣的事情。當我走到櫃檯，咖啡師看著我說，「大杯印度奶茶對嗎？」

我正要點頭，不知為何卻說：「那個……我想我還是點濃縮好了……雙份。」有何不可呢？

她幫我做好飲料，我拿到後面廂座，在那裡回顧剛拍的照片。等到在大螢幕上看，我應該會冒出更多想法，但單是在相機上看也很夠了，我很清楚自己拍到了些好東西。我快速地滑過這一連串照片，感覺就像觀賞一部兩人對話的小電影（雖然不夠順暢），不過有幾幀畫面充滿魔力，單獨一張便能訴說完整的故事。不知為何，我發現自己非常想拿給阿熙看，因為她——

某人一股腦兒坐進我廂座位置的對面，我的眼睛沒離開相機，直接說：「希望妳有帶新章節來。」

「什麼意思啊？」

我抬起頭。

是坎妮迪．布魯克斯。

第二十六章

紀實攝影擔負了另一種特質，承載著藝術家與攝影對象之間的回應與情感。

——桃樂絲・蘭格

我整個目瞪口呆。

「我也很高興見到你，」她說，但臉上掛著笑容。我發現自己也咧嘴笑了回去——就是因為這樣大家才說笑容會「傳染」嗎？——不行，我逼自己停下。

「嗨，坎妮迪，有什麼事嗎？」

「我傳了訊息給你——傳了兩次。」我發誓她差那麼一點就要嘟嘴了。「你是在冷凍我嗎？」

我就是呀。妳怎麼會看不出來呢？「我很忙。」我說。

她點點頭。「我知道你這陣子一定有很多事情要弄。」然後就露出那個該死的眼神。

「傑，我們已經認識很久很久了……」

不對，是我認識了妳很久很久，但我不知道妳到底認不認識我。

「……我們讓一些事情變成我們之間的阻礙，我覺得這樣實在很蠢。我……我想為派對那天和後來……在我房間時的反應過度道歉。」她低頭看桌子，「我想我是心裡受傷所以才這樣，我很抱歉。」

聽到這話你還能怎麼回答？「我也很抱歉，妳不用多想。」

「那就好，」她似乎鬆了一口氣。「我想說的是我看到了你的網站，我覺得很棒。」她頓一下。「我也看到你把我的照片放了上去。」她對著街道點點頭。「就是在那邊拍的，我知道我那天晚上的行為很糟糕，但是我還是覺得那張照片很棒。你捕捉到的那個我——」她眨了幾次眼睛——「似乎從沒有任何人見過，真的。」

那一瞬間，我完全可以理解為什麼會有人會深深愛上她。除了最明顯的那個原因外絕對還有一些特別的理由，像是——

這個想法立刻消散，因為她突然起身，繞過廂座來到我這邊，坐在我身旁。「還有另一張照片，你可能會很喜歡……」我挪位置給她，但她一直噌過來，直到整個人貼在我身上。

我忍不住環顧四周，想確定——

「還記得我想請你拍的性感照片嗎？」她邊問邊舉起手機。「後來我自己拍了。」

哇靠。她對著我的耳朵說悄悄話，我則發現自己直盯著相片。「我很願意再拍一次──和你一起。我有一些新想法……我想你一定也有。」她一邊說一邊繼續展示手機中的照片。「關於模特兒作品集我也有些新想法，說不定我們很快可以挪出時間，兩個都拍拍看？」她微笑，「這是雙贏。」

我吞了一口口水，坎妮迪手機還拿著，我也還在看。她滑到另一張──老天，這張甚至使得第一張黯然失色。我敏感地意識到照片裡的女孩就坐在我旁邊，她的腿緊緊貼著我的腿，頭髮拂過我臉龐。她滑了最後一下，我的媽祖老天爺，謝天謝地這個廂座直接貼牆，我們後面什麼人也沒有──那張照片算是粉碎了所有想像空間。「這張和我心裡想的更接近。」她悄聲說道，「只是你一定能拍到更棒的畫面。」她放下手機，一手放上我大腿。

「一定會很好玩的，」她說，「如果是我們倆一起。」

很好，她成功吸引我的注意力了，我承認。但是我的腦子顯然沒有缺氧，還能正常運作──勉強而已。「夠了。」我聽到自己說。

她稍微退開，直接轉過來面對我。「你說什麼？」

「妳為什麼覺得自己非這樣不可？」

「怎樣？」

「是因為沒安全感嗎？因為妳其實不曉得自己想要什麼？還是妳雖然知道，卻覺得唯一的辦法就是操控男生幫你？」

她看了我一眼——就是你懂得的那種眼神。「傑，你到底在說什麼？我們只是坐在這裡聊天，你為什麼突然之間——」

用這種語氣對她說話起先讓我很緊張，但是現在我真的火大了。「**夠了**，該死的妳別再搞那些裝無辜的手法了好嗎？我覺得妳可以調整一下，例如——例如不要再逼男生用下面思考，直接講出妳想要什麼就好。說不定……說不定他們是真的願意幫妳，而不是只想和妳上床。他們搞不好會真的單純喜歡妳這個人而幫妳的忙。」哇，我剛剛真的說了這種話嗎？我稍稍緩和語氣，「我是認真的。坎妮迪，妳到底想要什麼？」

有一瞬間，我以為情況會和上次我問她一樣；她會叫我滾。但是她似乎很認真地在思考這個問題。

她安靜了好一會兒，「我想要……」終於，她說出口，「我想要一個可以依賴的錨，」她嘆了口氣。然而，這是這麼多年來我第一次覺得，她似乎又變回我認識的那個坎妮迪・布魯克斯。「我覺得腳踏不到地。」

我點點頭。「我能理解；我之前也有過這種感覺。」我猶豫了一下，「我們之前沒什麼往來，不過妳真該看看我媽過世之後我是什麼模樣。我連上下都要分不清楚了。」

「我很遺憾你得經歷那一切，可是現在你看起來內心很穩定，好像很知道自己是誰。」

「我覺得人們外表看起來和內心實際上可能差很多，就像……」我沉默了一下，「就像，對我來說妳好像擁有了一切。」

她笑了出來，卻沒有多少笑意。「老實說，我擁有的只有房間裡藏的一瓶便宜的伏特加——這樣我爸媽就不會在我身上聞到酒味——如果他們還會在意——而大多晚上我都一個人喝酒。不是因為心情好，而是為了能睡著。」

哇賽。

「喔對了，我還有一對不太稱讚我——也不太懲罰我的父母。不管我做什麼都一樣。就算我成績單全部當掉，或是拿到史丹佛的全額獎學金，我也不認為他們會注意到。是說如果是這樣，他們生我幹麼？說真話，我願意不擇手段被他們禁足，就算一次也好，我只是想知道他們其實在乎。」

哇賽乘以二。

「還有……我沒和男生講過什麼話，或說他們從來沒和我講過什麼話。他們會來約我，一面盯著我胸部一面約我出去，或者會想邊聊邊灌我酒——因為覺得這樣可以讓我『放開一點』。又或者，他們會抱怨自己的老闆或兄弟麻吉，但是從來不和**我**聊天；不聊**我**，或是聊**任何**對我來說很重要的事。我試過，但是……」她聳聳肩。「我差不多是放棄了。我和大多女生之間的關係也相去不遠——好吧，其實是相反，但是性質類似。所以沒錯……我什麼都擁有，」她低下頭，再次不帶笑意地笑了一下。「但我擁有的大多是寂寞，」她抬頭看我，沒使眼神。「可是我是認真的，傑，你好像很知道自己是誰。」

我想了一下。她說的幾乎所有寂寞的感受，從我媽媽去世之後我也都經歷過（當然原因完全不同），直到最近……所以是發生了什麼變化呢？

「我也不知道，有時候——或很多時候，我都寂寞得簡直要死了。可是我覺得我找到了自己擅長的事……不對，應該說我找到了我**在乎**的事。也許就是因為那樣，我才能夠擅長。如果我真的算擅長。」然後我就突然意識到——比起其他一切——這確實改變了我如何看待自己。

「你確實擅長。」她的語氣頗為實事求是。

我揮手，「好吧，都好。我不是要跟妳講解男生的那些事。而且妳比我更了解妳自己。大多男人之所以稱讚妳，大概都是為了……妳知道的。」

她點點頭。「我知道。」

「但我要告訴你一些事，因為那才是事實，也因為我認為妳需要聽聽。身為一個不打算對妳阿諛奉承的人，我必須說：妳在模特兒領域有很高的天分，這和妳的外貌沒有太多關係。有魅力的人隨處可見，可是百分之九十九都做不到妳的程度。我說的是站在鏡頭面前，展現出『老娘懶得管什麼鏡頭不鏡頭，這就是我，你喜不喜歡與我無關。』這是裝不來的。而因為同一個原因，我認為妳說不定也能成為一個優秀的演員。」我注視著她點了點頭。

「真心話。」

她稍稍對我笑了一下。「沒有奉承？」

「完全沒有。」

「那就謝了，我真心的。」她頓一頓，「你在和誰約會嗎？」

啊？我正要搖頭，卻打住。「說真話，我不知道……可能有吧。」

「你不知道？」

這其實是個很好的問題，但我沒理會。「不管怎樣，我不認為應該由我幫妳拍作品集，不管穿不穿衣服都一樣。」我拿出手機開始搜尋……找到了。那個當地的攝影工作室，他們的九九九作品集特價還在。我複製連結傳給她。「我剛剛傳了個連結給妳。」我說。

「好……」

「他們感覺很不錯，價格也合理——」我輕輕把她推出廂座，然後站到她旁邊。「——我認為他們可能更適合妳。我是真心的，妳真的很厲害。所以妳到底想要什麼，要看妳自己決定。」

我親了她臉頰一下。「祝妳好運。」

如果我說自己回家路上沒有想著她，就是在撒謊。我腦子裡的第一個念頭全是——你剛剛幹了什麼好事？想想，要是我換個做法會有什麼發展。（相信我，這檔事我完全可以腦補出非常栩栩如生的畫面。）但除此之外，當她講起我幫她拍的街頭照片——當她向我揭露真正的自己——我明顯感覺到我們之間有某種連結。也許不太算是男女朋友的那種，但也許……確實有點什麼？

我不知道，對於這種事，我實在是超級低能。

真要說的話，我**有**半點把握的大概就是今晚的九點〇九分拍攝了吧，但這種事情沒真正見到結果前，誰也說不準。到家後，我做的第一件事是做個三明治，打開電腦，匯入相片，然後坐下來整個瀏覽一遍。

起先照片看起來和前晚的都很像，但持續翻看下去，我發現自己會偶爾點點頭。剩最後幾張時，我找到一張特別喜歡的。男人雙手舉在前方，手掌朝上，有點啊？的感覺；同時女人展開雙臂、張開嘴巴，顯然在這場辯論中占了上風，大獲全勝。

我聯想到歌劇或老電影的一個場景，她正在說一個故事，而他基本上扮演配角，偶爾會對觀眾丟出幾句自嘲挖苦的話。我把照片轉成黑白，把她正在做手勢的雙手加亮，看起來像聚光燈打在她身上，而男人因此沾上些微光輝，映襯出背景一片夜幕宛如舞台。

我決定將照片取名為一切的開始。就某層面來說，這個畫面看起來就像滑稽的喜劇，但另一個層面，我又希望它述說的是一個更深刻的故事，關於愛、承諾，以及時間的推移。

我很滿意這張照片，更或許是因為經歷過昨晚的挫折，我更滿意自己今天做到了。不管怎樣，這次我做了件平時不會做的事——在還沒貼文之前，就先寄給了別人。

嘿，我覺得這張很優，所以想馬上寄給妳看。這證明了妳的天賦，不是我。這是今晚九點〇九分的照片。一開始簡直昨晚重演，直到我想起妳的建議，然後一切就真的開始好轉。我再次認真說——妳應該要掛牌開業，K醫生☺

我沒收到回覆，但畢竟時間也滿晚了。經過今晚芬奇的事之後，你可能會猜想我躺在黑暗中腦袋肯定會想些什麼。但你一定猜錯。

醒來後我不禁又查看了手機訊息。沒有。我弄了些早餐，發現自己又檢查一輪。這樣很蠢——我的意思是，難道我會每天一早跳下床就馬上查看昨晚有沒有訊息，然後急急忙忙回覆人家嗎？才不會。也許她睡晚了，又也許她沒看到訊息，又或者是出了什麼狀況訊息根本沒傳出去，或者——

好了！之前也這樣發生過，你知道跟那個誰。你正常過日子就好。

我回去寫落下的功課，清理廚房，甚至洗了衣服。請相信我，那天晚上我甚至提早在九點〇九分之前就拿著相機來到費格和嘉德納轉角，而且之後去了芬奇，先灌下大杯印度奶茶，至少耗了一小時，才獨自一人走路回家。

你也一定最好相信，我腦中想的事情和前晚是一樣的。

所以，當週一來臨，我是真的很開心。我急急忙忙早了五分鐘抵達語言先修課。早知道其實我可以用走的，甚至停下來喝杯啤酒，甚至抽根菸；因為蒙蒂奈洛老師最勇於發言的學生不見人影。

午餐也是一樣。我一個人坐在桌子的一端，而另一端奧莉則完全主導了她和賽斯的兩人對話。

我從學校回到家後終於受不了了，馬上傳了訊息給她，**嘿，妳怎麼沒去上課，沒生病吧？**沒回應。晚餐後，我思考著要不要再傳一次——甚至打電話去——但那樣感覺就太像*嘿，妳是在冷凍我嗎？*而我下定決心不要變成那種人。

所以週二語言課她像沒事人一樣，在十一點準時走進教室，讓我有些意外。我說「嗨」，她也回「嗨」，然後就走去自己的座位，可是又不像先前在課堂上對我發火或攻擊我的模樣。總覺得有些不同。就好像……蒙蒂奈洛老師討論在文中使用排比法的重要性，而我說，這種手法能夠吸引聽眾在情感層面上更加投入。

「就像音樂方面的連結，」我說，「在一些歌曲中，每段副歌前面會有一個勾人的記憶點或重複段，讓你做好心理準備……」然後我就接不下去了，我突然孤單寂寞覺得冷。

我往她的方向看，可是她正注視著老師，就和所有人一樣。

「迪佛先生，謝謝發言。還有人要加入討論嗎？」我發誓，她說這句話時甚至看了阿熙一眼。

超級安靜，一根針掉下來都能聽到。

「好吧！那麼我們就繼續……」

午餐也是老樣子。賽斯和我坐在時尚桌的尾端，奧莉坐在賽斯對面。即便我在桌子一端保留一些空間，阿熙仍坐到了隔壁桌，和她旁邊的女生講話。當手機震動，我正艱難地吞下一條從沒靠近原產地方圓一千里的「墨西哥」酥炸捲餅。我才高興了一秒鐘，就發現那是奧莉。

今晚塔可星期二？

我往奧莉看了一眼，聳聳肩，但心裡非常感激這下有藉口找阿熙說話了。

我挪到阿熙旁邊，但她仍在和另一個女生講話。我靜靜等待，感覺像個徹頭徹尾的蠢魯蛇，坐在那裡傻盯著她的肩膀。最後我終於開口，「那個……」

她轉過來看著我，「嘿傑——有什麼事嗎？」

我正想開些蠢玩笑，表示願意為上週根本沒讀到的章節請客，卻突然有種感覺——就像是你突然發現雖然自己在講話，卻沒人想聽，一如今天的語言課。「呃，畢竟是星期二吶，然後那個……我們想說今天要去吃塔可。」

她禮貌地點點頭，「謝了，但我有事，祝你們玩得愉快。」然後就回頭和朋友說話，我彷彿成了一團空氣。不知為何這比起她叫我**滾**！還糟糕百倍。我內心湧起一股莫名的壓力……我現在完全搞不清楚到底怎麼回事，我從來沒有這種感覺。除了媽媽過世那次，這恐怕是我這輩子感覺最糟的一次。

我挪回老位置，拿出手機。她在忙，你們去就好。

做、不、到——你知道的！

我完全不想代理她和賽斯出去的監護人，我今晚真的不想

她甚至連傳訊息都懶，直接探過身，讓我親眼見到坐在賽斯後面的她對我發射出世上最可憐的狗狗眼。

該死。好啦——我想我們就快樂三人行吧

那樣不好玩

抱歉，但除非妳想要我帶上爸，不然我沒人了

好吧，無須擔憂

無須擔憂。你大概可以在維基百科知名遺言的條目底下找到這句話，就在看我大顯身手的旁邊。

快要七點時，我把奧莉載到塔可屋，賽斯已經在裡面，坐在一個磨損嚴重的塑膠廂座中。他起來讓奧莉坐進去，我則坐到他們對面。我們才剛開始討論要點什麼（這個非常重要），奧莉抬頭看門，揮了揮手。我轉過頭。

是蘇菲亞。

我在桌下踢了奧莉，但她完全不理我。「嘿蘇菲亞！」她說，「還好妳有辦法來。」

蘇菲亞咧嘴一笑，「妳開玩笑嗎？我怎麼可能錯過塔可屋星期二？」

感覺有夠老派，但我還是站了出來，把廂座靠內的位置讓給她──如果不這麼做，我就得整晚看著奧莉那張竊笑臉。而且說真話這其實也沒有什麼大不了，我們有食物，一起聊聊天，而且大半時間都是奧莉和蘇菲亞暢聊，賽斯和我講學校、電腦或其他事，和學生餐廳差不了多少，只是不用接著去上拉魯的痛苦歷史課。

快吃完時，蘇菲亞說，「我們下週五晚上會有聖誕派對，你們應該可以來吧？」

奧莉和賽斯都點頭說當然可以！但我只是坐在那裡。她朝著我笑了一笑，「嘿，上回你可是掀起了軒然大波，拜託別告訴我**你**這個愛搗蛋的傢伙不來喔。」

去派對是我最不想做的事，但我實在不想解釋，所以聳了聳肩，「那個骷髏調酒師這次也會在嗎？」

她往後靠著廂座角角看著我，「這代表好事還是壞事？」

「噢，es muy bueno（當然是超棒）。」我用西班牙語回答。

「很好，因為他是絕對不會錯過的。他是我表哥羅貝托，是個搞笑咖。」

「酷，我滿喜歡他的。」我站起來看著奧莉。「妳快好了嗎？我有點事要做。」

我在沉默中開了一會兒車，可是實在必須說點什麼。「那個，我和妳一起來算是幫了妳一把，讓妳能和賽斯出去。可是我不需要妳幫我找對象。」

「我正好覺得你非常需要。」

「如果是那樣，我其實可以問坎妮迪，她一定會來。」

她看著我，一臉*你是開玩笑的吧你？*

「妳可以保密嗎？」她點點頭，「我是認真的——不准跟妳那些時尚圈好友大嘴巴。」

她再次點頭。「我週五晚上和坎妮迪喝咖啡，她對我調情——而且火力全開。」她眼睛瞪得超大。

「哇靠。」

「她沒有要做別的事……只是想要我幫她拍新作品集。」我停了半晌，「但她後來就放開來聊。妳猜怎樣？她看起來好像什麼都有，可是她的人生並不完美，也不比我們其他人好

——甚至可以說完全沒好多少。」

她聞言歪頭。「好喔……」奧莉不太算是坎妮迪粉絲俱樂部的一員，但我看得出她在某種程度還是能有同理心的。她轉身看了一下空空的後座。「不過，基於她本人不在這裡，我假設你應該是拒絕她了？」

我點點頭。

「你別誤會，但是……為什麼呢？」

「呃——塔可屋？歐恰達？亡靈麵包？亡靈節派對後？那時對我大講特講心機女的各種狡詐套路之後？」

「我沒忘記好嗎？你為了拯救摯愛的妹妹，不讓她死在賽斯方向盤下的地獄業火，放生了全校最正的女生。」她一臉抱歉。「順帶一提我還真的是感激涕零。」

「如果真是那樣，就不要再給我設局。」

她裝作沒聽見。「可是上週五晚上我明明好好地在家，所以你為什麼要放生她？」

我聳聳肩。「也許我終於學乖了？突然懂了妳的金玉良言？」

「也許吧。」她瞥我一眼，「但也可能不是那樣。」

第二十七章

也許在某個層面上，除了眼前所見之物以外，攝影什麼也無法訴說。但也可能在不同的層面上，卻能讓我們了解眼前可見之物其實少之又少。

——桃樂絲・蘭格

送奧莉回家後，我拿了裝備前去轉角。沒發生什麼奇蹟，但我領悟拍出好畫面最大的祕密就是待在那兒——夜復一夜。這麼一來，當奇蹟確實降臨，你不會因為窩在家中無所事事上網而錯過。

拍完後我去了芬奇，在那裡混了一下。理由一樣。

那晚稍後，我做了一些作業後去查看網站。你可能會覺得我早該習慣，可是每次我只要看到它仍順風順水，總會有點驚訝。事實上，如今它彷彿有了自己的生命。目前有數十個人在進行自己的九點〇九分街拍計畫，也將成果貼了出來，包含一位八十六歲、關節炎超嚴重、大多時間臥病在床的老人。他的攝影範圍僅限在布魯克林市中心三樓公寓的窗戶景色，他為了紀念太太潔西卡，將那一百英尺左右的人行道街頭生態記錄下來。在他太太因癌症過世前，他們已經結婚六十年了。他的作品實在**超級棒**。我不想陳腔濫調，但正是因為如此，我才慶幸自己當初決定創建這個網站。

說到這個，我收到良景市一家獨立週刊報紙《良景先驅》美術編輯的訊息。她不知怎麼發現了我的網站和照片，然後就傳了訊息給我，說《良景》想報導我，類似「本地優秀藝術家」的介紹。酷。我以為我們會用 email 聊聊之類，但是她說想要親眼見證拍照過程。

第二天晚上快要九點，她跟我約在我的街角碰面。我拍了三個從費格街一間獨立藝術館看完電影走回車子的女人，她從旁靜靜觀察。我問了那幾位女士對電影的想法，並嘗試在她們討論時捕捉一些不錯的畫面。

之後我們去了芬奇喝咖啡，她採訪了我，問了一些關於網站和作品的問題——我為什麼要做這件事、是怎麼開始的，想要達成什麼目標。結束時，我問了她的寫作歷程——因為我發現她沒有用錄音機，而是寫了很多筆記。她告訴我她大概是如何架構一篇提供給《良景》的文章時，我突然非常希望阿熙人在這兒——她一定會喜歡這個討論的。

編輯離開前要我把我「表現最好的幾張作品」傳給她，我答應等下就傳。

有幾張浮現在我腦海中，不過等我到家時我心裡就有底了。我傳了一張照片，並附上訊息：**再次謝謝妳花時間訪問我。我已經把最能代表我現在做的事的一張高解析照片檔傳給妳了。**我想了一會兒，又幫照片加上標題，然後按下傳送。

儘管這一切如此順利，但學校的一切依舊沒有改變。阿熙彷彿回到初次遇見她那樣安靜得不得了。如果對她說話，她會很有禮貌，然而互動是零。完全沒有。

我試圖找她談話。午餐時，我問是不是可以看她寫的小說更多章節。你猜她怎麼回覆？

她聳一下肩說，「不曉得，如果我寫完會告訴你的。」

她轉身離開時我嘗試開玩笑，叫她這位夫人，她卻回頭看著我說：「你想怎樣？」

「那個，我只是開開玩笑，然後——」

她舉起手。「不是，我的意思是，你**到底**想怎樣？」

我想怎樣？呃……我不想被當成某種垃圾？我想要回到以前那樣？又或者我不想再覺得莫名其妙心情超級爛到爆？

但我還來不及將這些組織成有邏輯的句子說出口，她已經大步走開。

「我要把錢拿回來，」我對賽斯說，「你沒有我想得那麼強。」

「什麼意思？你網站是壞了還是怎樣？」

「沒，網站好得不得了……如果這樣說會讓你感覺好一點。」說實話，我其實完全不想管了。我朝著阿熙的方向偏了偏頭，她正在旁邊桌子最遠的一端。「我的意思是你預測我們在一起之前至少會兜六個月的圈。」

「噢，那是賽斯尊者的預言，不是賽斯管理員。比起當尊者，我管理員當得比較好。」

「你還真沒有開玩笑，因為這件事好像還沒開始就結束了。」

「我的老天爺，那你還好嗎？」

「認真說嗎？——我慘到爆，而且滿頭霧水。又不是說我們本來有點什麼，所以怎麼可能現在什麼都沒了，心裡卻這麼受傷？」

「我不知道。邏輯法則對兩性關係派不上用場。」

「還真的是。說到奇怪的事，你得聽聽這個……」我告訴他坎妮迪的事，還有我們在芬奇聊的東西，外加幫她拍「性感照」的提議——以及我基本上回覆她說謝謝不必。

「所以她現在很討厭你？」他推測著。

「應該是這樣，可是怪的是她現在對我很好，不是黏在我身上的那種，只是低調普通的好。好像我們有點算是朋友那種。」

「老兄，關於這些玩意兒我完全沒有你妹的天才，可是這聽起來感覺不像是『惡女玩弄感情』。我是說，她搞不好真的**喜歡**你。」

我嗤了一口氣。「也許她喜歡的是能幫她做牛做馬的我。」

「可能吧。」他聳聳肩，「又**也許**她發現自己開始對學校中不被她牽著……呃，鼻子走的男生有點興趣。」

我慢慢搖頭。「真是好棒棒。」

他打量了我一會兒。「你知道嗎，基於男人規則我必須提醒一下：你現在表現得一副被全校絕對最正女生看上彷彿是個問題。」

「不對，問題是……」所以問題是什麼？「問題是，她絕對不是全校最正的女生。」

他思考了一會兒。

「這樣說好了，」他最後說，「奧莉和我雖然沒有什麼——完全沒有。但要是她對我徹底失去興趣，我絕對會非常沮喪。」

「因為……？」

「因為我們確實可能有點什麼，而那也值得一點什麼。」他邊說邊注視著我，「所以，對於這件事你怎麼認為？」

「我認為你真的跳過了三年級。」

◎◎◎

而我覺得我的三年級就像一直被當掉。一次又一次，完全不曉得該拿自己怎麼辦。語言課上，我試圖保持低調但仍參與其中，可是感覺就像獨自騎著雙人腳踏車——我要不是自己在後方座位踩踏板，前面沒人抓龍頭；就是獨自在前面控方向，後面卻沒人幫我踩踏板過小丘。不管哪種都爛死了，所以我基本上不再進行課堂互動，除非被叫到。

我也放棄和阿熙有任何互動。因為我除了讓心被摔得稀巴爛，慘遭冷凍的過程也讓我腦子無法運作。我不是說每次只要看到她我就要腳底抹油跑掉，我只是決定按照她對我的方式來對她。就像上同一堂課卻毫無共通點的兩個人。

此外她也不再去芬奇了。

就我所知，她真的完全不去了。這讓我滿難過的——我為她難過。因為她曾經三不五時就去那裡寫寫東西或做功課——在她還不認識我之前就如此了。可是現在她不去了。我差點想寫訊息跟她談這件事，但那樣就太蠢了。她想去哪就可以去哪，根本不需要我的允許。她想做什麼就可以做什麼，而她想做的顯然完全與我無關。

我也沒那麼常去了。雖然近來去芬奇成了我的習慣，但要是我每次拍完九點○九分街拍計畫照片就跑去芬奇，每個月的支出就會多出好幾百塊——說到錢，我聯絡了良景影城的經理，告訴他我寒假空出了很多工作時數。

反正我也沒什麼別的事要做。

我的心情被這件事毀得一場糊塗，我真的不是在開玩笑。就說美國歷史課吧，我們終於慢慢吞吞爬到了一九三○，對於那些個FSA、WPA和TVA和戰間期的一堆字母縮寫計畫的「實際影響」，拉魯先生實在是愛到不行。

總而言之，這些東西他講了一大堆——大概講了三遍吧——而我只是凝視著窗外。外頭其實沒什麼東西可看，然而遙遠處可見一小座超酷的火山渣錐，高高聳立平頂山上。我覺得我的腦子之所以喜歡，是因為它幾乎算是完美對稱，如果你叫小孩畫一座山，可能就會得到這個形狀，而且它比拉魯有趣大概三百倍。所以我看著那座山，把它想像成卡通場景的一部分，然後就天外飛來一句：「……所以或許**迪佛先生**可以提點我們一下，說說窗外到底有什麼東西這麼有趣，能帶來何種巨大的實際影響。」

整個課堂陷入一陣死寂。

我看到一個F和一個S。深棕和黑色，像是翻過的農田上的泥土，猶如平頂山上的那片原野，一百多年前摘豆子工人紮營的地方。我把書翻開到那張照片……在哪一頁我可是一清二楚。這張照片可以在百分之一秒敘述一個完整的故事。是個帶著完美的正黃色B字母的超級狠角色（Badass）。

「你們有看到遠遠那邊的火山渣錐吧？」我指向那座小小的卡通山丘。「靠近底部那裡，就是桃樂絲．蘭格拍下**這張照片**的地方——」我像個老師一樣把書舉起來展示那張〈移民母親〉給全班看，同時必須非常用力才忍住飆出髒話，「——那時她正在進行FDR底下農場服務局指派的任務。就是因為**這張照片**——」我再次把書展示給大家看，以免有人沒看到。「——才讓聯邦政府湧進數以千磅的食物，提供給中央谷地的飢餓移民。」我啪地闔起書、轉向拉魯。「這種實際衝擊對你來說夠了嗎？」

等到星期五——以及寒假終於緩慢降臨，我整個人早已亂七八糟，甚至認真思考去找奧莉，跟她協議說我幫妳去和賽斯說，然後妳替我去跟阿熙談。但我能預見幾種慘烈的可能結果，所以沒這麼做。此外，我其實沒什麼餘力去在意這件事或其他事情。我已經有三、四個晚上沒去轉角，網站也隨之毫無更新；我完全沒有心情。

說實話，我什麼也不想做。我的網站爆紅了，但我什麼都還沒享受到，奧莉就把我曝光、搞砸一切，接著學校大半的人都把我當成鬼鬼祟祟的跟蹤狂攝影師。現在又發生阿熙的事……老天，我受到的打擊完全超出負荷，整天處於十秒內就能爆哭的狀態。可惡，我到底是**怎麼回事**？

就在此時，奧莉跑進我房間。「先不要拒絕，但我要你考慮一下今天晚上參加蘇菲亞的派對。」

「我拒絕。」

我本來打算馬上再說一次**不**，直接堵住她一貫的說辭，但奧莉只是坐在那裡靜靜等待。最後我忍不住開口，「怎？妳需要我載嗎？」

「不需要，我找得到人載我。但如果你要去，我不在意讓你載。」

「妳需要我去是因為這樣妳才不算是『一個人』、爸就可以開心點？」

「不是，我找學校朋友一起去了。」

啊哈，「又想騙我和蘇菲亞一起嗎？」見她露出戰鬥姿態，所以我補上一句，「聽好，我知道她是妳朋友，也真的覺得她人很不錯。可是這個時間點不好。」

「我大概也猜到了。我跟她說你沒辦法換班。」

「換……唉隨便。所以是為什麼？」

她聳聳肩。「你覺得大家為什麼要去聖誕派對？」然後她又故計重施，靜靜地坐著，逼我自己思考。奧莉真是把策略性等待的技巧用得出神入化。

現在寒假才剛開始，在學校度過爛到不行的一週後，稍微離開家或許也是件好事。「我會考慮。」最後我說。

我們大約七點出門。

「謝謝你載我一程。」奧莉在路上說。

「小事，妳不要去開其他人的車回家就好。所以妳這個『學校朋友』到底是誰？克洛伊嗎？」

她對我露出一個微妙的眼神，我做出摀臉動作。「是賽斯對不對？我就曉得！如果我不知道就是不知道，不准逼我在爸面前撒謊，他一定會曉得，而且——」

「是阿熙。」

第二十八章

我越來越懂得該如何成為一名優秀的攝影師；你必須全心投入，不能只是淺嘗輒止。

——桃樂絲・蘭格

「**阿熙**？妳到底是——」

「這邊轉彎。」她對我的爆炸視若無睹。

但是我用力踩煞車，猛地停在路中央。「這到底是怎麼回事？」

「我問了克洛伊，但她今晚不行。」她冷靜說道，「我需要有人一起，所以問了阿熙。」

「所以本來是誰要載妳？」

她看看我們後方。「你最好繼續開，不然就停旁邊。」於是我慢慢往前開。「賽斯。」她說。

「所以來接妳之前，他會先去接阿熙或其他人，是嗎？」關於奧莉的約會，老爸的規矩大致可以簡要成一句——「不准單獨坐男生的車」。

「對，現在是你載，所以我們現在要去接她，所以你要在這裡轉彎。」

「她知道這件事嗎？——就是我要和妳一起去？」

「不知道，她其實根本就不想去，但我說服了她，而且答應會載她一程。」

「**糟糕了**。」

她一臉困惑。「我實在搞不懂這有什麼大不了……」

「我以為賽斯告訴妳了。」

「告訴我什麼？你們這些男生在聊什麼他根本不會告訴我……此外我們也不是一對（item）。」

我忍不住哈哈兩聲。「一對？聽起來超老派。」她沒抓到我的笑點。「反正，假如妳沒注意到——阿熙和我之間別說一對，連**朋友**都要做不成了。但妳先不要大驚小怪知道嗎？」

她點點頭。「好，抱歉。」

我們到的時候，奧莉去接她。當她們走到街上，阿熙看到車——她一定也看見了我，因為她停住腳步，對奧莉說了一些什麼，然後開始往回走。奧莉追上，兩人講了一會兒話，接著一起朝車子走來。太棒了。

奧莉跳上前座，阿熙則到後座。「嗨。」我說。

「嗨，」她答道，始終低著頭。

一直到蘇菲亞家，她整路都沒再說一個字。當我們抵達，我停了車、熄了火。管他的。我看著奧莉，用拇指朝蘇菲亞的家一指。「晚點那裡見。」她點點頭，下車。門關上後，我轉向阿熙。「我想和妳稍微聊一下。」

「我們沒什麼可聊的。」

我深呼吸一口氣、吐出來，彷彿聽見蒙蒂奈洛老師的聲音……在這種時候，改換地點或許是必要的。「OK，我去買點東西，快去快回。妳可以和我一起去嗎？」

「會花多久？」

「十五分鐘。」她揚起一邊眉毛。她這動作讓我莫名難受。「OK，最多二十分鐘。」她依舊一臉質疑。「我保證，等到我們回去，派對還是會嗨到爆炸。」

她什麼也沒說，所以我發動車子。「妳要坐前座嗎？我覺得自己這樣簡直像個愚蠢的司機。」

「我在後面覺得很好。」

我咒罵一句，差一點點就要當場放棄直接去派對。但我搖搖頭、繼續前行。隨便啦……

當我們朝市內開回去，我問，「所以我們兩個到底是怎樣？」

「沒怎樣。」

「妳認真？我覺得我們本來變成滿好的朋友——甚至不只朋友，然後突然之間妳好像根本不認識我，」我停頓一下，「這比妳在課堂上對我冷嘲熱諷感覺還糟，所以到底是怎樣？」

「沒怎樣。」

我直到快到目的地都沒再嘗試說任何話。我開始減速轉彎，然後說：「那，妳曉得真心話得來速的規矩嗎？」

「我非常不想去那裡。」

「我也不想，但我認為我們非去不可。」當我靠近快樂傑克的得來速對講機，還以為她會下車，但她只是頹然坐在座位上。我點了兩個肉全熟的快樂漢堡，外加烤洋蔥，也是全熟。這樣應該可以多花上一點時間。

我點完後轉過身看著她。「好，所以到底是怎樣？」

「面向前方，」她小聲地說。於是我轉了回去，從照後鏡望著她。她往後靠著座位，閉上眼睛，然後深深慢慢地吸了一口氣。「上禮拜你傳簡訊來，因為拍到好照片說很感謝我。

你感覺超開心的……」她遲疑了一下，「所以我決定去芬奇看看你是不是在那兒。我走到那前面時從窗戶看進去：你和坎妮迪．布魯克斯坐在廂座，和她貼在一起，近得像是等下就要去開房。你們兩個一起看著手機上的東西，聊得超開心，而且……」她停下，「還需要我繼續講下去嗎？」

「就這樣？」我突然豁然開朗，開心到一種詭異的程度，而且一定聽得出來。

「我剛說的話哪裡好笑了？」

「完全沒有。」排隊龜速前進，而且我們前面還有好幾輛車。「所以，如果我和蘇菲亞出去妳會有什麼感覺？」

「聽好，我根本不在乎你和誰——」

「妳現在位於真心話得來速的效力範圍，只能說真心話。」

「ＯＫ，我會不高興，」她似乎很憤怒，「你想聽的就是這個嗎？」

「如果我和坎妮迪出去，妳會有什麼感覺？」

「我會**真的**很不高興。」

「差別在於？」

「如果是你和蘇菲亞……好吧，因為她好像很不錯，而且我覺得她應該是個好人，所以我之所以不高興，是因為如果你和她在一起，就不會和我在一起。但如果你是和**坎妮迪**……」我馬上看向照後鏡，見到她露出不悅的神情，緩緩搖頭。「……那我會**對你**……**很火大**……因為你被她玩弄於手掌心。我也會對自己很火大，因為我竟然會喜歡一個這麼容易受騙的人。」她沉默了一下，「這兩種火大等級完全不同。」

想也曉得。「那天稍早——就是妳在芬奇看到我們的那天，她傳給我一個簡訊說想見面，我沒有理會。」

「我記得那天——她在學生餐廳對著你笑。」

她果然有注意到。「我那天印象最深的是妳在語言課傳**這個**給我……」我拿出皮夾找出來，遞給她。我把那一小張折起來的紙隨身攜帶，上面只有以她俐落筆跡寫下的一句話：耳目一新！「而我對那天午餐的印象就是和妳一起開玩笑、聊妳的小說，還有我是多麼開心。」然後我因此想起某件事。「這也是你媽之所以叫我『快樂小男生』的原因。妳知道我在你家為什麼會這麼快樂嗎？」而我發現自己不禁激動起來。「因為我和**妳**在一起！就只是這麼簡單而已！」

她安靜不說話，我們在隊列中往前進，所以我繼續說。

「坎妮迪那天晚上又傳了一則簡訊給我，妳猜怎樣？我也沒有理。然後我就去了轉角拍了一些還算可以的照片——我就是在那個時候傳給妳那則興奮簡訊，接著我就去了芬奇。過了一會兒，坎妮迪出現，完全出乎我意料。我大概花了兩分鐘才搞清楚她到底想怎樣。」

「……她想要**你**。」

我聳聳肩。「賽斯也是那樣想，但我認為她更想要的是當她攝影師的我——她覺得我可以幫她成為模特兒，加上我沒收錢。我不確定她是不是喜歡我。」

「我確定，我都看到了；她整個人貼在你身上。」

「她是想賄賂我，她給我看她的裸照自拍，暗示我還可以更進一步——如果我幫她拍新作品集的話。」

我看向照後鏡，阿熙整個怒髮衝冠。「**然後呢**……？」

「然後我傳給她一家當地攝影工作室的連結，說她應該去找他們。」

這下她態度終於放軟一點了。「那她**聽了**之後怎麼說？」

「我不曉得，基本上我跟她說完就閃人。故事結束。」我翻出那天和坎妮迪的簡訊，**來見面**的簡訊是四點十七，**你現在是在冷凍我嗎**？是在八點〇二，接著我那個**試試這些人**的工作室連結是在九點四十三，我把手機遞給她。「自己看。」

她讀了之後還給我。「她為什麼覺得可以用那種方式對你？」

我們快靠近取餐窗口了。

「我們從小學就認識。小時候我暗戀過她，她也知道。我認為她想利用這一點讓我受她擺布，以前也許我真的會被她牽著走。但是和妳比起來，她——」

這時毒蟲先生剛好從取窗口遞出我們的餐點。「來了各位，不好意思久等了，不過我在裡面多放了一點薯條給你們喔。」他嗤笑了一聲，好像覺得自己講了個超棒笑話。

我付了錢，正要開出停車場，阿熙突然說：「停車！」所以我找了個空格停進去，阿熙下車。

「妳在做什麼？」

「下來。」她說。

我下了車。「妳沒事吧？」我突然有點擔心。

「我不確定。」她上了駕駛座，然後指著自己的右側。「上來。」

搞什麼……？我繞過去，上了副駕。

她開車繞過停車場，再次回到得來速。當毒蟲店員從對講機問我們要點什麼，她說：「兩個大杯可樂；兩杯各要四十七顆冰塊。」她語帶威脅，「我會一顆一顆數，你要是敢放錯，就給我試試看。」

毒蟲店員的聲音再次出現，「啊……所以，呃好吧……大可……四十七顆冰塊。好，知道了。」

「**兩杯**大可，裡面**各放**四十七顆冰塊。別逼我下車進去親自處理……」

「呃不會的……別擔心，我有聽懂……呃謝謝。」

「妳嚇到他了，」我說，她側了我一眼。「也嚇到我了。」我補充。

她往前開了一點——我們前面一個人也沒有——然後轉過來看著我。「換你了。所以**你**怎麼想？」

「什麼怎麼想？」

「就是**我們**。」

好，她終於說出口了。「我怎麼想？」告訴她，全都告訴她。然而，有些感受在我聽見自己說出口前，我甚至沒有意識到。「我覺得……我覺得妳每天坐在教室裡，總是分毫不差地說出我腦中想法，可是就算我原本不那麼認為，一旦想過了就馬上變得跟妳一樣，這簡直要把我逼瘋可是我又莫名其妙被妳吸引然後妳真的很聰明又真的很幽默，雖然說那個幽默的部分比較不明顯因為妳的幽默感其實有點冷而且比較難注意到可是還是存在，而且——」我轉過來，嘴巴進入自動導航，直直地凝視著她——「而且妳特立獨行、與眾不同，和虛假一詞完全是南轅北轍——啊啊在我需要同義詞時我的字典去哪了？——但是不管妳是什麼樣妳都是妳自己絕對不是任何人，就算妳有的時候一副想幹爆這世界的樣子我還是可以看出妳其實只是小心謹慎因為妳並沒有受害者情結，擁有的更像是低調的自信。但是不管這些——我其實也不該跟妳說的——總之妳有些特質完全就是性感到令人難以置信。那個不要誤會可是我第一次看到妳的時候雖然說妳有一點切・格瓦拉的感覺但妳其實更像芙烈達・卡蘿，因為妳非常有創意卻又有些緊繃，而且……我不知道——就好像芙烈達和切有了愛的結晶然後不知怎麼以少女的模樣來到二十一世紀加州，然後——」我很努力不要在表達性感一詞時出岔走錯——「然後……她真的是……令人神魂顛倒。」我深呼吸一口氣。「我就是這樣想的。」

我有點期待她會回應我些什麼，並暗自希望和我說的差不多——差很多也沒關係，但至少回些話吧。可是她一個字也沒說，只是靠過來吻了我，而且不是蜻蜓點水的謝謝，我覺得你很體貼的那種，而是危險到令人瘋狂，就像是——當你被一個擁有驚人感受力的藝術家和爆裂性格共產革命家一同生下、不羈又完美的結晶親吻時會有的感覺。

一個閉著眼、張著嘴的吻。

一個彷彿就要飢渴至死的吻。

一個似乎持續到永遠，卻又不夠天長地久的吻。

中間某一刻，有輛車開進得來速車道，在我們後面按喇叭。阿熙退開看著我。

「我們得去別的地方繼續這個討論。」

第二十九章

很多時候我就只是留在原處、靜靜待著，而不是從一團沙塵之中猛衝而出……

——桃樂絲・蘭格

我們在回蘇菲亞家的路上停了兩次。

等我們終於抵達，實在有點難相信我們才離開一小時。我們回到了之前停的地方——甚至停在同一個停車格。可是一**切**都不一樣了。我說的不只是我們的關係，我甚至感覺我的頭髮起來都不一樣，我的鞋子也是，我媽那輛森林綠的速霸陸 Outback 的方向盤不知怎麼感覺也不一樣了。

而這一切，都和我對坎妮迪的感覺**完完全全**不一樣。

快到前門時，阿熙伸手握住我的手。我看了她一眼，她低聲說：「這樣好嗎？」

我搖搖頭，「不好，」然後等了兩秒，「是**超級好**。」我輕捏她手一下。

「你真的是個小混帳。」她的眼睛閃閃發光。

前門開了一點縫，我們都聽見了音樂，所以直接走進去。簡直跟之前的亡靈節派對如出一轍，只是換了個節慶——音樂放的是有關聖誕節的，燈光裝飾也不走陰森路線，而是聖誕風，也沒有人扮裝或化死亡妝容，但仍是一個有烤肉可吃、音樂震天價響的超級大派對。

「這些傢伙的派對辦得**超讚**，」我們穿過前廳往後院走去時，我對阿熙說：「我現在想修正一下之前的立場，其實跟蘇菲亞出去也不錯……這樣會不會太晚了？」

她揚起一邊眉毛。「我不知道……那我現在修正一下『留你一條小命』的立場，會不會有點晚了？」但她仍緊握著我的手，所以我想我應該是安全的——

「你們來了！」是蘇菲亞。她站在通往後院的玻璃拉門附近，然後就注意到我們緊握的手，眼睛倏地睜大。「噢，呃……」我幾乎能看見她正在切換腦中模組，「……也許我可以幫你們在壁爐生個火。」

「不用特別麻煩。」阿熙說。

蘇菲亞伸手將一旁牆上高處的開關打開。「好了，沒忘記我爸是搞建築的吧？」

她們交換一個眼神。「謝了，」阿熙輕聲說道，「妳人真的很好。」

蘇菲亞露出微笑，朝後院點了點頭。「好好享受。」

我們穿越人群，朝著院子遙遠後方走去，在壁爐旁邊的內嵌長椅坐下，爐火已點燃。阿熙領著我走到放了幾個軟墊的暗處，繼續回到剛剛在車上的狀態。我們彷彿被施了咒語，好像無論怎樣都不滿足。

最後我們停下來喘口氣。「這真是**太棒了**。」她輕聲說並靠在我身上。我同意地點點頭，往後靠在長椅上凝視火焰。我們就這樣依偎了一會兒，不知過了多久她握住我的手，「還記得上次我們在這裡的時候嗎？」

「當然，那時真的很棒。」

「那時你在想什麼？」

「老實說嗎？我在想妳真的是超讚。妳呢？」

「我啊，」她輕聲地說：「我其實在想你實在是很……呃……」

「很怎樣？」

「很呆。」

「欸！」我閉上眼往後一靠。過了一會兒，我感到她在發抖，於是睜開一眼——她努力憋著不要爆笑出聲。「啊妳是不是覺得自己超聰明……」

「至少有一個人很聰明，」又過了一下，她說：「那你現在在想什麼？」

「一些關於妳的**非常**耳目一新的想法，」我說，「而且……」

「而且……？」

我咧嘴一笑。「而且我等不及要讀讀看阿斯翠對這一切作何感想。」

她一臉困惑（或是裝得一臉困惑）。「她怎麼可能有感想呢？她可是設定在世界的另一邊，人也不一樣。這只是小說——根本沒有任何關連。」

「確實，但很多作者都說現實生活『啟發』了他們的寫作。」

她立刻靠得近一點。「那我想我們恐怕得多做一些研究……」

我裝作被冒犯的表情。「等一下，所以只有這樣嗎？我只是妳寫書必須進行的研究？」

她一臉正經地點點頭。「差不多喔。」

我放開她，一副她身上有放射物的模樣退避三舍。「妳去那邊。」

她挪到我身旁，可愛到爆炸地用屁股來撞我的屁股。不知為何，這個動作讓我莫名超級開心。「有時我會覺得寫作能幫我處理現實中發生的事，說不定故事就是對現實生活的一種研究，而非相反。」

我思忖了一下。「嗯哼，有時攝影確實也能幫我理解一些難以理解的事。」

她安靜了一下。「像是你媽媽？」

我吞了一口口水，點點頭，一時間說不出話來。

「如果你想聊，」她靜靜地說，「我就在這裡。」

光是去想就很怪——我是說對別人談我媽的事。可是如果非要找人講……「謝謝，」我最後說，「如果妳想談妳爸，我也願意。」

她點點頭，眼睛溼潤。「我知道……」她沒再說下去。

氣氛變得有點太嚴肅了，我退後一些，看她一眼。「所以呢，卡努森小姐，關於妳的小說快要完成的傳聞到底有幾分真實？還有——」

「什麼小說？」黑暗之中有個聲音說：「什麼傳言？」

「就是那個『妹妹是全世界最愛打聽的人』的傳言。」我回答。

奧莉走進壁爐前溫暖光圈之中，賽斯在她身後。「嘿，終於找到你們了。」她說，「你們剛剛跑哪兒去了？」

這就叫做明知故問。「我們去吃了點東西，」我說，「現在就只是在這裡聊寫作。」童叟無欺，對吧？

「我們在討論所謂的差異，」阿熙用眼角餘光看了我一下，「虛構和非虛構之間的差異，還有兩者即便在主題上互有呼應，不代表兩者等同。」

奧莉緩慢搖頭，一副我們沒救了的樣子。「各位，學期結束了啦，不要再執著了。你們再過一陣子就能繼續當書呆子了。」她對著食物和音樂偏了偏頭。「至少也該放縱一次了吧。」

我們四人朝著派對的燈光和喧鬧走回去，最後到了露臺，和所有人一起隨著音樂蹦蹦跳跳。等到音樂終於停下，我們便準備好大快朵頤。

我們去吃烤肉。他們有嫩角尖沙朗和豆子，外加一大盤墨西哥粽甜點。我們各自拿了一盤食物，在稍微遠離露臺的一張長椅找到位置，方便聊天。

我還記得我們四人去吃塔可那天，那次一點也不尷尬，因為我們沒有一對你儂我儂，另外一對尷尬絞手。所以我決定裝得跟平常一樣，沒什麼特別。叉起一大塊沙朗，再舉起我的叉子。「我的天吶這真是太讚了，太美味了，比起——」我正要說比起快樂傑克的破漢堡又連忙打住。

「比起什麼？」奧莉問。

「比起學生餐廳的食物？」阿熙幫我脫身。

我大笑，「沒錯，比那更美味。」

奧莉揚起一邊眉毛。「我會幫你這樣轉告廚師的。」

整個派對期間，我和阿熙默契十足地保持低調。我們四個人一起吃東西、聊天、聽音樂，一直到該回家的時候。

開回鎮上時，阿熙和奧莉都搭我的車，只是這次阿熙坐副駕，而我大半時間都在思索下車的時候該怎麼辦。我應該找個藉口陪她走到家門嗎？可是這樣一來就會被她媽看到。所以也許我應該在車上與她吻別？（但是奧莉也會在，那樣就太怪了！）

然而阿熙替我解了套。我們開到她家前面時她轉頭對著後座的奧莉（同時一手放在我大腿上），說，「謝謝妳邀我，這比我預期地好玩太多了。」然後輕輕捏了我的腿一下並把手收回，轉回來看我。「傑，你也是，謝謝。今天真的很棒。」然後就下車進了她家。

奧莉移到前座，我們啟程回去。開了幾個街區之後她說：「你看，不壞吧？我真不曉得帶阿熙一起去有什麼大不了的。所以……你們把我在蘇菲亞家放下之後到底去做了什麼？」

「去吃了點東西，」然後我馬上意識到這話聽起來多蠢，想想派對上那些超讚美食。「我，呃——我想跟她聊一些東西。」

我以為她會問我們聊了什麼，便在學校的事和網站的事之間猶豫不決。但是她只問了一句：「哪裡？」

「什麼哪裡？」

「你們去**哪裡**吃東西？」

「喔，快樂傑克，」然後我補充，「只是一些漢堡和可樂，」彷彿這樣就可以假裝一切正常。

奧莉打量了我一會兒。「你們兩個完全是一**對**。」而且她不是用問句。

「我不知道耶，」我想了一下，「——不對，我們確實是一**對**了。」

「我覺得你們兩個在壁爐那裡看起來滿自在的啊。」她露出一個超燦爛的笑容。「傑——這超級棒的耶！而且她也超棒……我越認識她就越喜歡她。」

「沒錯，她就是這樣。」

「那你們為什麼還要遮遮掩掩……還搞什麼『只是朋友』這招？」

我聳聳肩。「我不曉得。我不想要情況變得詭異，而且妳和賽斯都在啊，如果我和她蹭來蹭去……」

「……我們看到可能會發瘋，」她幫我說完，「可能就是因為這樣，媽和爸才從來不在我們前面秀恩愛。」

「妳在說什麼鬼話？」我們根本三不五時就在廚房撞見他們接吻，通常會在滿滿一水槽的碗盤上方。十歲時，你會覺得那樣很噁；十二歲時你會翻白眼跟他們說夠了喔。而到了十四歲你會假裝沒看到。然而，現在回頭看——

「就是這樣，」她打斷我的思緒。「反正不會有什麼永久傷害的，是不是？」她停頓一下，「還有，我也不認為賽斯對我是『那種喜歡』。」

「妳是在開我玩笑吧？」

「我沒有。所以你也不必帶我去快樂傑克浪費十塊錢，就當我們已經在那裡了吧，你直接說。」她看我的眼神不是小狗懇求，而是絕對認真。「**請說**。」

「呃，如果妳所謂的『那種喜歡』是一個男的認為妳既可愛、**又**聰明、**又**風趣、**又**善良，**而且**他毫無疑問對妳有浪漫念頭……那麼沒錯，他確實是『喜歡妳』的那種喜歡。」我聳聳肩，「雖然他完全沒告訴妳他的感受，但那是他的問題。」

「呃……但為什麼——」

「——為什麼他不表現出來？我來看看啊，」我伸出手開始算。「妳是新生，他是學長；他是你哥的朋友，所以也許他覺得這樣有點怪。妳是時尚達人，他的衣櫃裡只有牛仔褲和T恤，所以也許覺得自己不太搭，或因此感到壓力。而我猜妳也沒有給他確定的訊號，所以他可能怕被拒絕——不要忘了他的書呆子程度基本上和我差不多。」我清清喉嚨，「還有——畢竟現在我們理論上處於不能撒謊效力之中——所以也許是因為我阻止了他。」

「你什麼？」

「欸，我是在照顧妳。」我解釋和賽斯說好不跟她調情的約定和原因。「但我非常確定我們早就徹底毀約了。」

「為什麼？」

「因為在某一天——在我們固定進行的『奧莉維亞．迪佛』主題談話時——他提到了這件事。沒錯，他預見了自己未來確實可能以『那種喜歡』的方式談論妳。」

「那我要麻煩你幫個忙……」

如果不是在開車，我大概早就交叉雙臂、瞇起眼睛。「幫什麼忙……？」

「**幫**、**我**、**跟**、**他**、**講**、**明**、**白**，說約定早就作廢了。」

「妳是在開玩笑吧？」

她搖搖頭。「我認真到爆炸。」好喔，我當場一個煞車。「你**幹麼**？」她問。

我沒有回答，只是開始傳簡訊，然後把手機拿給她看。老兄——我覺得你應該已經知道，但我只是想講得更清楚：我和你說不勾搭我的小屁孩妹妹的約定已經失效（雖然老天才知道為什麼會有人喜歡她）。所以自由去愛吧熱血青年——但不要說我沒警告過你

她把手機還給我，「謝了傑——你真是個好哥哥。」

「勿忘此刻，」我頓一下，「還有，反正我好像欠妳一次，因為那個——」我伸出拇指示意身後剛剛讓阿熙下車的地方。「——妳知道的。」

「什麼東西？」她一副你是說……我嗎？的表情看著我，但是我能見到一奈米的笑紋。

「閉嘴啦。」我說。

「你才閉嘴。」她對著我的手機點點頭。「反正謝了。我覺得媽媽也會贊成……」

我其實很喜歡回憶媽媽的，尤其是想起那些美好的部分。也是因為這樣，我才會這麼想她；她懂我。她懂我和我的宅，還有我腦子那古怪又跳躍的運作方式。只要我在新環境中感到壓力——例如上中學的第一天、或加入新足球隊諸如此類，她總有辦法讓我相信一切都會好轉。真的很棒。

可是，只要有人要我「聊一聊」，他們指的通常都是「聊聊你媽過世的那一刻」。那，一點都不棒。

因為我就在那裡，那一刻就**只有**我一個人。爸當時基本上整天住在醫院，他帶我去探病。（一般而言，我們的探病更像是他帶我們到醫院餐廳一起吃晚餐——因為沒有人有心情煮飯——然後順道去看一下媽，他再帶我們回家。她有一半時間都在熟睡，我們也清楚只要她能睡著，最好別把她叫醒。因為那是她唯一不痛的時候。）

那是在一個星期五晚上，只有我和爸在，奧莉在朋友家過夜（媽生病時她很常這樣）。爸有事要辦，我甚至不記得是什麼事，他說去辦事的時候可以順道載我回家。可是媽醒過來了，所以我說我會陪到他回來，我們再一起回去。

大概九點時，媽和我一起在病房聊天，聊些我怎麼適應高中生活的蠢事，然後她就越來越累，我可以從一些徵兆看出來。她話會越來越少，多半只是聽，接著就只是在我的話之間點點頭，沒再出聲，接著她就會睡著。

可是這次不一樣。

呼吸困難，這幾個字已經被用到變成陳腔濫調，可是很多人都不曉得實際上是怎樣。如果你真想體驗一回，可以平躺下來，找個人往你胸口放一袋水泥，然後呼吸——更精準地說，嘗試呼吸。

我媽當時就是那樣。她彷彿用盡全身力氣才吸進氧氣，然後一下子猛地將氣吐了出來。我站了起來，完全嚇壞。「妳沒事吧？」這恐怕是我這輩子講過最愚蠢的一句話。她伸出手來握我的手。

「我沒事。」她又用不太對勁的方式吸了幾口氣。「我愛你，傑，」吸氣，「還有奧莉，」吸氣，「還有你爸，」吸氣，「非常非常愛。」

「我知道，媽，我們也愛妳。」她沒回答，一個勁兒專注在呼吸上，就像一個打算做五十下伏地挺身卻卡在四十九下的人，正使盡渾身力氣只為了再起來一次。

我慌了手腳。「媽。」

「請……」吸氣，「……不要……」吸氣，「……忘記我。」

當她又吸一口氣，我只是怔怔地望著她。

「答應我……」

我瘋狂點頭，「我答應妳，媽，我答應妳！可是妳不能——」

她看著我，困難地嚥下最後一口氣。

五十。

在腦海某處，我聽見蜂鳴器響起、機器開始嗶嗶叫——緊接著一名護士衝進病房，後面跟著另一位——但我幾乎沒注意到。她離開了，這個小小的聲音不斷在我腦中重複。她永遠離開了。我踉踉蹌蹌走到走廊打給爸，這一切看起來太不真實了……要按他的號碼很不容易，因為我的雙手抖得厲害。我記得自己站在那裡，哭到眼睛發痛（旁邊椅子還坐了一個人）才終於把話說出口，「爸，媽過世了。」就這麼短短五個字。

然後我就回到她的病房，醫生出現，基本上只是宣讀死亡時間，而你已經知道是幾點幾分了。

當手機響起，我就是在想這件事。（事實上，我正躺在床上努力不要去想，並意識到她過世滿二年忌日就要來臨——這只是讓一切變得更糟。）我看向手機：是阿熙。於是我把被子往臉上一蓋，開了擴音（音量轉得很低），手機直對臉前。

「嗨，」我說，音量勉強比氣音大聲一些。

「嗨，」她小聲地說，「是說……」

「是說……」

「嗯，你還好嗎？」

「我很好。」

「沒有，你不好。」

「好吧，妳說對了。妳打來的時候我其實不太好。」

「為什麼？和我們今晚的事有關嗎？」

「什麼？不是啦！和妳一起可是我生命中最棒的事。」

她突然非常安靜。「所以……？」

「就是……」我深呼吸一口氣，慢慢吐出來。「發生了一點事，我想到了我媽——我想到她過世的事。妳打來的時候我正在努力把這些忘掉。」

「我很抱歉，真的……」

「謝了，但別這樣說。我看到是妳來電，突然就覺得好一點了。」我清清喉嚨，「那妳還好嗎？我們其實沒什麼機會聊聊，就是在……」

「……進行研究之後？」

「沒錯，就那個。但在妳說之前我必須先告訴妳：我現在躺在床上——在黑暗之中——開著擴音。我躲在被子底下，這樣就沒人會聽到——先告訴妳一聲。」

她大笑，「我的天吶，我也是欸！」她頓了一下，而在她慢慢講話同時，我聽出她語氣中的笑意。「所以就是……」

「對，所以呃……就是……」

「就是……？」

算了，管它的。「好吧我先講，」我覺得自己彷彿又回到真心話得來速，並突然發現和坐在車裡相比，在黑暗中的被子裡這麼做簡單多了。「我覺得今晚超棒的——就是在快樂傑克把一切都講出來之後。此外還有派對，」我猶豫了一下，「這樣說可能有點蠢，但是妳一下車我就開始想念妳了。」

「這一點也不蠢，」她的語氣真的很溫柔。「事實上，聽你這樣說我超開心的，因為在你車上的時候我真的差點要撲上去——一樣的原因。但我不想在你妹面前這樣做。」

「她知道。」

「是嗎？」

我大笑，「我想她恐怕在我們知道前就知道了，但總之……我回家路上告訴她了。」

「告訴她什麼？」

「我們有點算一**對**。」

她又笑了。「這說法好老派。」

「是不是？但用這個詞的是奧莉，所以……」我有點岔題了。「誰管要怎麼稱呼呢？妳OK吧？我是說這件事，就是我們算不算——是認真的？」

「應該吧——是吧，無庸置疑、百分之百。而且我也喜歡一**對**這種說法。」然後她又突然變小聲下來，但是語調完全不同。「我是說，如果你去思考其中的拓樸學，這感覺其實是有點……耳目一新。」

老天，這世上沒有任何事情比聰明女人更性感了。

第三十章

在攝影語言中，透過鏡頭來表達攝影最應關注的三個元素——時間、場所，以及人類的創作。

——桃樂絲·蘭格

「我餓了，」奧莉在後座宣布。有一瞬間，我想到了我們的家族旅行。以前我們四人會開上公路——就是在同樣這輛車——然後每一小時都會有人急切的表示嗷嗷待哺或亟需解放。

「還有誰餓了？」我問。

「如果能來些咖啡就好了。」坐在我旁邊的阿熙說。

我從照後鏡看著賽斯，他聳聳肩。「要我吃也沒有不行。」

「索萊達那裡有個咖啡店，旁邊有一大堆速食餐廳，就在一下高速公路的地方。」我說。

「真的欸，」幾秒鐘後奧莉看著手機接話。「你怎麼曉得？」

「我跟爸去過幾次，我們都會在那裡停一下，是個中繼點，而且就在匝道旁。」

「這計畫不錯。」

說到如何達成我們的計畫，第一要件就是經費。當我終於下定決心，便立刻在網路上搜索，費用琳瑯滿目，從天價到廉價都有，沒有任何一本標準指南會為此列出清單，一切都看你願意怎麼花——價碼從「很高」開始一路往上爬到「還是算了吧」。幸運的是，我整個假期都像發瘋一樣在工作，所以稍稍有點幫助。除此之外，我也把家裡有的和銀行存的總加起來，算是攢到了幾千塊錢。而且如果我開口，奧莉可能也願意支援，但她實在是口袋空空，和她比起來我有錢到不行。看來當時尚達人確實是要付出代價的。

第二要件是學騎摩托車。我在網路上看了我能找到的所有資源，然後開始找可以教我的人。其實也無須遠求——因為我最後發現賽斯的姊姊妮可會騎。由於手頭已沒剩多少現金，所以我把幫奧莉、蘇菲亞和克洛伊拍的頭像照寄給她，說我可以用幾堂攝影課和她交換。她表示非常樂意。

幾堂課後，她說我已經可以上路，我超興奮——但她接著說「我的意思是你可以上路練習了——目前只有勉強及格。所以慢慢來，先不要夜間騎車或載人。然後我也要認真拜託你遠離高速公路——那裡不是給你拿來練習的。」我只是點點頭。無須擔憂。

第三要件則是盛大的年度英國摩托車展，就在寒假之後即將開學的那個週末。爸原本打算和之前一樣要我和他一起去，可是今年他因為工作得去洛杉磯開會。他一年向來會有個三、四次出差，但在媽過世後就停了——這是他兩年來初次遠行。

我一發現這個瘋狂的計畫有可能達成，馬上找來賽斯從長計議：所謂的計議就是我開車載我們兩人，他負責把車開回來，然後我運用妮可的駕訓課上所學，把摩托車騎回來。本來很單純，直到奧莉發現了這件事，立刻不請自來要當跟屁蟲。煩欸。然後阿熙當然也聽到風聲，也要求加入——煩欸乘以二——於是這計劃就變成了一趟公路旅行。

但是抵達之後我們發現有女生加入幫助很大。和爸一起去的幾次，我們就是整天在展場裡盯著每輛摩托車。這次不同。**我當然不想**浪費一整天盯著老舊的英國摩托車，其他人當然更沒興趣。此外，要開回良景市至少得花三小時，所以我有任務在身——找到目標，然後趕緊返程。

可是辦展的地方（聖荷西露天遊樂場）展場巨大到翻，摩托車連綿到天邊，還有數以千計的人到處走來走去地觀賞。很可能走了好幾小時也無法全覽遍。

出發前，我把車庫那張海報拍下來。進入展場時我便舉起手機，「我們要找的就是**這個**。」那是二十世紀中葉的經典英國單缸摩托車——441勝利特別款，由BSA在六十年代中晚期製造，配有黃色油箱——完美的黃。我把照片傳給每個人，讓他們知道要找什麼。「好消息是，」我補充，「黃色油箱是標準配備，所以如果不是黃的就不對，只要是黃色油箱的都值得仔細看一下。」

「要不我們分頭行動，去不同區域看看？」阿熙說，「如果找到什麼就傳訊息給你。」

「這主意不錯。大家同意嗎？」

其他人點點頭，我們便動身出發。我去我負責的那塊區域，開始在排排摩托車之間搜索。過了一會兒，我似乎有些了解爸為什麼會喜歡這些摩托車。不是因為性能或耐用，或任何實際用途。妮可的摩托車是一輛中型的鈴木，倘若論及上述實用面，完全足以打趴展場裡的所有對手。但它感覺就是一臺機器，而眼前這些則更像一件件藝術品。

但不幸的是，它們都不是我在找的那件藝術品。分頭行動一小時後，我們在展場的飲食區碰面吃午餐，買了點漢堡和捲餅在長桌坐下。我坐到阿熙旁邊，問道：「有什麼發現嗎？」

「沒，至少不是摩托車的。但奧莉和我抽時間認真聊了一下。」

我朝和賽斯坐在一起的奧莉看了一下。他們在幾張桌子遠的地方。「聊什麼呢……？」

她咧嘴笑了一下。「不是聊你，如果你是擔心這個。」

「我不擔心。」其實我超擔心。「所以是……？」

「只有聊你媽媽。」

我腦中閃過數百個念頭，不過大多指向同一處。「我很高興，但也有點驚訝。因為她好像不是很想聊。」

阿熙對我做了個鬼臉，「她說她之所以會來找我，是因為你。」

「啊……我只是想說妳們兩個可能……」我聳聳肩，話說到一半。

「我懂你意思。你是個很好的哥哥，也是個很好的男友。」她伸手過來握我的手，「失去媽媽一定對她影響很大……我覺得她只是善於隱藏罷了。也許就是因為這樣，她才會全心投入打扮，也許還有學校作業，這樣可以讓自己忙起來，有點事情做。」

我想到窩在車庫裡的爸，努力想讓老物件起死回生；接著想到我自己，無數夜晚帶著相機站在街角尋找……一點什麼。

「我有一個理論：我覺得人人都擁有一些微型超能力，」我說，「而我認為妳的能力之一就是提供清晰的視野。說到視野。」我環顧四周，然後靠近她，「我覺得這裡很像是某部詭異的科幻電影，我們回到了高中學生餐廳……只是所有人都變得很老很老。」

她看著所有人，我們無疑是放眼所見最年輕的。「不知道誰是中年版本的坎妮迪．布魯克斯？」

我找了一下，「在那裡！」我比了比一個約四十或五十的女人，她一身熟女打扮，但打扮像二十歲，化著少女妝容，一頭金髮比奧莉還金。她和一個基本上作同樣青少年打扮的男人在一起，那人硬是塞進了一件可能從中學買到現在的皮夾克。

阿熙哈哈大笑。「沒錯，而且她是和比爾．威爾森在一起。」然後她好像看到了什麼，瞬間安靜下來。「我的天，」她扯著我的袖子悄悄地說：「那是**我們**。」

那是一對上了年紀的情侶，至少七十歲。他們坐在擁擠的桌邊，眼中只有對方。他幫她打開三明治，兩人開始吃，然後她開了個玩笑，用自己的餐巾擦擦他的嘴，兩人都笑了開來。

我突然感到眼眶濕潤。看到他們，又想起自己的爸媽，想到他們再也沒有辦法——沒有辦法一起變老——接著又想到阿熙和我……

我伸手過去握住她的手想要說些什麼，但實在無法言語。所以我只是看著她，緊握她的手；她也回握，點了點頭。感覺就像一場沒有文字的對話。然後她開始搧自己的眼睛，別開目光。

又經過一個多小時的一無所獲，我終於收到了簡訊。**欸傑，我覺得我找到了！！！西棟後面數來第二排，非常讚——希望你錢有存夠。**奧莉傳來的。我在停下腳步，改往她那邊走過去。

她說得沒錯，真的很讚。我以前好像聽過爸講過一個說法：翻新修復，但這還是我第一次領悟那是什麼意思。即便這東西已年屆半百，但就像剛從展示中心推出來一樣，而且價格也同樣，根本就新車價——完完全全買不起。

我有些沮喪，正想著也許應該直接打包回家時，手機剛好震動。是阿熙。**是那個嗎？我在右手邊最遠的角落。我覺得他應該能講價……**她傳來一張照片。沒錯，就是這輛。**就是它！我過去，**我回傳。

我一邊走過去，一邊希望自己沒看見剛剛那輛完美摩托車，因為這輛相比之下遠遠不及。不是說它哪裡壞掉或凹了，根據海報上的摩托車照片來比較判斷，這是原裝的沒錯。只是這輛看起來就是普通摩托車，而且感覺經歷風霜（也許在帶來展場前簡單沖洗過而已吧），而不是彷彿剛從博物館牽出來。

整個檢視一輪後，我轉向那個坐在旁邊的人，這才明白阿熙為什麼說也許可以跟他講價。他看起來完全不像剛剛那位販售光可鑑人摩托車的「百萬牛仔」。他看起來更像我爸（就是他週六在車庫裡慢條斯理工作的模樣），而且他還帶了一小批其他摩托車車款——多半都顯得歷經歲月洗禮。

「能跑嗎？」我問。

他只是對著擺在前方的招牌偏了偏頭。

BSA 441 勝利特別款

正港原裝

強壯如昔

我點點頭，俯身靠近——一副我真曉得自己要看什麼的模樣。但我只是在拖延時間，猶豫著真的要下手了嗎？可是我越想，感覺就越對。撇開價格不說，就某種程度而言它更適合我爸，因為他不會想要一個博物館等級的物品，他想要的是能讓他捲起袖子親自修復的東西，套句他常掛在嘴邊的話——「人機一體」。此外，價錢**也不同**，簡直差了一半。這上面貼的價是三千，跟之前那臺相比一半不到。這我負擔得起——雖然也是有點勉強。（我從沒想過會這麼感激這幾個禮拜在電影院狂賣爆米花的自己，但是此時此刻，每一分錢還是都得錙銖必較。）

最後我從摩托車旁站起身，阿熙走了過來，「你覺得怎樣？」她小聲地問。

「我很不想這麼說，但這恐怕是我能力所及的最佳選擇了。我有看到另一輛，可是已經完全翻新，要賣七千五百塊。」

她看著我，「如果你想要，我可以借你一點錢，說不定——」

我舉起手。「妳人真的超好，可是不能這樣。此外，對我爸來說，翻修的過程本身就是一半的樂趣。」

「那你想要買這輛嗎？」

我點頭。「我想。」當我一說出口，我馬上意識到這是出自真心。

「那跟他開兩千七。」

我照辦——條件是車要能正常運作——他接受了。我們牽到外面發動，這時我發現的第一個大不同是：它和妮可的摩托車不一樣，這傢伙沒有電啟動裝置。他插入鑰匙，開始一套繁複的程序，推這個、拉那個，又晃了一些東西，最後用力踩了幾次腳踏啟動，整輛車轟然醒了過來。

車一發動，阿熙就舉起手，「把你汽車鑰匙給我，」為了壓過引擎聲，她只能用吼的。

我遞給她，「我馬上回來。」她補充說了這句後便走開。

那個人關掉引擎，說：「我們還有些單子要簽。」他朝會場方向點了點頭。我們一起走進去，辦好了手續，我也把現金交給他。

「你得教教我怎麼發動。」一切辦妥時我說。

他給了我一些令人迷惘的指示，例如「點油鈕」、「氣門挺桿」和「上止點」之類的詞彙。大概是看我一臉呆滯，他說：「等你回家去看看 YouTube——上面有一堆影片能教你怎麼發動這些巨大的老東西。」

「如果我現在發動不了，我就**回不了家**。」

「你沒開卡車來？」

我搖頭。「我要直接騎回家。」

「你家在哪？」

「良景市。」

他慢慢搖起頭。「小子，算你有點種，我給你拍拍手。」他嘆了口氣，回頭伸出拇指朝門一戳。「走吧。」

比起發動除草機，要發動它簡直複雜三百倍。而且除草機是我這輩子目前唯一手動發動過的引擎。我花了一會兒才成功，然後要他等我至少再發動成功兩次才能走。發動到第三次時，他對我做了一個兩指敬禮，「我得回去看顧我的車了。」然後就進去會場。

我決定快快騎它轉個一圈再回停車場，去找其他人。也是在那個瞬間我才意識到，英國人不只開車靠左，摩托車打檔也一樣！沒錯，排檔桿和後煞車踏板是換過來的，左邊再右邊。方向燈就算了吧——根本沒有。還有——等到我的右腳終於習慣了踩排檔而不是煞車，就發現這傢伙只有四個檔，不像妮可的鈴木一樣有六個，而且距離還**非常**遙遠。天吶，這趟回家路的學習曲線一定會非常刺激……

此時，阿熙從後門拿著我的安全帽走出來（一定是從我車上拿的），另一手卻還有一頂。她發現我盯著第二頂安全帽看，便說：「剛剛在裡面買的。我要和你一起走。」

「這不是好主意，我根本還不太知道這怎麼駕駛，排檔和煞車是相反的，而且我現在也還不太會發動。」

「如果是這樣，那你就更需要我了。」

「謝謝，可是妳還是回去和賽斯、奧莉一起比較好，因為——」

「他們已經離開了，」她說，「我給了他們你的車鑰匙，叫他們先走，也告訴他們今晚在賽斯家碰面。」她舉起安全帽粲然一笑。「走吧。」

第三十一章

我們或許應以明日突然失明的態度使用相機。

——桃樂絲・蘭格

讓阿熙坐在後座起初很可怕，我從來沒載過任何人，也花了一會兒才調適好多出來的重量。轉彎也很嚇人，直到我終於搞清楚只要催下油門，像往常一樣傾斜重心就好。可是這一切都因為有她緊貼在身後、用雙臂緊抱住我而變得平衡。我不用多久就習慣了這件事。相信我。唯一不適之處只有馳騁在國道101卻只穿了一件單薄的T恤。阿熙沒帶什麼保暖衣服，所以我把外套給了她。因此，有她緊摟著我也是有實際作用的。

更添樂趣的是，這趟路比我想像得更顛簸。避震系統很硬，因此路上每個凸起之處都能感覺到，而且這傢伙晃得要命。車左邊有一面小小的後照鏡，但由於震得太厲害，只要時速超過二十英里，鏡中映象就是一片糊。

搞那些文件外加學習怎麼發動車子耽誤了出發時間。上路一小時多之後太陽就下山了，氣溫開始降下來。我把燈打開，並且又學到了一課——這輛車的電力系統不怎麼先進。我騎得越快，頭燈會越亮；但只要我鬆開油門，它就會只剩一抹幽微黃光。幸運的是，為了跟上高速公路車流，我得能騎多快就騎多快。所以只要我保持油門踩到底，就能把路看清楚。

直到雨開始下下來。

起初只是小雨，但我因為覺得沒多久就會變小，所以持續前進——好，你可以把「氣象主播」從我未來的職業選項中劃掉了。我們越騎，雨下得越大，最後只能在傾盆大雨中頑強前進。甚至——車況還變得更糟。儘管車沒有變多，但現在路上半數車輛好像都是大卡車。

「實在超級倒楣！」阿熙在我身後大吼。

我點點頭。可是我們身處荒郊野外——在大雨中、在黑暗裡——視線所及不見任何遮蔽。除了繼續前進、尋找有沒有加油站、快餐店或任何能躲避這場雨的地方，我實在想不出其他選項。在快要抵達一條漫長下坡路的盡頭時，我騎在右邊車道，和前面的大聯結車後方保持幾百英尺距離，因為它一路飛濺泥濘和髒水。

這時從左側出現一臺上頭防水布蓋著不知何物的大卡車。我不知道開車的人是怎樣，也許是照後鏡壞了，看不到我們在雨中微弱的爛燈，又或許是喝醉了之類——他突然開始朝我們的車道切過來。我說的可不是稍微逼近一點而已，而是他媽的直接衝到我們車道，彷彿我們根本不存在。這一切發生得太快，我完全沒時間踩煞車——但是這可能救了我們一命，因為我們後面是有車的。我只能直接以時速六十英里衝下路肩，免得被那王八蛋直接撞飛。

泥濘的路肩崎嶇難行，我能做的只有抓緊摩托車，而阿熙則死命地將我抱緊——我實在難以看清楚前方有什麼。我們衝過數條深深的轍痕，撞進數個樹叢，我才總算控制住車、停了下來。

「妳沒事吧？」在滂沱大雨中，我只能用吼的講話。

她點點頭。

我指著路。「那是高架橋嗎？」

「我不確定，也許吧。」

「好，抓緊了。」我一直等到後面沒車才開回路上，一路騎到高架橋下。我停在橋下，拿下安全帽。

「我的天啊，」我說，仍因這整件事驚魂未甫。「妳確定妳真的沒事？」

「我沒事。」她下車看著我。我的衣服和褲子前方徹底溼透。「你在發抖。」

我還在努力想擠出一些耍聰明的話，她已經拿出手機開始滑。「前面三英里有一間汽車旅館，我們必須找個溫暖乾燥的地方。」

我沒說話——我冷到什麼感覺都沒了。

「盡量訂洗衣間旁邊的房間。」到的時候，她說。阿熙指著汽車旅館旁邊的美食街。「我好像在那邊看到一間便利商店……我過去買點補給品。需要什麼嗎？」

「呃……那臺卡車切過來灌了我們一身水之後……我可能需要一套新內衣褲？」

「確實需要。辦好後把我們房間號碼傳給我。」她迅速親了我一下。「然後快點去洗個澡暖一下身體；溼衣服留在浴室外面。」

她說我們房間耶……

當我走進門廳，前臺的老先生用打趣的眼神看著我。可是當我解釋我們騎摩托車碰上暴風雨，他便露出了同情的表情。「我有輛哈雷，」他說，「是個胖小子，但我絕對不會在這種天氣騎出去。你騎哪一款？」

誰管騎哪款啊？我都快掛了欸……「呃，BSA勝利特別款。」

「那輛441？你開我玩笑嗎？」我只能搖搖頭，「沒唬我吧？我一定要親眼看看！」

他繞過櫃檯朝前門走來。我真不敢相信——我整個人都溼到內褲裡，結果這傢伙卻只想看那輛蠢摩托車一眼？一看到車他便開始喋喋不休，「老天爺……我小時候**這輛441**可是所有人的夢幻車款，不敢相信你竟然擁有一輛，更別說有這種膽騎上高速公路。」他哈哈大笑，彷彿覺得這是他這輩子聽過最好笑的笑話。「而且還在晚上！在天殺的大雨裡！」

哈哈哈——笑屁笑。「沒錯，就是我——超天才有沒有？呃……是說有房間可以給我嗎？我們真的很冷，而且——」

他這才反應過來，轉身回櫃檯。「喔抱歉抱歉，馬上給你一間房。」

「可以離洗衣間近一點嗎？」

「當然沒問題……」

儘管搞了這堆有的沒的，這傢伙其實滿酷的。他沒問我年紀，或跟我要身分證，或問「我們」是誰跟誰。他只是讓我填好表格，說：「你什麼都不用擔心。」即便我告訴他我不知道摩托車的車牌號碼。「今晚這裡不可能再出現第二輛了啦。」他笑著補充。

我一走進房間，便傳訊息給阿熙：112房——就在洗衣間旁邊，我門不鎖

讚！有微波爐嗎？

有，我去洗澡——等下見

OK！☺

十分鐘後，我覺得我好像可以活下來了。一開始就連溫水都讓我皮膚麻刺灼痛，但最後我終於能承受更熱的水，身子也暖和起來。我一感覺自己恢復成人形，腦子就開始……你懂的。我有點興奮，但也超級緊張。

我們會待在汽車旅館的房間裡。

兩個人一起。

過夜。

老天，這對我來說是全新領域。不然她以為會怎樣？我又以為會怎樣？

我走出浴缸把自己弄乾，腰上圍住毛巾離開浴室……然後直接被一包東西擊中臉。

「給你，」阿熙說，「雖然你包浴巾也很可愛，但我想這樣會比較好。」我撕開塑膠包裝，那是一件薄薄的白色浴袍。「抱歉，但這是他們賣的最便宜的了。」

「沒關係，這已經很好了。」我看著她，她也一副落水小狗的模樣。我指指身後，「妳得快去暖和一下身體。」

我話還沒說完，她已經走進浴室，過了一會兒稍微把門打開，遞出溼衣服。「你的衣服在隔壁的烘乾機裡，可以麻煩你把這個也一起放進去嗎？衣櫃上有一疊二十五分錢……」

「好。」

我穿上浴袍，接過她的衣服，去洗衣間扔進烘乾，然後回到房間，稍微看了看她買回來的一小堆補給品。等她從浴室出來（穿著和我一樣的袍子），頭髮高高包在浴巾裡，我已經熱好雞湯放在小桌上，旁邊還有我分成兩半的三明治。

我幫她拉了張椅子，以奢華餐廳服務生的華麗手勢對著桌子一揮。「這位夫人，請用湯和三明治。在又冷又餓的時候這是最棒的美食。」然後我就放棄不演了。「至少我媽都是這麼說的。」

「她說的一點也沒錯。」阿熙邊說邊坐了下來。我們真的是餓了，因為整整好幾分鐘兩人都沒再說一句話。

終於阿熙開了口，「是說，她是怎樣的人呢？」

「誰？」我有點恍惚，還在專心吃東西。

「你媽媽。」

我停下來，「噢，」然後放下塑膠湯匙。「嗯……她是個很棒的人。」

阿熙揚起一邊眉毛。「這我完全看得出來，她真的把你教養得很好。」

我什麼也沒說，直到她用之前拍頭像照時的那種眼神盯著我。那種讓人無所遁形的眼神。「就是……你可以想像自己身在異國，不是去度假，而是住在那裡——永遠住在那裡。只是你不會說那裡的語言，也沒有人說你的語言。不管你花多久去學，永遠都抓不到要領。想像一下那是什麼感覺。」

她再次點頭，依舊認真。「你一定非常寂寞。」

「然後再想像，有一個人兩種語言都會說，就像你和身邊所有人的橋梁，可以告訴你其他人都在說什麼和想什麼，也能理解**你**腦中的念頭，幫你傳達給其他人。」

「這一定很棒。」

「確實，至少那時候是這樣的。」我安靜了一會兒，「我媽真的很酷。她也有聯覺，而且對顏色、字母和數字這種抽象事物之間的關係超級熱中，所以她完全能理解我的腦子會用怎樣非線性的方式運作，而且她又擁有奧莉的社交敏感度，在我陷入尷尬、不知所措時她都能提出好建議。就算沒能給出好答案，她也能讓我覺得**至少有人**可以了解我，我沒有那麼孤獨。」

阿熙什麼也沒說，只是看著我。「所以她過世時，」我繼續說，「離開的不只是我媽媽，也再也沒有人能幫助我去談這件事。你該怎麼告訴別人你的媽媽是你全世界最重要的人？她是你的翻譯、橋梁、你的同步口譯？我是說——有好一陣子我迷惘得不得了，男生又不太會聊這種事。所以……就不聊了。」

「在經歷了這麼多之後，」阿熙輕輕地說，「我想你就沒剩下什麼朋友了；至少沒有真正的朋友。」

正解。

「反正一開始我也沒多少就是了。但是沒錯，確實沒有。」然後我深呼吸一口氣，告訴她一件我從來沒告訴任何人的事。我告訴她關於我媽過世那晚的事，鉅細靡遺。我努力描述那分感受，關於我是她嚥下最後一口氣時身旁唯一的人。等我說完，我們兩人都安靜下來。她似乎正在整理思緒。

「過去一年來你做了很多……攝影、網站。九點〇九分街拍計畫現在似乎有了自己的生命，而且——」她緊緊地對上我的眼神。「——還有我們。」

我點了點頭。

「除此之外，你現在也有朋友——真正的朋友，真心關懷你的人。所以我想你媽媽一定會真心替你高興。」她對著眼睛搧了一會兒，聲音有些顫抖。「也會……非常以你為榮。」

最後這句讓我大哽咽。我突然意識到，和任何一切相比，**這**正是我打從心底最需要聽到——最渴望得到的以及去**相信**的事。

現在我聽到了。

「妳真的是全世界最棒的人。」等到我終於能開口，我說，「那妳知道我媽會最以我什麼為榮嗎？」

「什麼？」

我拉著她繞過桌子，坐到我大腿上吻她。當你身上除了袍子之外什麼也沒穿，這感覺起來甚至比聽起來更讚。「就是我和妳在一起。天吶，她一定會超喜歡妳。」

她低下頭，「請容我在此保留一句自嘲的台詞。」她站起來，「我得先去打個電話。」

她去了浴室，我則清理了小小的餐桌。我傳了個簡短的訊息給奧莉和賽斯，至少別讓他們因為我們今晚沒出現而擔心。五分鐘後，她走出來。

「妳應該是打電話回家吧？」我問。

「對。」

「一切都好嗎？」

她點點頭。「我完全不需要說謊——只是告訴她一個稍微修飾過的版本。」

「我不想害妳惹上麻煩。讓妳淋得溼透又快要凍死，還困在這個鳥不生蛋的地方，我已經夠不好意思了。我真心不知道該說什麼，而且——」

她舉起手。「好了，我基本上算是逼你帶我一起，沒忘吧？」她笑著說，「跟你說個小祕密：其實我上你摩托車後座時就有點期待下雨——不過被一臺卡車逼車絕對不在我計畫裡。」她稍稍顫抖一下，「而且我也沒有想到會這麼冷。」

「現在還冷嗎？」我到處尋找溫度控制器，「要把溫度調高一點嗎？」

她搖搖頭。「你可以抱抱我嗎？」

可以，而且我也抱了。我腦中飛過了一堆念頭。

「我……我知道我們現在在約會，我們也是認真的，但是……」

她僵住。「但是？」

「但是我要妳知道妳對我而言不只如此，妳更重要。妳是……」我覺得超難為情，不確定該如何表達我的感受。「不是說很難碰到這樣的人，但是妳就是那個人，單獨一個集合就具備了一切。」

她微笑。「你這樣說突然讓整件事散發出一種性感的數學氛圍……」

「妳懂我意思，」我稍微退後一些看著她，「對吧？」

她揚起一邊眉毛。「所以迪佛先生，你剛剛的意思，你假設自己正和像我這樣的人處於一段長期且獨占的關係裡嗎？」

「沒錯，我就是這個意思。不過沒有像妳一樣的人，」我把她拉近一些。「妳只有一個。」

第三十二章

視覺人生是一個巨大的責任，基本上可以說難以達成。

——桃樂絲・蘭格

第二天，我們到賽斯家把車停在他家車庫，奧莉和我進行了一回有趣的討論。不是談阿熙和我在哪裡過夜，也不是確保我們的說法一致，以防爸週一回來問我們週末是怎麼過的。更不是在她對阿熙稍微打開心門後，問她對於媽的事處理得如何——當然更不是談她對賽斯的占有欲好像以某種難以描述的方式變得更加強烈。

是談摩托車的事。

我把車停在賽斯家車庫後頭角落，奧莉正在打量它。「我得說……」她吞吞吐吐，好像不管怎樣，她真的不太願意說出口。

「怎？」

「就是，我知道它的一切都非常完美，但是……」

「但是什麼？」我其實知道她要說什麼，可是想直接從她口中聽到。

「但是這不是完美的黃，對不對？」她終於說出口，「有點濁，好像混了一些棕色或深綠，對吧？」

我點點頭，「對，妳說的應該沒錯。」

「那……」她顯得有些擔心。「你覺得爸會不會在意？」

現在想這個已經太晚了。但我沒說出口。「我想之後就會知道了。」

之後，那晚在家，賽斯和我甚至進行了更有意思的討論。奧莉不見人影，大概是去做一些準備開學前身為時尚達人會做的事，而我則告訴賽斯我對九點〇九分街拍計畫網站的計畫。

「什麼鬼？」

「我想結束這個網站。」我說，

「為什麼？它現在表現得比以前還要好……」

「是沒錯，它已經完成了我的初衷，所以現在自然而然應該劃下句點。」我看得出他沒有理解我什麼意思，老實說，一個月前的我大概也不會理解。「我們這樣看吧——如果**此時此刻**我媽在這，她會希望我怎麼做？這輩子剩下時間都去同一個街角拍照嗎？好像在買什麼贖罪券一樣。還是她會希望我去做別的事？」

「是這樣沒錯，但是……」

「我對這個計畫的付出已經超出預期，而且我覺得這讓我和我媽擁有更多連結，所以應該繼續往前了。」

「可是……」他安靜下來，「是說，我不想說什麼它衍生出來的那些小寶寶要怎麼辦？但……好吧，你確實幫助很多人消化他們正在經歷的那些爛事，就像這個計畫幫助你一樣。」

我點點頭，「沒錯……而且你比我還要早領悟。所以我在想，我們可以把網站轉變成**啟動你自己的九點〇九分街拍計畫**這樣的東西。」

「我們網站上已經有個自己動手做小頁面了啊。」

「確實，可是你想像一下，如果整個網站都是這個，不是我和我的照片，這樣大家就可以過來註冊，將某種創意計畫獻給他們懷念的某個人，這樣說不定可以打造出某種社群，大家可以提供正向回饋，相互鼓勵……」

他開始點頭，我彷彿看見他腦袋中的齒輪開始轉動。「確實……我們可以弄個論壇，讓大家把自己的東西貼上來，問問題、找幫助或得到啟發之類。說不定還可以弄個展示牆，看大家都在做些什麼……」

「沒錯！這感覺超棒的！」我回想起那次忘記媽媽冥誕時我整個人的崩潰，也就是那時我才知道，我必須把自己的情緒**投注到**什麼東西上。

「是說……我好像想到了一句標語，可以用在新網站上方。」

「是什麼？」

「將悲傷化為藝術。」

這是我和阿熙談了計畫帶給我的力量之後想到的。把悲傷化為創作作品的動力，遠比封閉自己好太多了……尤其，如果這個作品能讓你和他人產生連結，一旦你發現自己的悲傷並不孤單，其他人也正經歷著，彷彿負荷因此減輕了一點點。

我又想到了爸，他的悲傷寄託在讓老舊的機械藝術品起死回生、讓它們免於遭受毀棄的命運。

奧莉一頭栽進時尚穿搭。

賽斯有他的電腦魔法。

阿熙則是寫作。

還有……

也許還有我，和我的攝影。

「你看東西的方式和其他人不一樣。」媽媽把書遞給我時這麼說，「她也是。有些人認為這是詛咒，但並非如此。」她給了我一個她獨有的微笑，眼角些微笑紋。「這是禮物，讓你變得與眾不同，也讓你的作品變得與眾不同，如果你願意擁抱它。」

那時我十四歲生日，她說的話我一句都聽不懂。但在翻書時，桃樂絲．蘭格拍的照片彷彿在對我說話。

「我不是要你抄她，」媽繼續說，「可是她說不定能成為某種靈感……只要能讓你想出去拍照就是好事一樁。」她再次露出那種笑容。「而且，如果你用心注意，她說不定還能教會你如何不透過鏡頭看世界。」

但那時我還是小孩，沒有真正用心去聽，因為反正還會有明天，還有後天，日子會一直下去。

直到再也沒有那一天。

如果我早知道只剩下一年時間和她相處，我會更用心嗎？說老實話，我不知道。但我知道此時此刻，如果可以回到過去，像那樣再一次和她聊聊天，我願意付出我所有的一切。

這比上回的語言先修課時，感覺更怪了一點。畢竟上次阿熙和我完全無視對方，甚至連話都不講，更別說相處融洽。但在過了幾週之後又回到同一間教室、同樣的座位……同樣的老師同樣的學生。但現在我們講話了，而且呃……相處得非常「融洽」。

雖說這是昨日公路旅行並且送她回家之後我們兩人再次見面，我們表現得還算不錯：專心聽課，沒有對彼此做鬼臉、傳訊息，也沒傳紙條什麼的。然而下課後，蒙蒂奈洛老師老師卻請我們到後面等她。

「你們知道嗎？」當其他人都走光之後，她開始說，「你們兩人總算化解了誤會，我覺得很好……」我等著她說可是，但沒有。她反而說：「……而且我覺得你們對彼此一定會有很大幫助。」

我們超級意外，因為我們什麼也沒對任何人說。「謝謝，」阿熙說，「但是，呃……我不太確定妳在說什麼。」

蒙蒂奈洛老師從眼鏡上緣看了看我們，露出你們以為自己在跟誰說話呢？的神情，然後揮揮手讓我們出去。

我們一到外面，阿熙和我對看了一眼。「你有沒有覺得這實在——有一點恐怖？」我問。

她露出微笑，「她**可是**大師等級的啊……而且說來說去，我覺得她只是無可救藥的浪漫主義者。」

所以說，確實有些什麼改變了，不過有些沒有。當我在午餐時間穿越學生餐廳和其他人碰頭時，我一聽到那得意洋洋又油腔滑調的聲音，就知道是比爾．威爾森。「看到沒？」他在我身後高喊，「看來我不需要你幫忙也嘗得到那個小正妹。」

我馬上轉過身看他，他正和萊利一起坐在魯蛇桌。「你他媽的是在說什麼……」

「我說我不需要你幫忙也嘗得到那個小正——」

我打斷他。「**我聽到了**。我的意思是，剛剛從你嘴巴吐出來的髒東西到底是在暗示什麼？」我真心慶幸賽斯已經和奧莉坐在另一邊，不然情況可能會變得非常難看——該死，我突然渾身一熱。情況恐怕絕對會變得非常難看了。大家開始注意這邊。

「我是說，我和她上週去看了一場很愉快的電影，就是在放假的時候。不過呢，我感覺更像是摸到而不是嘗到。」他正要說別的，我已經一個箭步上前。然而他的目光看向我的肩膀，突然說不出話。

「怎麼回事？」阿熙走到我的身後。

「這個混帳胡謅奧莉的謠言，說他們一起去看電影，然後發生了一些事。」奧莉和阿熙放假時確實去看了幾場電影——免費的，畢竟我在那裡工作。但這還是我第一次聽說比爾也去了電影院。

她哈哈大笑，隨後露出睥睨的眼神看著他，「那我們不如來聊聊，哈巴狗，我也在呢，你記得嗎？」

他有點鯁住，「呃，妳當然會幫妳朋友掩護啊，但我們都曉得實際上發生了什麼，對吧萊利？」

萊利聳聳肩、點點頭，然後阿熙一個抬頭，只見崔斯坦正走過來。她幾步上前，在他還來不及坐到比爾和萊利那裡時攔截他。「嘿，」她微笑，「那天晚上你和這幾個傢伙一起去看電影對不對？」

「呃……對啊？」

「酷。所以比爾和我朋友之間有發生過什麼嗎？就那個金髮的女生？」她高舉起手，示意奧莉的身高。

「喔，沒有啊，」他顯得一臉困惑，「我想他就只有對你們打了個招呼。」

「只有打招呼，」阿熙同意，「但沒有抓屁股親臉頰之類的對吧？」

他搖搖頭，一臉驚訝。「沒有。」

「你確定？」

他遲疑一下，然後點頭，好像鐵了心認為說實話才不會惹火上身。「嗯，我確定，沒有人碰到她。」

「很好，」她轉回比爾和萊利，他們一個字都沒有說。「你們這些魯蛇自己決定幹出地球上所有活著的女生都不會喜歡的行為——**一個都不會**——卻自己在那邊玻璃心。我告訴你，沒有任何女生會喜歡你們，」她一臉嫌惡地搖搖頭，「你們簡直就像在競爭達爾文最不可能繁殖獎一樣，」她掃視他們三人，「聽著，我知道你們待在女生旁邊會緊張，我告訴你們，我們也一樣。可是你們少給我在那邊對女生隨隨便便，只是為了在兄弟面前展現男子氣概。不然我敢說你們在這短暫又愚蠢的一生絕對會憑實力單身。」

她逼近比爾，深色雙眼露出兇光。「你知道他們**為什麼**叫我AK－47嗎？」

他努力裝出不在乎的模樣，臉卻漲得通紅，有如被打了一巴掌。

她朝著奧莉的方向點點頭，「再給我搞這種把戲，你很快就會知道為什麼了。」

我們一起走開時，我伸出了手，她啪的和我擊掌。「帥到爆炸，」我說，「我花了好幾個禮拜想讓他們清醒點，妳只花了大概不到三十秒。這到底是怎麼辦到的？」

她聳聳肩。「我只是試著用他們能聽懂的語言溝通罷了。」

下午稍後，我走進房間——試著追趕阿熙在語言先修課的閱讀進度——然後就收到《良景》雜誌美術編輯的訊息。

採訪你的那篇文章明天就要出刊了，我們今晚印刷。如果你想先拿，可以在晚上六點後任何時間來辦公室

反正我今晚也是要出門，所以我決定先晃過去。那地方稍微有點偏遠，所以我開車。最終證明這是正確決定。

我到那裡時，他們要我去後面找產品經理，我告訴他我要什麼，他便指了指貼著水泥隔間牆疊放的好幾捆紙。「沒問題，去拿吧。」他說。

我本來只打算拿個四、五份，可是當我親眼看見成品，便回頭找產品經理。「這樣說可能很瘋，但我想要拿一捆。」

他搖搖頭。「一捆是兩百份。雖然這是免費的，可是你不覺得這樣有點太貪心了嗎？」

「是沒錯，但我不是要自己留——是要拿來發。」我把我的想法告訴他。

「嗯哼……」他思考了一下，聳聳肩。「好啊，也沒什麼不行——那你隨意吧。」

我把那捆報紙搬上速霸陸後面，確認一下時間。OK，如果稍微趕一下，我還是可以及時在九點抵達轉角。

在寒假打工和種種事情的夾擊之下，我有好一陣子沒進行九點〇九分的街拍了。畢竟我知道計畫已近尾聲，未來也不會繼續——而我心裡也沒什麼遺憾——大部分啦。可是基於一些原因，我想要最後再拍一張。或許我只是想念站在轉角、等著大宇宙拋來未知驚喜給我的感覺。有時愉快、有時悲傷，有時兩者都有。你永遠猜不到。

當鬧鈴響起，兩個女人朝我走來，因為天寒地凍包得像兩顆粽子。我開口問比較靠近我的那位。「嗨，不曉得妳們介不介意讓我拍照？這是一個學校計畫，然後——」

「是嗎？你確定嗎？」另一個女人問。

啊？我朝她看去，唉呀，「抱歉，」我突然覺得自己有點蠢。「如果我跟他們說實話，有些人會嚇到，所以我都會先說是『學校計畫』，而他們聽了大多都說沒問題。」

蒙蒂奈洛老師露出微笑。「沒關係的，我了解。」她轉向另一個女人，「他是傑米森，學校的一個朋友。」不知怎麼，這句話與爸替我升級有異曲同工之妙。

那個女人手貼心口、點了點頭，差點都要鞠躬了。「嗨，我是史蒂芬妮。葛蕾絲的朋友就是我的朋友。」

我也點頭回禮。葛蕾絲？真沒想到蒙蒂奈洛老師的名字是葛蕾絲。「那麼，呃……」我於是舉起 Nikon。

「傑在做一個攝影計畫，」蒙蒂奈洛老師對史蒂芬妮解釋，「非常了不起——我等下可以給妳看他網上的一些作品。我們顯然是碰巧在特定時間撞見了他。所以呢，如果我們願意的話，就可以成為他的攝影主角。」

史蒂芬妮看著我，彷彿讀出了我在想什麼：「沒錯，她每次都這樣，不是只有教書的時候。」她看著蒙蒂奈洛老師，兩人之間像是在無聲地交流了一下，然後又轉回來，「沒問題，我們很樂意當你的拍攝對象。」

「太好了！妳們可以站在那邊……」

好，其實這並不算是有史以來最厲害、最特別或最具戲劇性的照片，然而卻非常真誠、溫暖，並且真實；畫面也如實傳遞出這些情感。我拍照時其實忘了她是我的老師，只專注在捕捉這兩位女士一起享受夜晚時的模樣。快拍完時，蒙蒂奈洛老師對史蒂芬妮說：「妳知道嗎，這照片最後很可能會放上他的網站，就我所知他人氣很高喔。」

我搖搖頭，仍持續狂拍。「我要結束計畫了。兩位是我九點〇九分街拍計畫最後主角。」接著我在心中檢視一回目前拍到的照片——嗯，我絕對拍到了一些好東西。「但我非常確定這會成為我下一個計畫的主題，不管那是什麼。」

蒙蒂奈洛老師揚起眉頭，「噢？」原本她和史蒂芬妮肩併著肩，但她這時伸手握住史蒂芬妮，將她拉得更近一些。她望著我、點點頭，「如果是這樣的話……」

第二天，我提早來學校處理完一些事情才去上課。早上過得十分順利，我甚至以比昨天更投入地參與語言課，蒙蒂奈洛老師的語言學狂熱教師人格也一如既往。但在快下課時，我開始難以專心，因為終於要到午餐時間了，我興奮到爆炸。

阿熙和我一起走進學生餐廳，我裝作沒看到放在每扇門內塑膠椅上的那一疊疊《良景》報，讓她自己去發現——而她幾乎是馬上就看到了。她一進門就定格，盯著最上面那份，彷佛無法相信自己的眼睛。

那是我在芬奇那晚幫她拍的頭像照——經暖色調處理的黑白照，烘托她的雙眼。看著上頭那張照片，真心慶幸自己當時用了三腳架。照片被放超大，我得說，這根本不只是登在封面上的照片——它**完完全全就是**封面。標題則橫列下方：

這個女孩不是卡拉什尼科夫。攝影：傑米森．迪佛

她拿起來，一直盯著不放，接著又翻到內頁看文章，快速掃視一番，再看回封面。「天吶，」她終於說，「我現在難以形容自己的感覺——我覺得超級不好意思，同時又有點不太爽，然後又覺得飄飄然。這一切可能都要感謝你。」她舉起報紙。「你什麼時候決定用這張照片的？」

「就在那時妳很討厭我或超級討厭我的時候；我不確定是哪個。」

「你是說在蘇菲亞聖誕派對之前？」

我點點頭。「沒錯，大概就是前幾天。」

她低頭看著手中的報紙，「為什麼？畢竟那個時候我們關係不太好。」

我聳聳肩。「與**這個**無關呀。」我點了點有著她臉龐的照片。

說到討厭我的女生，坎妮迪・布魯克斯正巧從大門走進來，對著阿熙微笑。「妳一定很開心，到處都能看到妳的臉。」

坎妮迪竟然找她說話？阿熙似乎很驚訝，她盡力擠出一個害羞的微笑。「事實上，我剛剛才知道這件事。」她瞥了一眼照片。「但是沒錯，我想感覺還行。」

「總之，恭喜了——恭喜你們兩位。」坎妮迪對著報紙點點頭。「照片很讚。」

她離開後，阿熙和我看向彼此。「哇。」

那天晚上，我去了車庫，發現爸正在進行收尾清潔工作。這感覺就像某種儀式。無論何時，只要他做完一項任務，都會將整個工作檯清理乾淨、收好所有東西，才會開始下一個。我實在很想告訴他下一個會是什麼，但奧莉和我決定要再等一會兒。

「嘿爸，我想這代表你修完唱片機了對不對？」

「是黑膠，不是唱片——但沒錯，我剛剛打開用了一下，動得不錯。」

我點點頭。「酷。」

不過我對他那臺古董黑膠什麼鬼的熱情缺缺大概過於明顯。「坐，」他說，「我讓你看看。」他說得像是提議，但我根本無從選擇，只好在凳子坐好等待，有點懊惱自己幹麼要來車庫。他把修好的機器放在工作檯上，而我必須承認，那東西看起來狀態絕佳，甚至可說燦爛耀眼，就像博物館會看到的藝術品。木頭彷彿從裡到外散發光芒，機械的部分發著光，好像新的一樣，同時蘊含著超越時間的永恆質感，好像幽幽訴說著我遠在你出生之前就存在了，並且會繼續存在下去。

但是，我也回想起原本散在工作檯上那堆髒兮兮且充滿油垢的生鏽零件，真難想像它可以變成這樣，太驚人了。我不禁更加尊敬起爸，因為他能從幾個月前那堆破銅爛鐵中看見它們的潛力。他到底是怎麼做到的……？

他轉動機器側邊的一根曲柄，說：「在CD播放機出現之前，他們把音樂錄在蠟製圓筒留聲機。這是一臺愛迪生圓筒式留聲機，大約一九〇〇年製作，」他暫停一下，「而且你說的沒錯——它們的音質無庸置疑並不完美，可是有一種特別的味道，你聽聽。」

他伸手示意一根形狀像管子的小厚紙板，「如果是非常早期的圓筒——那時他們還沒辦法大量製造，所以會和音樂家待在同一空間，用很多臺這樣的機器錄製多首歌曲，只是設定成錄音、不是播放。他們會把機器全部打開成錄製模式，然後開始演奏。演奏結束後重新換空白的圓筒裝入機器，再演奏一次。」他把圓筒從裝了填墊的箱子移開，將幾根手指伸進裡頭。那東西是淺棕色，接近廁所捲筒紙的大小。爸指了指表面那些精細的線條，「蠟裡面的這些紋路——就是音樂存在的地方——是由歌手口中發出的聲音能量所形成。」他舉起來，「這些圓筒見證了歌手演唱的當下。這感覺就像手握著百年前作家親筆簽名的小說——是一本作者曾親自握在手中的書。」

他小心地將圓筒放上留聲機，推動一根手把，它開始運轉。「這是《聖母頌》。」他壓低唱針，回過頭對我說。留聲機的銅製喇叭傳出彷彿在表面刮擦的沙沙聲，接著我便聽見細而薄的小提琴伴隨沉靜而清脆的鋼琴。我才在想只有這樣嗎？一個女聲便流洩出來。

我、的、天、吶。

那歌聲或許單薄、或許破舊，可是有一些什麼讓它聽起來格外真實。一切都如此赤裸……我簡直像能聽見她在這房中歌唱，在她移動時聽見衣裳沙沙作響。我彷彿能百分之百感受到她。而當她接近尾聲、飆上高音……

不知為何這首歌讓我想到了媽。儘管就我所知，她不唱也不聽歌劇，甚至任何宗教音樂。但在這一個多世紀以前如此縈繞不去的歌聲之中——恍若幽魂就在車庫，就站在我和爸的旁邊。好像此刻，媽媽就和我們在一塊兒。

當音樂停止，爸眨了眨眼，一滴眼淚流下臉頰，「確實，」他說，「它一點也不完美。可是有時，完美真的不是那麼必要。」

第三十三章

你必須要讓觀看者願意停下腳步、回頭看，並且深思。

——桃樂絲・蘭格

第二天午餐，阿熙、奧莉、賽斯和我一起拿著滿滿一托盤的漢堡薯條，一切是如此美好……直到阿熙鄭重宣告蕃茄醬和薯條的比例失衡，無法發揮到最佳風味。

「馬上回來。」我邊站起來邊說。

我不是刻意在去餐臺時經過坎妮迪身邊，但我經過時，她站起身朝我走來。

「蘇菲亞跟我說你和AK－47在——」

「她的名字是阿熙。」

「OK，阿熙。是說，很顯然你們現在已經正式交往，所以——」

「——這個名字意思是美麗的女神。」我補充。

但她只是看著我，我感覺她似乎心裡有事，不過至少她沒有在那邊拋媚眼或假笑或裝害羞。「昨天我說《良景》報封面照很棒，」她說，「我是真心覺得很棒。」

可是她顯然因為某個原因十分低落。「可是……？」

「可是……」她吐出一口氣，「可是我本來以為那會是我……」她突然不說話了，最後小聲地說：「你覺得一開始是誰告訴《良景》你的攝影計畫的？」

我陷入困惑。「是妳嗎？但是為什麼——」然後換我沉默了，腦中像是點連點把事情給兜了起來。「——因為妳認為如果他們報導我和我的作品，很可能會刊登妳的照片——因為我幫妳拍了一整本作品集？」

「也許吧，」她承認，「但是……」她停頓一下，「但可能不只那樣。」然後她只是看著我，眨了兩、三下眼睛。「老天，傑——到底怎麼了？」最後，她小聲地說：「我還以為我們……」她用手指在我們之間來來回回。

哇，我看得出她沒有捉弄我的意思，於是心裡有所觸動，然而又有些苦甜參半。

「我想大概是妳往左走的時候我往右走了吧，」我望著她的雙眼，「可是我很滿意現在的自己，真的很滿意。」

她是要哭了嗎？該死，是真的。

「聽著，」我說，「我是真的認為妳很特別，也覺得比起妳在外呈現的模樣，妳的內涵其實更豐富。」在費格與嘉德納轉角的那晚記憶再次浮現，我發現自己在那幅畫面中看見了一些什麼。在她的舉止底下——如果你願意用心靠近、仔細觀察——她似乎比周遭所有人都成熟許多。坎妮迪像個被十二歲男孩包圍的女人。「最沒資格提供戀愛建議的就是我本人，可是我覺得妳需要找的是一個珍惜真正妳的人——妳真正的一切，不只是外表。那個大學生……」

她翻翻白眼，「拜託，你以為我沒聽過這種話嗎？你是不是覺得他對我來說太大了，而且——」

「不對，他對妳來說太幼稚了。」

「什麼？」

「心理層面上那傢伙就是個青少年，」我頓一頓，「沒忘記那個總是在課堂舉手的小女孩吧？」

她慢慢點頭，睜大了眼。

我指指她的心，「她還在——就在那兒——而且她真的超級棒。如果妳想找個配得上妳的人，也許可以從對**她**感興趣的人開始。」

於是她站了起來，注視著我。有一瞬間我還以為她被我惹毛，於是做好接受爆擊的心理準備。可是我又覺得她可能會爆哭，這樣恐怕更糟。然而，她卻嚇了我一跳。坎妮迪似笑非笑，但不是那種假假的「快看我有多可愛」的表情，也不是她專利的百萬伏特燦笑，或精心打造展現給全世界看的面具。她只是露出一個悲傷的微微一笑，而且——是的，我確實有些因此心軟了。

「謝了，」最後她說，「畢竟我之前那樣對你，你其實可以發火或隨便打發我，或拍我馬屁——因為我可能會讓你幫我拍裸照。但你完全沒有。你只是跟我實話實說——毫無保留。你也像個朋友一樣努力幫我，」她看向另一邊，「你覺得你女友會在意我親你臉頰一下嗎？」

「要聽實話嗎？——她一定會殺了妳，然後可能也會殺了我。」

她聽完反而大笑。「我好像開始喜歡她了，這你不用跟她說。好吧，你就想像我親你一下吧。傑，你人真很好。」

她轉身離開，我走回我的桌子，完全沒拿蕃茄醬。

阿熙盯著我看，「剛剛**那**是怎麼回事？」

「我不確定，但我想她是有一點嫉妒。」

「她嫉妒？嫉妒我？」她露出哈哈最好是的表情。

「不會有錯，她也嫉妒我——但大部分是嫉妒**我們**。」

「呃，我不是要講話那麼直，但不管她想要誰，都一定可以得手的吧，」她戲劇性停頓了一下，半開玩笑半威脅，「好吧，某人除外。」

我不理會。「對，但她真正想要的是我們擁有的東西，卻永遠得不到。」我頓了一下，「我都有點可憐她了。」

聽了我這番話，阿熙表現出百分之百的不以為然。

「不開玩笑，」我說，「還記得我幫她拍的九點〇九分街拍計畫照片嗎……？」她點點頭，「那張就說明了一切，」我告訴她坎妮迪的男友在我拍那張照片前抓了她胸部。「所以我確實覺得她很可憐。我跟她說，我希望她未來可以找到一個人，那個人對她，會和我對妳有一樣的感受。」我咧嘴一笑，「雖然我很不想承認，但妳吸引我的地方可不只是好性格——或幽默風趣——或聰明才智而已。」

她揚起一邊眉毛。「喔？不是嗎？」

我搖搖頭，「不是。但不管怎樣，坎妮迪．布魯克斯——就算是在她狀態最佳的那天，也比不上妳的一分美——差遠了。」我靠近她耳朵說悄悄話——說挖心掏肺的真心話……那種你不會每天對別人說的話。然後我凝視她的雙眼，點了點頭。「我認真的。」

她一臉淡定，沒有任何反應，但我看見她臉紅了起來。最後，她拎起一根薯條仔細檢視。

「抱歉，」我說，「我忘記要多拿些蕃茄醬了。」

她把薯條丟進嘴裡。「這樣就很完美了。」

我爸打開信封、高聲宣讀：「請前往我們生活之中最吸熱的地方……」他將臉埋進手中，「不要——拜託不要啦！」

我們還小的時候，奧莉和我會替爸媽的生日設計尋寶遊戲，而且用的是一些真的很老掉牙的線索。不過我們已經很久沒這麼做了。兩年前，爸完全沒過生日，因為是媽媽過世前一週，基本上那時他鎮日守在醫院。去年他滿四十歲，說不想慶祝，又加上媽媽逝世週年，我們都沒什麼心情。但是今年奧莉說服了我，這回絕對需要搞個尋寶遊戲。

他去廚房打開冰箱，發現另一枚信封。要機智、要注意、使用我要小心翼翼……於是他走到抽屜刀座，尋找另一個線索。我們讓他滿屋子跑，我和奧莉總共編了十二條線索。他找到最後一條線索，上頭寫著勿再悲慘空等待——快去尋找十二公分的輻射來源！

他打開微波爐，發現一把鑰匙，上面貼著一張紙，寫著禁止單槍匹馬——快看手機！

他翻看手機，發現一封簡訊……**4 b-day 41: 441!**

他愣愣地盯著看。「啊？」

奧莉馬上傳給他另一封訊息。**去看車庫啊笨蛋！**

我們跟著他去車庫，裡面有個舊布蓋住的巨大物體，上面黏著一枚信封。他打開信封，裡面有一張卡片，上頭是一隻騎著摩托車的高飛狗，還戴著安全帽、吐出舌頭，我們寫上：

全世界最棒的老爸，生日快樂！愛你。傑&奧莉。

他讀完之後安靜了好一陣子，「謝謝，」他舉起卡片，「我一定得說，這是每個爸媽夢寐以求的——好吧，剛剛那趟瘋狂的尋寶遊戲和搞笑線索也可以算。是說我有點怕打開看底下到底是什麼，因為——」

「快點開啦！」奧莉和我異口同聲。他將布一把拉開。

「天吶……」他站在那裡傻愣住。其實前一秒我都還很擔心他會猜到，但是——除非他是深藏不露的奧斯卡得主——看起來爸被嚇個措手不及。「我不知道該說什麼。」

我指著海報上那輛摩托車。「雖然還不太像那輛，但我想還是有潛力的。」

爸幾乎是自顧自的點點頭。「**真是太棒了**，想像一下它翻新後會怎樣……」他簡直要流出口水。

我朝著摩托車示意，「我不確定是因為經過了五十年它褪色了，還是海報上的顏色不太對，但實際上這不算是完美的黃，對不對？」

「這……」他花了一會兒研究摩托車——**他的**摩托車，然後轉回頭對我說，「這就是**我的**完美的黃。」

我正思考著這句話，他卻突然進入老爸模式。「我知道你一定恨不得想騎騎看，可是，我認為你應該再多等幾年。此外，這輛摩托車也不是用來練的。」他思索了一會兒，終於擠出他那「我真是英明神武」的老爸點子，「不然這樣……畢竟這些大傢伙和熊沒兩樣，如果想要駕駛，需要很多技巧，尤其是在還沒熱車之前。所以只要你發動得起來，就可以騎。」

他顯然認為我們是用卡車把車拖回來的。「好不好？」

奧莉對他搖頭。「呃，爸……」

我迅速搶在她說出什麼之前回答，「好！」

我從他手中一把抓走鑰匙，按下打開車庫的按鈕、坐上摩托車，把鑰匙插進左邊的點火器——就在座位前方下面。開油閥，我一邊看著腦中浮出小小的卡通圖解畫面，一邊自言自語地複誦那個賣車給我的人教我的一切。我伸手到右側油箱底下，轉動燃油閥。收側柱。我一腳踢起側柱並收好，打空檔。我拉住離合器，踩了幾下打檔桿，再用右腳腳尖輕輕往上一頂。餵點油給化油器，提高油氣混合比。我按了幾下化油器右側的點油鈕，直到聞到汽油味。往引擎注入一點點油，我輕踢了幾次啟動桿。準備發動，我轉動鑰匙，找出上止點，我緩緩踢著啟動桿，直到感到阻力，打開氣門挺桿，我拉起壓力釋放桿，讓它超越上止點……我稍稍再多旋轉一下啟動桿，直到超過壓力點……然後用力一踢！我整個人跳了起來，使出渾身解數踩上啟動桿，同時小心不碰到油門。

噗—噗—噗、噗、噗、噗噗噗噗噗噗……

我催了一點油，吼吼吼吼吼……

不知道耶，可能是因為這傢伙在車庫中爆出撕裂耳膜的聲響，像活過來一樣，於是我實在忍不住。我拉起離合器，一腳猛踩排檔進檔，然後——我爸一面喊著欸你等一下！——可是我已經油門一催、風風火火衝出車庫，一下子就騎上馬路進入街道。

我騎了一個街區又回來，進車庫，熄火。然後就像人們所形容的，車庫裡安靜地嚇人。

「看起來，」我小聲地說，「我大概是準備好了。」

爸站著不動，盯著我看好一陣子。「你從哪裡學來的？」最後他問。

我一度考慮要說好吧其實不只如此呢我還車後載了一個超棒的女生騎了它幾百英里、一路沒停，中間只有不慎碰上暴風雨還差點被瘋狂卡車司機輾死才在一間詭異小汽車旅館暫停。我們過夜時幾乎沒睡，聊天做愛直到第二天起床結束這趟瘋狂旅程。我就是這樣學會騎這傢伙的……

最後我只說：「你真心想知道？」

也許是因為他的夢中摩托車竟然有如魔法般躍出海報，來到他的面前，於是他只是咧嘴一笑，說：「也許之後吧。」

「明智之舉。」

「我真心不想打斷你們的男生聚會，」奧莉說，「但我得去找某個人了，」她抱了爸一下，「爸，生日快樂！你真的很棒……就一個超齡黑手來說。」

「我也愛妳。」她走出車庫時，爸說。

她離開後，我轉向爸。「是說，就把這個當成我們的祕密吧：奧莉算是和賽斯在約會。」

他點點頭。「我想也是。」

哇，感覺簡直像和爸一起去真心話得來速，又或者我可能又升一級。「還有……呃，他其實也沒有真的跳級。」
「嗯，這我也有猜到。」
「所以你不生氣我撒謊嗎？」
「不生氣，你跟我說的時候，我其實還有點高興，因為我知道你是想要幫助你妹。」然後他安靜了一會兒，就像我們用那臺舊留聲機聽完音樂之後。「你和奧莉就像朋友，這對你媽來說永遠是最重要的——你們成為『搭檔』，你不會打她小報告，或像個過度保護的老爸。她一定會覺得很高興。」他清清喉嚨，「說到身為父母的驕傲——我認為你那篇文章很棒。」他指著工作檯上那份《良景》報。
見到報紙又讓我想起另一件事。「好吧，再一件事：我交女友了。」
他對報紙點了點頭——就是封面上阿熙的照片。「她嗎？」
「沒錯，」我大概是露出了一臉燦笑，「我覺得你一定會很喜歡她的。奧莉很喜歡。」
他又看向報紙，若有所思地點點頭。「我很替你高興，」他嘆了一口氣、坐下來，「你知道嗎，有時我覺得她過世後彷彿我只是眨了個眼，你們兩個就都長大了。」
就某一方面而言，他說的很可能沒錯；但另一方面——如果我還在真心話的效力範圍內——哈，才不可能咧。「無須擔憂，」我說，「我還有一籮筐的蠢想法等你苦口婆心來勸我。」

「很讚，當個好爸爸是我唯一在乎的責任，而我還沒準備好要卸下。」接著他指指報紙、露出微笑。「我可以見見她嗎？如果能再約一次賽斯也很不錯，既然他現在身分升級了。」

嗯……媽媽的二週年逝世紀念日即將來臨。雖然這樣可能很蠢，可是我絕對不會給他任何機會勸我放棄這個點子。「應該快了，非常快。」

第三十四章

對於洞察事物的本質，其中沒有錯謬，不虛構也不矯飾，這本身就比任何人為創作更為高貴。

——桃樂絲・蘭格

嘿，很久沒來看妳了。我是說，確實很久沒有親自來這裡看妳。只是想說，我們還是放不下妳——我每天都想念著妳，未來也會一直想念下去。而且無論如何，我們仍努力照顧彼此……雖說時常狀況百出！不過我主要想說的是，謝謝妳讓我開啟了這條路，因為這成為了我的定心錨，讓我不會迷失於茫茫大海之中。而且……我想，也許也讓我終於學會如何不用相機看東西。

我在她的墳上放了一小束花，然後回車上拿些東西。

阿熙開著她媽媽的車第一個抵達，因為她要帶一些東西來。（稍早我們討論她媽媽到底該不該來，三十秒後我們很快地互看一眼，然後猛力搖頭。是說你就想像一下她媽加上我爸——這恐怕會成為有史以來最令人尷尬的情境喜劇畫面。所以，還是敬謝不敏。）

她開上草地，開到我旁邊揮著手。「我可以停這裡嗎？」下車時她問。

「不行，但我們可以先卸貨。」

我走過去幫忙時，手指舉到嘴前，做了一個「噓」的動作。於是她東張西望，「呃，這裡不是都是逝者嗎，所以……？」

我搖搖頭。「不是啦，我只是不想被打斷。」——又被打斷。「我想跟妳講一件事，但好像都找不到好時機。」

她咧嘴一笑。「好時機都是千載難逢的。」

「不盡然，還記得那天晚上妳——」

她對我動動手指。「忘記鬥陣俱樂部第一守則了嗎？如果你想——」

「等等，」現在，我終於走到了她面前，「我只有幾件事要說。」

我豎起一根指頭。「我完全愛上了妳，這點明顯到方圓幾里內任何人都看得出來。妳是我這輩子認識最有魅力、最難以捉摸又最迷人的人，我發現自己無時無刻不想著妳。」

再一根。「我愛妳，愛妳整個人，愛妳原本的一切以及妳代表的一切。妳有著許多美好特質……光是努力想配得上妳，都能讓我變成一個更好的人。」

又一根。「此外，我是真的真的真——的很喜歡妳。和妳在一起的時候總是很有趣，而且……」我頓了一下，突然意識到這才是關鍵。「……而且，妳絕對是我全世界最好的朋友。」我停了半晌——「就這樣。」

她只是愣了一會兒，一個字也沒說，然後緊緊抱住了我。而我只是站在那裡，沉浸在和她在一起的感覺裡——稍稍比一瞬間長一些。當她終於仰起頭，雙眼泛著水光，臉上卻在笑。「早知道**你是要說這些**，我一定會叫你快點說出口。」她把手伸進背包。「那現在換我。」

她拿出釘書機訂起來的一疊約兩英吋厚的紙張。「我寫完了。」她邊說邊遞給我。

「深感榮幸。」

「這還只是初稿——無論從哪個方面看都不夠完美。」

「曾經有個睿智的人告訴我：完美真的不是那麼必要。」

「我同意。但我是好不容易才準備好給別人看，而且……我認為你應該是第一個。」她微笑，「說到建設性批評，你向來拿手。」

「天吶，我真的等不及了——今晚有事做了！」但我還是忍不住——「所以結局是？」

她手背往眼角一抹，然後神情一變，目光銳利並隱隱透著挑釁地看我。「沒有結局。」

我們把東西搬下來之後，她把車開到一排車的盡頭處的小碎石停車場。她回來時，我已在草地上把那些東西在一張毯子上排好，有點像野餐，卻又不是。

她走到我身後，一手放在我肩膀。「你還好嗎？這樣你沒關係嗎？」

「我很好。」我的目光越過草地上的毯子、望向更遠處的墓地。「這樣都安排妥當了。」我確認一下時間，其他人很快就會抵達，而在他們到之前，我還有事想做。我握住她的手、邁開步伐。「走吧，」我說，「我有個人想介紹給妳……」

這件事既美好、又悲傷、且甜蜜。我哭得像個孩子，大部分是因為她們在現實生活中永遠不可能見面，而我覺得超級心碎。可是就像阿熙在空集合說的，有時我們能做的最多就是在人生中永遠記住某人。而也許，當你讓另一個人知道他們的存在——透過故事、感受或是夢境——你不只讓他們再次活了起來，更延續了他們對這個世界的影響力，而不是隨著時間消逝。

那樣就很夠了。因為那是我僅有的一切。

爸看著阿熙從面前毯子拿起各種所需物品——爐子、長柄銅鍋、糖、研磨咖啡粉，還有小杯子和杯碟。「妳剛說這叫什麼？」他問。

「阿威，」阿熙說，「這是黎巴嫩版的土耳其咖啡，」她有點害羞。「我從我媽媽那裡學的。」

我爸點點頭。

「——然後你這輩子都不會見到她。」我迅速補充，阿熙、奧莉和賽斯爆出笑聲，我爸只是一頭霧水。儘管面露困惑，但……也是長久以來他第一次真心開懷。

我們吃得很飽。我用一個大盒子從**泰國姊妹**外帶馬斯曼咖哩、蒸過的米飯和蔬菜，這是媽最愛餐廳的最愛餐點。爸煮了一壺冰泰式奶茶搭配，但他騎摩托車過來，所以這壺茶由我負責開車運送。奧莉和賽斯前晚在我們家廚房揮汗如雨地烘烤胡桃派。看他們兩個一起做事其實有點好笑，時尚達人配上書呆子。可是他們烤出了媽一定會很驕傲的胡桃派。

阿熙煮阿威的技巧幾乎和她媽一樣熟稔，雖然我看得出她很緊張——她不自覺地舌尖抵在嘴角，專注地倒出每一杯熱燙冒煙的咖啡。等到每人面前都有一杯，她便舉起自己的杯子，對我點點頭。

「這杯敬媽，」我舉杯，「我們愛妳、想念妳，而且——」我想起她對我說的遺言，不禁眨了幾次眼，「——我們永遠不會忘記妳。」

眾人舉杯，紛紛喊道：敬媽媽！然後各自啜了一口。

其他人忙著喝咖啡吃派時，奧莉過來一屁股坐到我旁邊。「話說，我從來沒有機會說謝謝。」她靜靜地說。

「嘿，我只是邀大家來而已，甚至連廚都沒下——你們才是烤派的人。」說完我便咬了一大口。「而且超級好吃。」我塞了滿嘴的食物補一句。

「你好噁，」她拉長了一張臉，然後說：「我是說讓我一起送禮物給爸，」她朝他的方向看去，「他好像真的很開心。」

「他值得。天吶，這幾年真是糟透了。」

「真的是。」

這是媽過世的兩週年，也是因為這樣，我才選了這天在墓園舉辦一個專屬我們的小小亡靈節。但我不知道還能說什麼，於是改變了話題。「話說回來，我可不是平白讓妳一起送禮，妳還欠我一千三百五十元，就當作是下個網站的設計費吧。」

「那只能算一天的設計工錢。」

我聳聳肩。「那又怎樣？現在開始，妳一張頭像照我收一千。」

「閉嘴啦。」

「妳才閉嘴。」

我撐著手肘往後靠，望著周遭的一切：望著爸，望著賽斯，望著阿熙；望著草地那邊我們的媽媽。我們的人生確實是千瘡百孔——或者說，是由一個特別大的洞擴散成好幾個小洞，一些可能永遠無法徹底痊癒的洞。但也有一些其他東西走進我們的人生。嶄新的、意料之外的，甚至是非常美好的事物。

所以確實不完美，一點也不，但也算得上些什麼。

也許爸說的沒錯，也許，完美真的不是那麼必要。

除此之外，我依然把媽媽放在心中，而且比過往更為強烈。為了紀念她而做的計畫，讓我懂得怎麼去看，如何用不同方法、更深刻地去觀察事物。這樣的領悟讓我變得更加堅韌……讓我深信，即便經歷艱難時刻，我仍有能力迎向前方的難關。

我往後躺在毯子上，閉上雙眼，享受溫暖陽光。

「嘿，奧莉……」

「怎？」

「勿忘此刻。」

作者的話

我之所以想寫這本書，部分是因為我有想要探索的事，像是怎麼運用藝術帶人走出失去之痛、完美的概念是什麼，以及聯覺——一種讓人通過另一種感覺來體驗一種感覺的神經感知方式。（我有，而且也看過一些和我的體驗不太一樣的描述。）我希望這個故事能夠在現實的基礎上更加真實。

許願時真的要三思。

我開始撰寫初稿幾個月左右（剛巧寫完傑米森的媽媽診療出轉移侵襲性乳葉癌的橋段），我媽也診療出轉移侵襲性乳葉癌。她十五年前就患過癌症，但治療十分成功，那時醫生認為她已完全康復。所幸我住得離她很近，而且在家工作，所以大部分的看診都能帶她去，大概是一週數次，持續幾年期間。

我說「所幸」，說的不是她，而是我。如果問我，我不會用任何東西來交換與她共度的最後幾年。

但是這其實也沒有聽起來那麼悲傷。「看診時光」通常包含結束後一起午餐，多半和我妻子一起。我也很感謝那些醫術高超的專業人士，媽媽在絕大部分患病過程沒什麼症狀。笑聲可謂心理的良藥，我的目標就是盡可能讓她多笑。

由於她有幽閉恐懼症，所以進行核醫骨骼掃描時她會要我坐在她旁邊，讀書給她聽，讓她分心。我往往也會和她開開玩笑，或是讀一讀我正在寫的作品。（不包括這本書。）

接著，在那些玩笑、午餐和看診之後，世界分崩離析。救護車開到她家，緊急救護員為她檢查，然後擔任指揮的救護員找我談話。（這件事發生在二〇二〇年春天，疫情發生初期。）他們告訴我，如果我媽媽被帶到醫院，整個過程都必須待在那裡，而且禁止訪客。於是我說：「所以你基本上是告訴我，如果我讓我媽媽上你們的救護車，我就再也見不到她，最後她會一個人孤孤單單死在醫院裡？」

救護員對我露出複雜的表情，最後表示：「沒錯。」我謝謝她的誠實以對，並告訴他們可以離開了。

我們把媽媽接到我們家，在她的腫瘤醫生致電家中、告訴我們將面對何種情況後，我們打給安寧醫院，買了一張病床，盡一切可能讓她舒舒服服、感到被愛環繞。

這一切都與本書準備發行的時間重疊。在我第一輪大潤稿的同時，媽媽在我們家接受安寧照護。寫作是一種慰藉，可是有段時間，我實在很難專注在螢幕上的文字。我的妻子和弟妹就像及時雨。我妹妹主動提出幫忙，她說，「我注意到你正在寫一本書關於一個失去媽媽的男孩，同時你自己的媽媽就在隔壁病床上生命垂危。」

故事可以有各種樣貌。有些故事是講成就偉大英雄事蹟、拯救生命甚至全世界的人。這本書不是那樣的故事，這個故事講的是一個失去媽媽的男孩，以及他如何在一些好朋友的幫助下，為了重回日常軌道而踏出跌跌撞撞、踉踉蹌蹌的每一步；他透過藝術，獲得了療癒。換句話說，這是一本愛的故事。

我們絕大多數人都不會有拯救世界的機會，但許多人都經歷過失去所愛的痛苦。而且因為新冠疫情，這些失去的經歷更甚以往。因此，研究關於復原療癒的主題似乎必要。具體的方法其實不重要——傑米森透過攝影，我透過文字。不管對你有效的是什麼，去做便是。重要的在於，在創意和善心人的幫助下，我們或許真能脫離空集合，回到日常裡。

謝謝你花時間閱讀這本對我而言非常私人的小說，希望你讀得愉快。

致謝

我要向三位女士致上無盡的感謝，如果沒有她們，這恐怕只會是一堆雜亂無章的文字，而不是你們面前看到的這本書：我美麗睿智的妻子 Wendelin（也是我最好的朋友、第一個讀者，也是我此生摯愛）；我的超強巨星經紀人 Ginger Knowlton，她從一開始就堅定不移地相信這個故事——和我；我技藝非凡的編輯 Beverly Horowitz 完全抓住這本書的靈魂，她也是幫我一點一滴在石上雕鑿、顯露內裡的人。

感謝最初那一小群貢獻時間精力提供回饋的讀者：Amy Goldsmith，畢生擔任圖書館員，也可能是我這輩子有幸認識讀書讀得最透徹（重讀次數亦然）的人，謝謝妳給予這個故事的愛與時間。我妹妹 Leslie Parsons——藝術家、作家和編輯——創作過程中，她一直都是我的後盾。Bob 與 Ruth Montaño……你們兩位最讚了——非常感謝，送上無盡的親吻和擁抱。

我也要感謝在這趟旅程中一路支持的各位：我弟 Eric Parsons（也是作家）永遠這麼支

持我，還聽我無止境狂聊閱讀和寫作的一堆事。Caradith Craven……了不起的圖書館員，她犯下的罪就是過於完美，同時也是無可匹敵的說書人。Bill Simpson 巨量又生龍活虎的email讓我在創作過程中保持心理健康（但也可能讓我心理不健康……可是不管怎樣就是有用啦！）Steven Frenzel（也是作家）光靠臉書貼文和 email 簽名檔就能出個一、兩本幽默小語集。感謝你們給我我最需要的健全心智，嗶嗶！

我非常感謝 Delacorte Press 的超棒團隊，Rebecca Gudelis 一路讓萬事維持正軌；Hannah Hill 和 Lydia Gregovic 給予我深謀遠慮的編輯回饋；Barbara Perris 與 Colleen Fellingham 稱得上舉世無雙的編審。編輯主任 Tamar Schwartz 監督計畫之中的各方各面；Ray Shappell 設計出大膽的封面，Cathy Bobak 則提供藝術感十足的內頁設計，RHCB的所有團隊自然也不能遺漏。

國家圖書館出版品預行編目資料

街拍 9 點 09 分／馬克．H．帕森斯（Mark H. Parsons）作；
林零譯 . -- 初版 . -- 新北市：數位共和國股份有限公司燈籠
出版：遠足文化事業股份有限公司發行 , 2025.07
面；　公分 . --（Torch 系列；2）
譯自：The 9:09 project
ISBN 978-626-99314-5-3（平裝）

874.57　　114006961

Torch 系列 02

街拍 9 點 09 分

THE 9:09 PROJECT

作　　者——馬克．H．帕森斯　Mark H. Parsons
譯　　者——林零
編　　輯——曹依婷
封面設計——之一設計
內頁排版——張靜怡

出　　版——燈籠出版／數位共和國股份有限公司
發　　行——遠足文化事業股份有限公司（讀書共和國出版集團）
地　　址——231 新北市新店區民權路 108-4 號 5 樓
電　　話——(02) 2218-1417
傳　　真——(02) 2218-0727
客服專線——0800-221-029
信　　箱——service@bookrep.com.tw
法律顧問——華洋法律事務所　蘇文生律師
印　　製——博創印藝文化事業有限公司

出版日期——2025 年 7 月初版
定　　價——新臺幣 480 元

I S B N——978-626-99314-5-3（紙書）
E I S B N——978-626-99314-7-7（PDF）
E I S B N——978-626-99314-6-0（EPUB）

Printed in Taiwan